JN297641

わが誇りの零戦《ZERO》

祖国の為に命を懸けた男たちの物語

元ゼロ戦戦士 原田 要

桜の花出版

わが誇りの零戦

祖国の為に命を懸けた男たちの物語

はじめに

大東亜戦争開戦直前の昭和十六年（一九四一年）九月、私が初めて零戦《ゼロ》（零式《れい》艦上戦闘機）の操縦桿を手にした時から、はや七十二年の歳月が流れました。

私は、海軍でパイロット道《どう》に入った初めから素晴らしい指導者に恵まれました。そのお蔭で、滞空八千時間余の青春を捧げて大過なく奉公することが出来ました。九十七歳の余生を日々感謝の思いで過ごしております。

私は、今まで色々な所で戦争体験を語ってきましたが、より多くの方に戦争の罪深さと平和の有難さを語り継ぎたいと思い、また、かつて祖国のために命懸けで戦った人たちがいたことを、次代を担う人たちにもっと知って貰いたいとの思いで筆を執りました。

今の若い人たちを見ていると、平和であることを当たり前と思い、平和なこの瞬間《とき》を余りにも粗末に扱い、感謝することを忘れてしまっています。これでは折角尊い命を擲《なげう》った戦友たちが浮かばれません。皆さんが、日々何気なく甘受しているこの平和は、ただ何もせずに転がり込んで来たものではありません。この平和は、己の命を捨てて祖国を守った特攻隊員の人たち、命懸けで戦った人たち、戦争で亡くなった何百万人もの犠牲の上に成り立っているのだということを、分かって貰えたらと思っています。

私は、支那事変（日中戦争）の始まりから大東亜戦争の敗戦まで、海軍の戦闘機パイロットとして、南京攻略、真珠湾攻撃、ミッドウェー海戦、ガダルカナル島攻防戦など、数々の修羅場を戦い抜きました。戦時中は死を覚悟した絶体絶命の危機が三度もあり、戦後は撃ち墜とした と思っていた敵兵二人との感動的な再会があるなど、まさしく波乱万丈の人生でした。

今、静かに目を閉じ、大空に思いを馳せると、数々の出来事が走馬灯のように過ぎ去って行きます。その時、私の胸の内の大半を占めるのは先輩、後輩を含めた多くの戦友たちを亡くした時の悲しみであり、逃げ惑う敵兵を追い詰めて撃墜した時の何とも言えない重苦しい感情です。それは、戦争の最前線で戦った我々の宿命であり、仕方が無いことなのかも知れません。

戦後、私は戦争の話は長い間封印してきました。特別に意識してそうした訳ではないのですが、敗戦と同時に、それまで「兵隊さん！」と親しみと尊敬の眼差しで見てくれていた人たちから白い目で見られるようになり、価値観がガラリと変わってしまった中で、戦争を語ることはタブーとなり、話したところで理解して貰えないだろうという思いから、自然と話さなくなったのでした。また、戦争とはいえ、人を殺めてしまったことへの罪悪感もありました。

そして、戦後の国土復興、高度経済成長の激動の中、家内と二人で家族を養っていくことに必死の毎日で、戦争を振り返る時間も、精神的な余裕も無くなっていたのでした。

そのような中で、私を支えていたのは、当時、世界最高レベルの性能を持ち、敵兵からも畏怖されていた零戦という素晴らしい戦闘機で戦ったという誇りでした。また、己が命を顧みず、只々祖国を守るという純粋な一念で戦い抜いたという満足感でした。この私の胸の内は、同じ思いで戦った戦友たちと、零戦だけはきっと分かってくれると信じていました。

時の流れと共に、私がかつて戦争に行っていたことも、零戦に乗っていたということも、周囲の人々からは忘れ去られ、一方で「戦争体験」は私と家内の心の記憶としてより鮮明となり、亡くなった多くの戦友たちを悼むささやかな供養の日々が繰り返されていきました。

そのような私の気持ちに劇的な変化が起こったのは、平成三年（一九九一年）に勃発した「湾岸戦争」でした。アメリカを主力とする多国籍軍によるイラクへのミサイル攻撃をテレビで見た若者たちが「ゲームのようで面白い」「花火のようで綺麗」などと言うのを聞いて、愕然とさせられたのです。ミサイルの落ちた先には苦しむ人がおり、戦争の最前線では身の毛が弥立《よだ》つ地獄絵のような世界が展開されているということに、彼らには全く思いが至らないのです。危機感を募らせた私は、「このままではいけない！　戦争の実態を語り継がなければ！」と、この命が続く限り戦争の証言者として尽力しようと決心したのでした。その時、既に戦後四十六年が経ち、私は七十五歳になっていました。

その後は、請われるままに、子供から大人まで様々な人たちに、戦争の罪悪と平和の尊さを説いてきました。私は「戦争反対」を通り越して「戦争を憎む」と繰り返し話してきました。

しかし、私は「戦争を憎む」と口先だけで言っていても、平和が来るとは毛頭思っていません。我々には、なぜ戦争になったのかを見極め、歴史を誇張するのでもなく、小さく見積もるのでもなく、ありのままに伝えていく義務があると思っています。

戦後の「東京裁判」では、日本のみが悪者にされてしまいましたが、喧嘩両成敗という言葉があるように、戦争に片一方だけが悪いということはありません。日本は経済封鎖などをされて、戦争に仕向けられ、已《や》むに已まれぬ思いで立ち上がったのです。

また、確かに日本は戦争に敗れはしましたが、日本が敢然と立ち向かったことは、白人列強の植民地として長年苦しんでいた国の人々に勇気と希望を与え、戦後それらの国々が続々と独立するきっかけともなり、東南アジアをはじめ多くの国々の人々から感謝されています。

ところが、当の日本人の多くが未だに敗戦のショックを引きずっているのか、自信と誇りを失ってしまっています。戦争は二度と起こしてはいけませんが、尖閣諸島の問題などで自国の領土を脅かされている現実を直視した時、いざという時には立ち向かえるだけの気概と力、そして誇りを持っていなければいけないと思います。そうでなければ、真の平和は得られません。

我々海軍機動部隊は、真珠湾攻撃から連戦連勝を重ねました。しかし、僅か半年後のミッドウェー海戦の惨敗を境に攻守が入れ替わり、敗戦へと向かって行きました。惨敗の最大の原因は、「驕り」にあったと思います。ミッドウェー海戦から得られる戦訓の多くは、現代人にも教訓として十分通用すると思います。我々の失敗から、何かを学び取って欲しいと思います。

なお、本書の真珠湾攻撃とミッドウェー海戦の章については、一戦闘機パイロットの視点に加えて、より戦況の全体像が分かり易いようにと考え、当時機動部隊の上層部で活躍された海軍の諸先輩方の話を引用させて貰いました。今は亡き諸先輩方に、茲に改めて感謝致します。

戦後私は、天職となった幼児教育に長年携わってきました。次代を担って行く子供たちこそ、まさに国の宝です。その宝を大切に磨き育てるのは、我々大人たちの役目ですが、私はとりわけ母親の役割が大きいと感じています。授乳の際、母親と赤ん坊が見つめ合うあの姿こそ、平和の原点ではないかと考えています。本書は戦争の話ですが、男性の皆さんだけでなく、多くの女性の皆さんにも手に取って頂き、次代に語り継いで貰えたらと願っています。

かつて、祖国の安泰を願い、命を懸けて戦った人たちがいました。是非、この機会に彼らに思いを馳せて頂き、日本人であることに誇りと自信を持ち、世界中の人々と手を取り合い、世界の平和に貢献して頂けたなら、これ以上の喜びはありません。

平成二十五年九月十三日

原田　要

目次

第二章　支那事変・南京攻略

第三章 真珠湾攻撃

第四章　南方転戦

第五章　ミッドウェー海戦

第六章　攻守所を変えた戦い

第七章　敗戦と戦後

第八章　次代を担う人たちへ

装丁／荒川知子

第一章　戦闘機パイロットへの道

日本が軍事力増強に懸命だった子供の頃

私は大正五年（一九一六年）、長野県に生まれ育ちました。私の父は明治二十八年生まれなのですが、父の一番上の兄が明治十四年生まれで日露戦争に従軍し、戦死していました。私が子供の頃は、その戦死した叔父さんと同年代で日露戦争に従軍した人たちが、周囲に沢山いました。そういう人たちが、寄ると触ると思い出話に日露戦争の話を聞かせてくれました。特に旅順港閉塞や乃木将軍の二〇三高地攻略戦の話に、私たちは心躍らせました。多感な子供の頃にそのような話が盛んに耳に入ったものですから、戦争というものは、非常に男としての働き場所なんだなと思って成長しました。

日露戦争に本当に内容的に勝ったのかどうかは、私は子供でしたから分かりませんでしたけれども、列強に追いつけ追い越せの風潮の時に、日本が大きな軍事力を持つあの大国ロシアに、しかも白人の列強に初めて勝ったということは凄いことだと思っていました。とにかく当時は、何を置いても軍事力の増強に国を挙げて懸命だったようです。

そして、一般の人たちは「軍人」というものに対する期待を非常に強く持っていたようです。日露戦争の勝利は、後で色々と文献などを読みますと、結局、日本と同盟を結んでいたイギリスの力添えがたくさんあったことが幸いしたと知りましたが、その当時は、日本の独力の軍事力で勝ったのだと芯から信じていました。ですから、「自分も大きくなったらとにかく国のために戦って、男としての働き場所を戦場に求めよう」と思い、軍人に憧れを持っていました。

　当時は日本全体がそういう雰囲気でした。国の将来にとって一番大事な十代の子供たちが、学校の先生や近所の年寄りから「大きくなったら何になりたい？」と聞かれると、「陸軍大将」や「海軍大将」という答えが真っ先に飛び出していました。子供に軍人というものに憧れを持たせるような国を挙げての政策だったのではないかと思います。

侍の末裔としての誇り

　当時、日本が列強の仲間入りをするためには、とにかく国の経済力を軍事力の増強に使わなければいけないと、私は子供心にも思っていました。そして、子供たちの遊びと言えば、ほとんどが「兵隊ごっこ」「戦争ごっこ」でした。隣の村や地域を相手にした戦争ごっこは、遊びを通して自然と戦いの練習になっていました。私たちは、陸軍さんの格好をまねて、菓子箱へ紐を通して背嚢《はいのう》にして背負ってみたり、竹の節をくり抜いて刀にしたり、曲がった木を探して来て鉄砲の形に模《かたど》って、それを担いで飛び歩いていました。

当時私たちは、子供ながらに日本に昔から脈々と受け継がれてきた「侍」というものに誇りを持っていました。そして、とにかく男に生まれてきた以上は、お国のため、天皇陛下のためには命を捨てるということに男らしさを感じていました。

また、当時の日本人には「侍の末裔《まつえい》」としての誇りのようなものがありました。我々の先祖には、百姓や商人など色々な生業《なりわい》の人たちがいたけれども、それらの一番上に立っていたのが侍だ、その侍の血を我々は引き継いでいるのだという誇りでした。

年寄りたちの戦争話を聞いたり、子供向けの『少年倶楽部』のような本を読むと、若い陸軍の兵隊さんが死ぬ時に「天皇陛下万歳」とか「大日本帝国万歳」と言って死んだ話や、日清戦争で海軍の兵隊さんが「まだ定遠《ティエン》（日清戦争時の清国海軍主力艦）は沈まないのか」などということまで言って心配しながら死んでいったという話が盛んに耳に入り、我々はそういう話を信じていました。

ところが、私は支那事変の初めの頃から大東亜戦争の終戦までずっと戦争をして、それらは全て当時の作り話だったのではないかと思いました。私の出会った兵隊で死の間際に「大日本帝国万歳」「天皇陛下万歳」と言ったり、「まだ南京は陥落しないか」などと心配して死んでいった人は一人もいませんでした。皆、最期は「おっかさん！」でした。母親の存在というのは、それだけ大きいものなのだと思います。

飛行機への憧れ

飛行機への興味が芽生えたのは、私が五歳の時でした。ある日、祖父が「今日は川中島の河川敷へ東京から飛行機が飛んで来るから見に行こう」と、自宅から約八キロも離れた今の長野市の南端にある信濃川の河川敷に連れて行ってくれたのです。

河川敷で今か今かと待っていると、飛んで来たのは、複葉の辛うじて飛べるような飛行機でした。ライト兄弟が世界初の動力飛行をしてから、まだ十八年くらいしか経っていない頃でしたから当然と言えば当然でした。

それでもその頃は、「大した飛行機だ！」と思いました。その初期の飛行機に二人乗りで乗って来て、地上から飛び上がったり降りたりするのを、一日中やって見せてくれたのです。

それを見ているうちに、「人間が空を飛べるんだ！　大したものだな！」と飛行機というものが私の頭の芯にチラッと入ったのでした。

それがずっと心のどこかに残っていたのでしょう。後に海軍に入ってみたところ、飛行機に乗れるような制度があったのです。きっと幼少時の思いが、自分の夢を引き寄せて来たのだと思います。

海軍を志す

当時男性には、二十歳になると否応なしに「徴兵検査」というものがありました。徴兵検査を受けて、健康で身体頑強な「甲種」となった人や、普通に健康で「第一乙種」となり志願した人は、現役で軍隊に入りました。

また、健康に問題があり、現役では軍隊に行けないけれども、もし戦争になった場合には国の命令で兵役に就くというものもありました。男性は戦争に駆り出されても異議申し立ては出来ない時代でした。

ですから私も、長野中学の三年生の時に、自分の勉強に対する能力の限界が分かり、「どのみち二十歳になったら否応なしに軍隊で奉公させられる。戦争があれば戦地の第一線に出されるということであるならば、いっそ早く志願して職業として軍人を選んだ方が、将来的に自分の身体に合っているのではないだろうか」と考えました。

それに加えて、多少海軍への憧れもありました。地元でよく目にしていた陸軍よりも海軍の方がスマートでいいと思っていたのです。私は中学を三年で中退し（当時の中学は五年生まであった）、十七歳の時に海軍に志願することにしたのでした。

志願を決意した時は、自分の体力と能力が軍隊で長く使って貰えるようだったら、ずっと現役を務めたいと思っていました。なぜなら、十二年以上軍隊を勤めれば恩給がつくし、もし戦争があって功績を上げれば「金鵄勲章《きんしくんしょう》」という、これもお金にすれば相当な金額の補償金が一生貰えるという特典もあり、魅力的でした。

また、海軍では平時でも遠洋航海という制度がありました。海軍兵学校を卒業した人が任官前に遠洋航海で諸外国を見て回るのですが、その船に一緒に勤務出来れば、世界中を官費で見て回ることが出来るのでした。それも海軍を選んだ大きな魅力の一つでした。

陸軍は志願をすればほとんど百パーセント入れましたが、海軍はそんなに人数は要らなかったようで、筆記試験と体格検査で選考し、志願をしても全員は取ってくれませんでした。

私の村でも同級生が陸軍と海軍を何人か志願し、陸軍を受けた人は全員受かったのですが、海軍の方は割合に狭き門で合格者は私一人だけでした。私はまだ十七歳という若さでしたが、世界中を回ってイギリス、アメリカ、インドなど色々な国々を軍艦に乗って見て回ることが、一番の大きな夢でした。

勿論、「日本を守るため」という思いは私も当然持っていました。他の志願兵もそうだったと思います。当時は兵隊に限らず、国民全体が日本を守るという思いを持っていました。

イギリスは素晴らしい大国、アメリカはその分家

私が子供の頃、イギリスという国は非常に進んだ国で素晴らしい大国だという印象を我々子供たちは持っていました。

アメリカという大きな国はあるけれども、あくまでもイギリスから分かれた「分家」であって、本家はイギリスなのだと思っていました。そのイギリスと対等の国は「フランス」だというふうに子供の頃は思っていたと記憶しています。

また、イギリスには、日本の皇室と同じような王室があるんだと、アメリカは分家だから王室が無いんだということも聞いていました。ですから、イギリス、アメリカに対して敵対的な感情は全く持っていませんでした。

帝国海軍はイギリスから指導して貰い、全ての様式がイギリス式で、軍艦もイギリスから買ったんだというようなことを聞いていました。また、帝国陸軍はフランスの指導で全様式がフランス式でした。

日露戦争で日本と戦ったロシアという国も主に頭にありました。当時はまだ、ドイツ、イタリアという名前は余り聞きませんでした。

イギリスが東洋に植民地をいっぱい持っていることを知ったのは、海軍に入ってからになります。私は昭和十年（一九三五年）から飛行学校へ行きましたが、その頃まではまだ、アメリカ、イギリスに対しそんなに敵愾心《てきがいしん》を持っていなかったように思います。

特に、我々の飛行学校の教育は、イギリス式の海軍の教育をされたように思いますから、イギリスに対してはほとんど悪い感情を持っていませんでした。

「満州事変」勃発、国際連盟脱退を「勇ましい」と思う

私が長野中学在学中の、昭和六年（一九三一年）九月に満州事変が起きました。私自身は、特に関心はありませんでしたが、周りの大人たちや友人の反応には「軍国日本の雄叫び」の感がありました。

満州事変は、南満州鉄道、いわゆる「満鉄」が発端になっていると思っていました。日本というこの狭い国土に人口がどんどん増えており、いずれ住む所が無くなるから、満州がその受け皿となってくれるのだと思っていました。

当時は、日本の青少年まで動員して、満州に行けば二町歩の土地が与えられるといった政策もあったようです。「俺が行くから君も行け、狭い日本にゃ住み飽いた、シナにゃ四億《しおく》の民が

待つ」などという歌までありました。

満州国（大満州帝国、満州帝国とも呼ばれた）は日本と一緒になって国を発展させる、と聞いていましたから、いずれは日本と満州国というものが、血族結婚のように一緒になって、一つの国家を形成していくんだなというふうに思っていました。

ですから、侵略したということではなくて、五族（日本人・漢人・朝鮮人・満州人・蒙古人）が一緒になって満州国というものを興《おこ》していくのだと、中国は遅れているから、日本の最新式の政治組織とか色々な文化などを持って行って、お互いが手を取り合って「王道楽土」の国家を建設するんだというふうに思っていました。

将に満州国は「大東亜共栄圏の確立の第一歩」「新天地」だと思っていました。それは、我々の浅はかな考えだったかもしれませんが、当時はそのように考えていました。

朝鮮についても同様に考えていました。遅れている所を日本が良くしてあげようという感じでした。ですから、日本の上層部と朝鮮の上層部とはうまくいっていたようです。

ただ、朝鮮の一般の人を、我々日本人が二流か三流に見下げてしまっていた点は、良くなかったと思います。

海軍に入ることが決まり、横須賀海兵団入団を目前に控えた昭和八年（一九三三年）三月、日本が国際連盟を脱退したというニュースが耳に入りました。私は「勇ましいな！」と思いました。勇ましいと思ったのは、私だけではありませんでした。当時の国民は、松岡洋右《ようすけ》の判断を歓迎していました。

松岡洋右という人は、満鉄の総裁から外務大臣になった人でしたが、おっちょこちょいな人だったのではないでしょうか。国際連盟脱退を一人でどんどん進めてしまったようです。それでも、当時の国民は「よくやった！」と皆歓迎し、拍手喝采していたのです。

海兵団の厳しい訓練で鍛えられる

昭和八年（一九三三年）五月一日、私は横須賀海兵団に入団しました。四等水兵としての訓練は、起きてから寝るまで、全て分刻みで組まれた厳しい訓練で、「一死奉公」の信念が叩き込まれて行きました。

ただ、海兵団の新兵教育は、陸軍と違って古参兵はおらず、横一線の同年兵でしたので、いじめやしごきは無く、精神的には楽でした。しかし、厳しい訓練に加え、育ち盛りだったこともあり、私は四六時中腹を空かしていました。

日々の楽しみは、食べることと寝ること以外には無いような生活でしたので、新兵教育時代に一、二度あった引率外出の際は、渡された小遣い三十銭で入浴の二銭以外、全てを食べ物に使ってしまう程でした。

水兵の新兵教育は元々は半年と決まっていました。しかし、日中間の情勢が不穏になりつつあり、軍拡時代の幕開けを迎えており、二カ月短縮されて四カ月になっていました。

訓練は「月月火水木金金」の厳しいものでしたが、幸い私は、漁師上がりで苦労人の阿部竹五郎さんという教班長に気に入られ可愛がられたこともあり、余り辛いことはありませんでした。

二・二六事件で全戦闘機に全弾装塡

新兵教育を終え三等水兵になった私は、駆逐艦「潮《うしお》」に乗り組むと、砲術長の命令を各砲塔に伝令する仕事に就きました。

その頃から、子供の頃からの夢であった飛行機乗りになりたくなり、操縦練習生の受験を試みました。ところが、父親の反対に遭って諦めざるを得ませんでした。

仕方がないので、飛行機にも乗せて貰えるということで「航空兵器術」という飛行機の兵器を整備する練習生になり、横須賀航空隊に入りました。

ここでの教育は八カ月間でしたが、訓練時に九〇《きゅうまる》式機上作業練習機に乗せてもらい生まれて

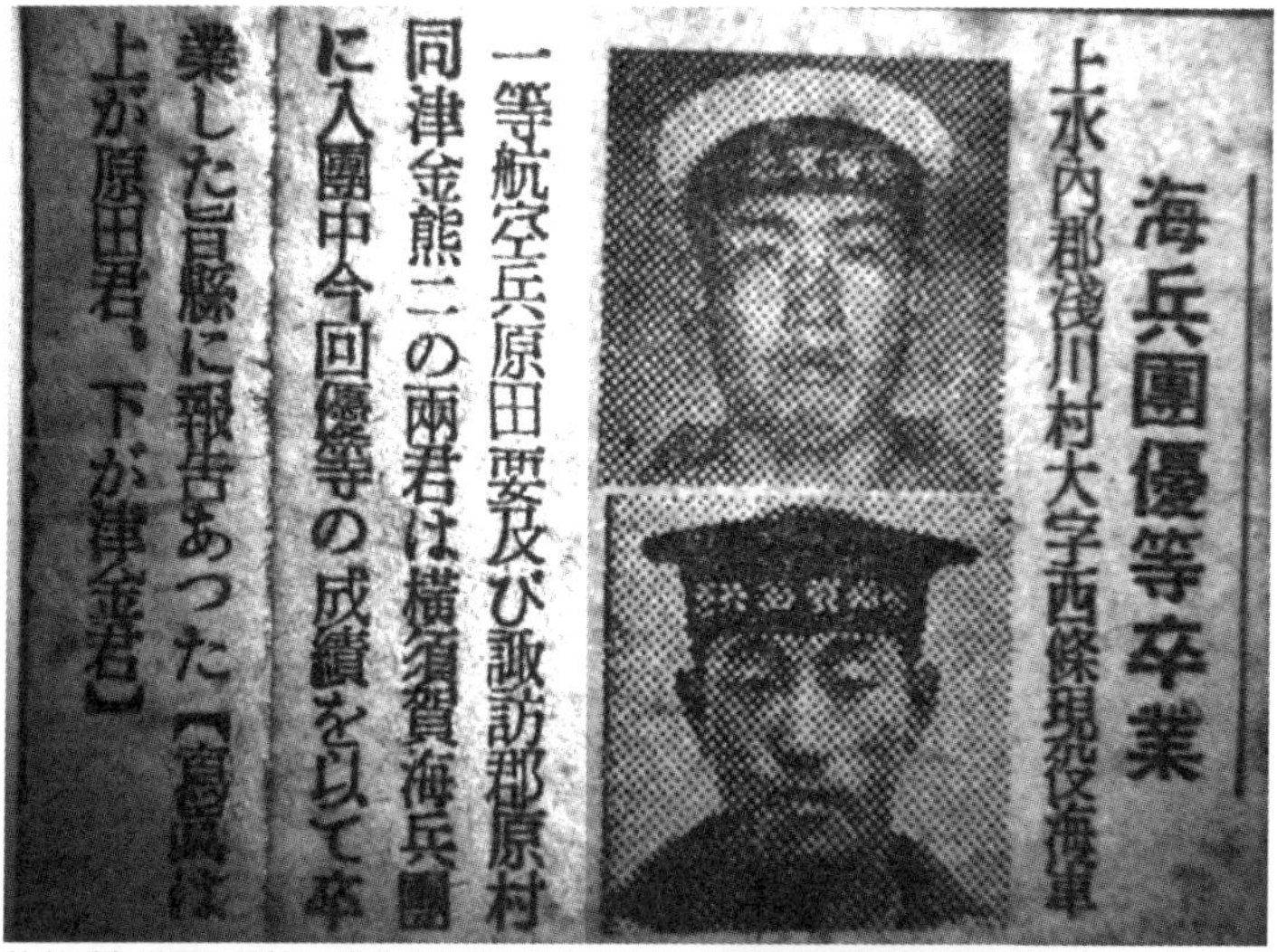

海兵團優等卒業

上水内郡浅川村大字西條現役海軍一等航空兵原田要及び諏訪郡原村同津金熊二の兩君は横須賀海兵團に入團中今回優等の成績を以て卒業した旨縣に報告あつた【寫眞は上が原田君、下が津金君】

著者が海兵団を優等の成績で卒業したことを報じる新聞記事。17 歳

航空兵器術練習生教程を終了し、二等航空兵となった著者 (右下)。19 歳

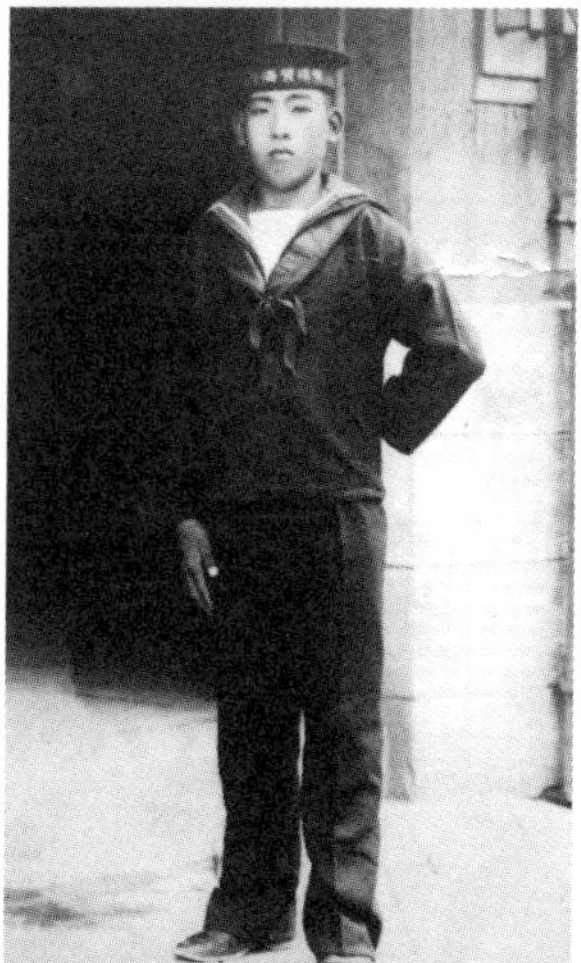

海兵団入団時の記念撮影。16 歳

初めて空に飛び立った時のあの感動は、鮮烈に胸に焼き付いています。

ただ、飛行機に乗れる機会は滅多になく、機銃や爆弾の整備作業が主でした。聞いていた話と違いがっかりしましたが、それでも私は技術を身に付けようと懸命に努力しました。

昭和十年（一九三五年）十一月、航空兵器術練習生教程を無事に卒業した私は、航空母艦「鳳翔《ほうしょう》」（世界で最初に空母として設計され完成した艦）に乗り組みました。その鳳翔で兵器員として勤務していた昭和十一年（一九三六年）二月二十六日、かの有名な「二・二六事件」が起こったのです。

事件が起こるとすぐ、我々兵器員に「九〇戦闘機の七ミリ七の機銃に全弾装填《そうてん》し調整し、いつでも出撃可能な態勢にするように」との命令が下されました。

我々は作業にかかりましたが、まだその時点では、何が起こったのか知らず、戦闘機班のパイロットの先輩たちに「どうかしたのですか?」と尋ねました。先輩は「東京へ飛ぶのだ」と言います。怪訝《けげん》に思って更に「どうしてですか?」と聞くと「宮城《きゅうじょう》（皇居）を守るんだ。陸軍の若手将校が政府の要人を襲撃して、宮城を占拠するから、それを防ぐんだ」ということでした。全戦闘機に全弾装填して、飛び出す直前までいきましたが、幸いに中止の命令が発せられ、結局は出撃しませんでした。

二・二六事件は、非常に大きなニュースとなりました。九〇戦闘機ですから大したことはないですが、それでも全戦闘機に全弾装填しろというのですから驚きました。片銃六百発、合わせて千二百発出る機銃に全弾装填し、出撃直前までいったわけですから、事件の大きさを物語っていました。事件は、陸軍の過激派将校の手遊びではないかと我々は捉えており、そんなに深刻には考えていませんでした。陸軍の上層部の一部に青年将校を操る人たちがおり、事件を起こす雰囲気にしていたようです。結局は、同じ陸軍内で抑え、皇軍相撃つ事態は避けられました。

野中五郎さんと人間爆弾「桜花」

二・二六事件は、大東亜戦争末期、人間爆弾と呼ばれた「桜花《おうか》」を一式陸攻に吊り下げて出撃した「神雷部隊」の隊長を務めた野中五郎さんのお兄さん（野中四郎）が、首謀者の一人でした。反乱軍の汚名を着せられた野中さんのお兄さんは、鎮圧された後に、自分で悪かったと自決したようです。

そういうこともあって、野中さんは部下が間違いを犯して「申し訳ありません」と謝ると、「申し訳ないで済むか。俺の兄貴は腹を切ったのだぞ！」とよく脅かしたらしいです。

野中五郎さんの名前は当時海軍の中でもとても有名で、自分たちの隊を野中一家と呼んで、ヤクザの一家のような雰囲気だったといいます。兵隊を集合させるのに陣太鼓を叩いたりもしていたといいます。私はそういった話を、よく九六陸攻の隊にいる仲間から聞きました。野中さんは、親分肌でとても面倒見のよい人だったようです。

野中さんは、言葉使いも軍隊言葉ではなく、挨拶に行くと「宜しくおねげえ申しやす」などと言われるのだそうです。変わった人だったらしいです。その人のお兄さんだから、やはり変わっていたのかも知れません。

人間爆弾の桜花というのは、特攻のために開発された飛行機で、目標付近で母機から切り離され、ロケットで敵艦目がけて突っ込むという兵器でした。

野中さんは、その桜花の初出撃時の隊長で、その時の模様は米軍機のガンカメラにおさめられ、カラー映像で残っているそうです。

野中さんは、桜花による攻撃が成功の見込みがないことを憂い、たとえ国賊と呼ばれようとも桜花作戦をやめさせようと考えていたようです。

ところが、いざ出撃すると決まると、一式陸攻は桜花を切り離したら戻るよう命令されていたにもかかわらず、野中さんは「部下だけ行かせる訳にはいかない」と言って、敵艦に体当たりするつもりだったそうです。

しかし、結局、桜花は切り離されることなく、一式陸攻十八機と桜花十五機は、米戦闘機のグラマンＦ６Ｆに悉く撃ち墜とされてしまいました。

「霞ケ浦海軍航空隊」に操縦練習生として入隊

航空母艦鳳翔での勤務で、毎日目にする戦闘機パイロットは、皆勇ましく格好もよく、憧れました。また、パイロットは一段と待遇も良かったのです。何しろ、食事まで特別で、パイロットには牛乳や卵が付くなど優遇されていました。

同じ海軍の中でこれだけ差があるのなら、やはりパイロットに挑戦してみたいという気が湧いてきました。一時は諦めかけていた飛行機乗りへの夢が、私の中で再燃し始めました。

私はどうしても戦闘機パイロットになりたいという思いを抑えられず、今度は親に断りを入れずに操縦練習生を受験してしまいました。

幸い試験に合格した私は、飛行機乗りとしての第一歩を茨城県の「霞ケ浦海軍航空隊」に印したのでした。昭和十一年（一九三六年）の六月のことでした。

私を含めて同期の人は百五十人が来ていましたが、試験を受けたのは、その十倍の約千五百人もいたそうです。百五十人からさらに身体検査と平衡感覚などの検査で選抜され、百人が残されました。私は何とか百人に残されて、ホッとしたのも束の間、次はいよいよ実際に飛行機に乗っての訓練で適性を見られるのでした。

江島准士官の怒声に励まされ

一番最初は、三式初歩練習機という手離しでも真っ直ぐ飛ぶような飛行機でしたが、初めて自分で空を飛んだ時のあの感動は、今でも昨日のことのように想い出します。

私がつくづく恵まれていたと思うことは、日本でも一、二番の名パイロットと言われていた江島友一准士官という戦闘機乗りの人が、教官となってくれたことでした。

江島准士官は、普段は物静かな人でしたが、訓練で空に上がると、まるで人が変わったように厳しくなりました。同乗飛行で江島准士官と共に離陸すると、着陸するまでずっと怒鳴り通しで怒られました。毎日毎日怒鳴られ続け、さすがに私は「もう駄目だ」と飛行機乗りの道を断念しようと思いました。

そして、ある晩、意を決して江島准士官を訪ね「私はもうパイロットになるのは諦めましたから、原隊に帰して下さい」と言いました。

すると、江島さんは、「お前何言ってるんだ。お前には非常に才能があると思って期待しているから俺は叱るんだ。俺から叱られない奴はもう駄目なんだ。だから、そんなつまらないことを言ってないで一生懸命頑張れ！」と励ましてくれました。

最初の同期生と初歩練習機の教程を終わり三式初歩練習機の前で。
前列右から6番目が著者

初めて飛行服に身を包んだ著者。19歳

著者の飛行機人生の最初の教官
であった江島友一准士官

私は嬉しくなり、それ以来、江島准士官からいくら怒鳴られても、「よし！」と思って、前向きに訓練に励めるようになりました。

叩き込まれた「必勝の信念」

初歩練習機の次は、より馬力があり、スピードが速い中間練習機での訓練でした。この時教えてくれたのが、中国戦線で艦上爆撃機に乗ってアメリカの戦闘機カーチス・ホークに空戦を挑み、見事撃墜するという武勇を誇る福永松雄さんという攻撃精神旺盛な人でした（爆撃機で戦闘機を撃墜することはかなり困難）。

この福永さんから、攻撃精神を徹底的に叩き込まれました。福永さんからは、敵と戦うのに必要なのは「攻撃精神と必勝の信念だ！」と仕込まれました。

福永さんのこの教えのお蔭で、私はその後のどんな戦いにも「自分だけは絶対に生きて帰って来られる」という自信を持って臨めました。

そして「必勝の信念」は、幾度となく窮地に陥った私を助けることとなりました。福永さんに巡り会えたことは、パイロットの心構えを叩き込まれたという意味で、非常に大きかったと思います。必勝の信念で戦ったことで、助かったことが何度もありました。

九三式中間練習機（九三中練）。機体の橙色から「赤とんぼ」と呼ばれた。戦争末期には特攻機にも使用された

広大な飛行場で訓示を受ける

九三中練での卒業飛行。１番の成績だった著者が先頭を任された

恩賜の銀時計

中間練習機の教官であった福永松雄氏を囲んで。左から２人目が当時二空兵の著者

最後の実用機訓練の教官は、後に共に中国戦線で戦い、同じ機動部隊の一員としてハワイ攻撃やミッドウェー海戦などを戦うこととなる村田重治少佐でした。

私は錚々たる人たちに鍛えられ、今振り返っても、つくづく恵まれていたと思っています。

「長生きしそうだ」との太鼓判

霞ケ浦での訓練が終わるまでの約八カ月の間に、同期の人たちは次々とふるい落とされていきました。そしていよいよ最後の選抜となりましたが、なんと驚いたことに「手相」と「骨相」を観られました。鑑定する人は、東京大学の心理学の先生と紹介されていました。

我々は、一人一人その心理学の先生の前に立ち、両手のひらを出すように言われました。ある練習生がその先生の前に立ち手を出すと、「これは短命だな」と言われ、ガックリと肩を落としていました。そのようなことを言われてしまうと、選抜から落とされ、原隊に戻らなければならないのです。

いよいよ私の番になり、恐る恐るその先生の前に行き手を出しました。自分では選ばれる自信は全くありませんでした。ところが、その先生は私を観るなり「こいつは長生きしそうだ！」と言ってくれたのでした。

中間練習機卒業者たちと。最前列左から３番目が著者。前から２列目、中央が著者に実用機教育をした「雷撃の神様」と呼ばれた村田重治氏

百五十人もいた同期の人たちで、最後まで残れたのは、私を含む二十六人でした。この二十六人が、戦闘機と艦上爆撃機と艦上攻撃機と三つの機種に分けられるのですが、私は希望が叶って戦闘機乗りになれました。私たち操練（操縦練習生）三十五期生は、六人が戦闘機、十人が艦爆、十人が艦攻に振り分けられました。

私は幸運なことに、二十六人のうちのトップで卒業することが出来、天皇陛下から恩賜の時計を頂きました。大きな喜びと共に、私はこれから始まる戦闘機の実用機訓練に思いを馳せました。

「日独防共協定」と「日ソ不可侵条約」

昭和十一年（一九三六年）十一月には、日本はドイツと防共協定を結びました。日本がドイツと手を

組んだことは、最初は良かったと思っていました。何しろ当時のドイツは、やることなすこと行く手に敵なしで進撃しており、イタリアのムッソリーニとも手を組んでいました。そこへ日本が入っていったのですから、これは凄いことになると思っていました。

第一次世界大戦の時には、日本は米英などと共に連合軍側にいました。そして、ドイツが独りよがりをしたのを連合軍で抑えてしまいました。

ところが、第二次世界大戦の時は、ヒトラーを総統としたドイツが、ムッソリーニを仲間に呼び込んで、第一次大戦の雪辱をしようとしたわけですが、日本は今度はその仲間に入ってしまった訳です。

ドイツと手を組んでからは、日本はドイツから色々と戦争に非常に役立つ科学技術をどんどん援助して貰いました。終戦間際に私が戦法を指導した「秋水《しゅうすい》」という飛行機も、ドイツの航空機メーカーのメッサーシュミット社で作ったジェット機を元にしていました。しかし、どのみち資源の無い国がいくら頑張ったところで、結局最後は物資の差でやられてしまうのです。

また、共産主義というのは、今はどうだか知りませんが、当時は何かちょっと怖い存在でした。ただ、その共産国家のソ連は、当時は日本と満州のことで「不可侵条約」を結ぶような国でしたから、良くも悪くもない、そんなに酷い国ではないだろうという印象でした。

ところが、「不可侵条約」を結んでいながら、終戦直前、いよいよ日本の旗色が悪くなったのを見て、卑怯なことにソ連軍が満州になだれ込みました。そして、暴虐の限りを尽くし、シベリア抑留を平気でやったのを聞き、怖いなと思いました。

あれがもし、ソ連とドイツが戦い出した時に、日本がソ連と不可侵条約を結び、まともに付き合っていないで、後ろから叩いてやればソ連は崩壊してしまったのではないでしょうか。ただ、ドイツと日独防共協定を結んでいながら、ソ連との不可侵条約はそのまま生かしておくというのは、日本もちょっとずる賢いというか、ちょっとおかしな話ではありました。

素晴らしい超ベテランの先輩方

希望が叶って「戦闘機」へと振り分けられた私は、実用機での延長教育のために、大分県の佐伯航空隊へと向かいました。

当時、佐伯航空隊には、間瀬平一郎《ませへいいちろう》空曹長や望月勇一空曹長といった超ベテランの人たちがおり、戦闘機搭乗員として具備すべき技術、精神面、特に「実戦の心得」について詳しく指導を受けました。

特に強烈な想い出が残る間瀬空曹長は、操練八期生の大ベテランで、当時予想もつかなかった戦闘機の編隊スタント（アクロバット飛行）を初めて展開したいわゆる「源田サーカス」の二番機に抜擢されていました。その技術の優秀さは全海軍の「至宝」的存在でした。その上、独特の博学多識から己の体験に感想を交え、我々後輩に教訓を与えられ、皆から尊敬されていた先輩でした。

因みに「源田サーカス」は「三羽烏」「空中サーカス」とも呼ばれ、一番機は後に第一航空艦隊の航空参謀として真珠湾攻撃の素案を作った源田實さん、三番機は操練九期の青木與《あとう》三空曹でした。

私は一度だけ、この編隊スタントを目にしたことがありました。源田機を先頭に、左に間瀬空曹長、右にその時は乙飛（乙種飛行予科練習生）の第二期生で成績優秀と聞く東山一郎兵曹でしたが、三機の一糸乱れぬ飛行は、見事の一言に尽きる爽やかさでした。編隊スタントを見ながら「この方々は、大先輩に違いないけれど、同じ人間だ。我々にも出来ない業ではない。訓練していつか必ず自分もやってやるぞ！」と誓いました。

望月空曹長は操練九期で、間瀬空曹長同様に我々操練出身者の神様的存在の方で、実に穏やかな人格の方でした。親しみ易い父親的存在で、細かいことでも快く相談に応じて頂き、そのお話の内容は後の永い海軍生活に大いに役立ちました。

武勇抜群の人格者

また、私の戦闘機人生に欠かせない一人が、黒岩利雄さんです。黒岩さんとの出会いは、後に私が教員として大分航空隊に配属された時になります。当時、先任教員だった黒岩さんからは飛行技術は勿論、酒の飲み方まで指導して貰いました。

黒岩さんは操練十三期生で、昭和七年（一九三二年）二月二十二日、中国蘇州上空で生田乃《いくたの》木次《ぎじ》大尉指揮の三式艦上戦闘機隊の二番機として出撃し、中国軍を支援していたアメリカ軍飛行士（義勇兵）ロバート・ショートの操縦するボーイング戦闘機を撃墜した猛者でした。この撃墜は、日本陸海軍初の空戦による撃墜で、第三艦隊司令長官より感状を賜り、勲章を授与され、一番機の生田さんと共に黒岩さんは一躍賞賛の的となりました。

因みにこの撃墜劇は、満州事変からの中国との一連の軍事衝突の中の一つである「第一次上海事変」の時に起こったもので、私が海軍に入る前年のことでした。アメリカは、中立という建前から、正規軍人を軍籍から外した後に「義勇兵」として中国支援のために送り込んでいました。後の「フライング・タイガース」部隊が特に有名です。

武勇抜群の人格者であった黒岩さんは、思いやりの厚い人情家でもありました。しかし、酒には若干弱い面がありました。ある時、黒岩さんが外泊からの帰隊時に、隊門で副直将校のS整備兵曹長に注意されました。S整備兵曹長という人は口うるさくて、普段から皆に煙たがられていたのですが、黒岩さんは逆上して殴ってしまったのです。黒岩さんは、上官暴行の責を問われ処罰され降格されてしまい、折角の素晴らしい人格を否定されたようで気の毒でした。

酒は上手に飲めば「百薬の長」ともなり、下手に飲めば百害ともなるということを、黒岩さんが自ら悪い見本を示して教えてくれたので、我々は酒の飲み方には気を付けるようになりました。

先輩方には戦闘機の飛行技術を教わりましたが、飛行技術の中でも特に「空戦の駆け引き」は教科書で説明する様な訳には行かず、口頭での説明では理解不可能なことがほとんどでした。先輩方も教えようと努力してはくれましたが、不可能な点は止むを得ず、自分で飛んで体得する他ありませんでした。

相生高秀中尉に巡り会えた幸運

私は残念なことに、超ベテランの方々とは、空戦訓練をする機会がほとんどありませんでした。私に戦闘機搭乗員のイロハを手取り足取り教育してくれたのは、海兵五十九期で、当時

著者に戦闘機パイロットの極意を叩き込んだ相生高秀中尉。
戦後、海上自衛隊で自衛艦隊司令官まで務め退官。
漢口にて九六戦の前で

佐伯航空隊の分隊士であった相生《あいおい》高秀《たかひで》中尉でした。私は、この相生中尉から戦闘機の本来の使命である「空戦と射撃の極意」を教えられたと確信しています。

相生中尉は、天性の恵まれた体格を持ち、運動神経も素晴らしく優れており、その上、人一倍の努力家で、私は心から尊敬していました。戦闘機搭乗員として巣立つ時に、理想的人物に巡り会えたことは、私にとって最高の幸運だったと思っています。

相生中尉は「サイレントネイビー」の風格を備えた海軍士官の代表的風貌の人であると同時に、親近感の持てる優しい人でもありました。雑談の中でよく私に「俺の親父は、君と同じ一般水兵から上がった特務士官なんだ。だから海兵生徒時代に仲間から『ミルク、ミルク』とからかわれて不愉快な思いをしたよ」と話されていました。一般水兵上がりのお父さんの海軍の給料で買ったミルクで育てられたから「ミルク」なのだそうですが、お父さんが一般水兵上がりということもあってか、我々下士官兵に対しては、大変親しみを持って接してくれました。

急降下から空中で停止、そして急上昇

当時、相生中尉は、まだ若くてとても馬力があったので、しょっちゅう飛んでいました。相生中尉は、物凄い腕力の持ち主でした。何しろ急降下して上昇に移る時に、一旦ピタッと停止し、それから上昇に移っていました。実際には、停止することなど有り得ないことですが、まるで一瞬止まったかのように見えるほど、急激に上昇して行くのです。

私たちも若かったので、腕力もあるし、G（荷重）に対する抵抗もありましたが、急降下して吹き流しを射撃し、機を引き起こす時には、目の前が暗くなったり、惰性で機が沈み吹き流しにぶつかってしまったこともありました。

普通は、吹き流しを射撃した後は、吹き流しの横をかわして飛び去るのですが、相生中尉の場合は、吹き流しの上で真っ直ぐ上に引き上げて、直角に上がって行きました。我々が同じことをしようとすれば、機を引き上げ切れずに、退避が遅れて吹き流しにぶつかってしまうのが

昭和 12 年（1937 年）、希望が叶い戦闘機搭乗員となる。
海軍パイロットの証のライフジャケットを身に付けている。20 歳

オチでした。

とにかく相生中尉は、とても我々の努力では追い付けないような天性の体力を持っており、腕力とGに対する抵抗がずば抜けて強く、加えて、射撃の能力も素晴らしく、全てに於いて特別な人でした。

ただ、当時はまだ九〇戦闘機でしたので、スピードも遅く、Gも最高でも４G位でしたから、ああいった急激な操作が可能だったのだと思います。後の零戦では、急降下からの急上昇時に惰性で下降してしまうのを止めるのは、さすがの相生中尉の腕力をもってしても恐らく無理だったでしょう。

急降下というと、垂直に降りるような印象を受けると思いますが、降下角度が四十五度にもなると、フットバーの上に立っている感じになります。四十五度以上にもなると、パイロットには、ほとんど垂直に降りて行くように見えるのです。それでも、毎日訓練して慣れてしまうと、特に怖いということはありませんでした。

普通は降下角度は、三十度くらいで、我々は三十〜四十五度で入って行っていましたが、相生中尉は、四十五〜五十度で降下していました。

急降下に移る際に、まごついて、降下角度が二十〜二十五度と浅くなってしまうと、弾が吹き流しを付けた曳的機に当たってしまうこともあり、注意しなければなりませんでした。

射撃に必要なのは「死を覚悟した度胸」

吹き流し射撃というのは、曳的機が百二十～百三十メートルの紐に繋がれた吹き流しを引っ張って飛びます。射撃をする方は、曳的機よりも四百～五百メートル上の高度を取り、互いが反航（向かい合って）で接近し、交差したら射撃側は反転し急降下に移ります。

相生中尉は、急激な操作で急降下に移れたので、吹き流しへの角度も深く行けたのですが、我々は静かに反転操作をするので、その分吹き流しとの距離も広がり、角度も浅くなってしまうのでした。

射撃訓練では、相手の飛行機に軸線が合っていれば吹き流しに弾が当たりましたが、少しでも傾きや滑りがあると命中率が落ちました。

私は、この吹き流し射撃が下手でした。射撃は、言葉で説明されても理解が難しく、命中率を上げるのは至難の業でした。しかし、実戦での射撃となると訓練とはだいぶ違いました。訓練では名手と呼ばれている人も、実戦では精神的な重圧を受けて、案外活躍出来ないことがありました。その反対に、訓練ではまるで駄目でも、実戦になると実績を上げる人もいました。

私は実戦タイプでした。実戦で一番必要とされたのは「死を覚悟した度胸」です。

空戦訓練と「捻り込み」

戦闘機の訓練は、大きく分けると、射撃、空戦、編隊飛行、定着訓練の四つでした。

当時は相生中尉も研究に心血を注がれており、若くて元気な私は空戦相手として好都合だったようで、しょっちゅう空戦訓練相手に選ばれていました。そして、その都度、成否を通じ反省することが出来ました。

戦闘機の機銃は、前に向かって付いているので、相手の後ろに回ってしまえば安全な訳です。ですから、空戦訓練というのは、いかに相手の後ろを取るかが重要なのです。

ただ、どちらが勝つとか負けるということではなく、お互いに「今日はお前が列機（この場合の列機の意味は有利な方）になれ」などと、空戦中の態勢の有利不利を事前に申し合わせをしてやるのです。一回の空戦訓練の時間は、離陸から着陸までを含めて約二十〜三十分でした。一日の空戦訓練の予定は決められており、希望すれば何回も訓練出来るというものではありませんでした。

どちらが追いかける役で、どちらが追う役かというのは、相手の階級や年功にもよりましたが、二機で編隊を組んで訓練に上がった時は、大体列機（一番機に付いて飛ぶ二番機、三番機のこと）の位置に付いた方が追われる役をやっていました。

一回の空戦訓練が終わって地上に降りて来ると、お互いに「あの時どういう操作をした？」とか、「あれは良かったけれど、あれは駄目だったぞ」とか、「あの時の操作をどう思う？」などと話しながら、細部にわたり詳しく分析しました。主に優位の態勢づくりと、劣勢からの反撃はどのようにすべきかを話しました。

当時はまだ空戦相手のほとんどが先輩でしたが、空戦訓練では追いかける側をした時の方が勉強になりました。相手が逃げるのを追いかけるのは難しいのです。

先輩と空戦訓練をすると、やっとの思いで後ろに付いて五分五分になったと思っても、いつの間にか自分の機が前に飛び出し、先輩に後ろにピタッと付かれてしまいました。今度は後ろに回られまいとするのですが、何回やっても同じことでした。

佐伯飛行場近くの畑に不時着した著者の九〇戦。機密保持のため後ろの山が塗り潰されている

そういう時に先輩たちが使っていた技の一つが「捻《ひね》り込み」でした。

捻り込みは、宙返り途中の失速スレスレの舵の効くところを使った技で、日本海軍のお家芸でした。ただ、この捻り込みに代表されるような垂直に追いつ追われつする「巴戦」の動きは、いくら言葉で説明されても、理解出来ませんでした。「ここでこうやってやれば舵も効くし、小さい旋回で回れる」と教えられても、理屈では分からないのです。実際に何度も何度も飛んでいる中でコツを掴み、出来るようになっていきました。古《いにしえ》から「習うより慣れろ」と言いますが、結局自分で色々やってみるのが一番効果的でした。

相生中尉から戦闘機の指導を受けたのは、佐伯航空隊での延長教育の間の僅か八カ月という短かいものでしたが、あの時厳しく鍛えられたことが、後の私の戦闘機パイロット人生に大きく影響したと思います。

これから戦場に出て、命の奪い合いをするであろう私に、相生中尉が心血を注いで伝えてくれた戦闘機パイロットの極意とは「腕と精神力が一致しなければならない極限の覚悟」でした。

坂井三郎君との切磋琢磨

空戦訓練の相手は、毎回「搭乗割」によって決められたのですが、佐伯航空隊にいた時は、坂井三郎君（元零戦パイロットの撃墜王で、『大空のサムライ』（光人社刊）を著し一躍有名になった）と一緒だったので、彼ともよく空戦訓練をしました。

私が佐伯航空隊で延長教育を終えて、教員の助手のような立場だった時に、坂井君が延長教

著者が佐伯航空隊時代に切磋琢磨したという「大空のサムライ」坂井三郎氏。
支那事変に従軍した時

育を受けにやってきました。坂井君は操練の三期後輩でしたが、同じ大正五年生まれの同年兵という気安さから非常に話しやすく、すぐに親しくなりました。同年兵ということに加え、私が海兵団から航空兵器術の学校を経てパイロットになったように、坂井君も海兵団から砲術学校を経てパイロットになっており、同じように遠回りをして来たので、同病相哀れむではないですが、より二人の距離を近くしていたと思います。また、二人とも操練をトップで卒業したという共通点もありました。トップで出ただけあって、坂井君の操縦技術は優れていました。

当時、教員が忙しい時は、代わりに私が坂井君たち後輩をリードしたこともありました。ただ、私の方が先輩でしたが、飛行時間もそれほど長くはなく、教えることもそんなにありませんでした。それでも、編隊飛行をする時には、立場上私が一番機になり、坂井君を二番機や三番機に従えて飛びました。地上に降りて来ると、また同年兵のよき雑談仲間に戻りました。

操練の三期違いで、ほぼ同格だった私と坂井君は、よく空戦訓練の相手に組まれました。先任の私が、一応リードする側になり、「今日はお前が劣勢の方（追う方）だ」とか「今日は後上方でやろう」などと申し合わせをして、互いに切磋琢磨しました。

後上方というのは、攻撃法（攻撃開始点）のことで、敵機の後ろ上方からの攻撃を意味します。我々はあらゆる角度からの攻撃を想定して訓練しましたが、敵機を撃ち墜とすのに一番効果的な攻撃法は「後上方」であったことから、「後上方」からの攻撃訓練を我々はよくやりました。

空戦訓練の後には、「こういうふうに操作したらいいんじゃないのか」とか「こんなふうに操作してみたけれど、お前はどうやったんだ?」などと、教え合ったり、疑問点をぶつけ合って研究し、貪欲に空戦技術を吸収していきました。

「何となく」敵が来そうだという予感を捉える

当時は坂井君も私も一生懸命で、お互いに刺激し合い鍛えた良き戦友でした。坂井君は、非常に研究熱心でした。研究熱心でなければ昼間の星を見られるまでにはならないでしょう。

戦闘機パイロットは、如何に敵を先に発見して優位に立つかが大事で、目は非常に大事でした。戦闘機パイロットになるということは、敵を一機でも多く墜として、お国のために働くということですから、どんな時でも常に研究することが当たり前でもありました。

その研究の一つ一つに、実戦の経験が加わると、戦場での感が鋭くなっていくのです。そうなると、真っ直ぐ前を見ていても、何となく横や後ろから敵機に狙われているのが分かるようになってくるのです。この「何となく」という感覚が大切で、その予感を掴むか見逃すかが、ベテランと経験の浅い者の差なのではないかと思います。

「心眼」というと大げさですが、とにかく、何となく敵が来るような予感がするのです。そういったことは、私は全て実戦経験から学んだことでした。

ところで、坂井君は、後の数々の実戦を通して、戦場では撃たれないために常に機体を滑らせて飛ばないといけないけれど、射撃の瞬間だけは滑らせずに真っ直ぐ飛ばなければいけないということを言っていました。私はそれは戦う相手にもよると考えていました。B17のような大型機の場合は、滑らせないとやられてしまいます。滑らせた分だけ修正をかけて撃てば良いのです。ただ、どうしても命中率は落ちます。それでも、敵の弾に当たらないことの方が、私は肝心だと思っていました。

七十六年前、坂井君と共に、ああでもないこうでもないと、空戦について飽きることなく熱く語り合った日が、つい昨日のことのように懐かしく思い出されます。

異色の戦闘機パイロット岩本徹三君

佐伯航空隊では、後に二百機もの敵機を墜として撃墜王と呼ばれることになる岩本徹三君とも一緒でした。ただ、彼が六分隊、私が五分隊と分隊が別々でしたので、一緒に訓練をすることはありませんでした。彼は猪突猛進的な一般的な戦闘機搭乗員と性格が違って、要領がよく、戦況把握が上手でした。そういう人だから、撃墜数も二百機もいったのだと思います。

私は岩本君とは、どうしても性格が合いませんでした。彼は繊細で、非常に緻密な考えをしていましたが、私の方は人間が粗末で、のんびり屋で、神経がガサツで、「何とかなる」と深く考えない方で、気楽な人間でしたから、別に彼の性格が良い悪いということではなく、合わなかったのです。

また、海軍の徹底した年功序列という考えも影響していました。私が昭和八年兵で岩本君は昭和九年兵でしたから、海軍では私の方が先輩でした。ところが、飛行学校は岩本君が三十四期で、私よりも一期上でした。そうなるとお互いにしっくりしないのです。ですから、岩本君とは後に上海でも顔を合わせることになりましたが（岩本君は第十三航空隊所属）、彼とはどうしても親しく付き合えませんでした。

岩本君は、空戦になると空戦空域を離れて戦況を見守り、戦いが終わって逃げる敵機を次々に墜としたそうです。

そのやり方を私と同県人で撃墜王の西澤廣義君が気に食わないと思ったようで、西

著者と佐伯航空隊で一緒だった岩本徹三氏

澤君と岩本君が口論したという話を、戦友の角田《つのだ》和男君が話してくれたことがありました。西澤君は、そういった戦い方を卑怯だと言うのだそうです。自分たちが傷つけた敵機を墜としても、そんなのは撃墜数に入らないと。確かに西澤君が言うことは、その通りだと思います。ただ、一つの役割として岩本君のような戦い方もあっても良かったのかも知れません。逃げ帰る敵をそのまま帰してしまえば、実戦を経験した敵はもっと強くなって攻めて来る訳ですから。

岩本君は、支那事変から終戦までの事細かな空戦の記録を回想録（『零戦撃墜王』光人社刊）としてまとめていますが、その戦記によると全ての空戦を先のような戦法でやっていた訳ではないようです。珊瑚海海戦、ラバウル航空戦、本土防空戦などで身を削るような戦いを何度も潜り抜けています。

佐伯航空隊で共に切磋琢磨していた我々でしたが、まだこの時点では、後に最前線で激戦を潜り抜けることになろうとは、想像もしていませんでした。しかし、時代が我々の活躍を要求していたのでした。

第二章　支那事変・南京攻略

大陸への戦争に引きずり込まれた日本

私が佐伯航空隊で戦闘機の訓練を受けていた昭和十二年（一九三七年）七月七日、盧溝橋事件が起きました。北京郊外の盧溝橋付近で演習中の日本軍に中国国民党軍が発砲したことに端を発し、その戦火が中国全土へ拡大していく結果となりました。ちょうど第一次近衛内閣の時で、日本は当初から不拡大方針を貫いていました。ところが、中国側と停戦協定を結ぶ度に、中国軍が一方的にそれを破り、日本軍への挑発を繰り返していました。北京で陸軍への挑発が不発に終わると、上海の租界を守る海軍陸戦隊に目をつけ、攻撃を繰り返しました。

当時、上海には「租界」と呼ばれる外国人居留地があり、そこの居留民を守るために日本の海軍陸戦隊が駐屯していたのです。上海には、日本だけでなく、イギリス、アメリカ、フランスの租界がありました。

上海で挑発を繰り返しても日本軍が一向に乗って来ないので、とうとう中国軍（蒋介石の国民党軍）は、「上海停戦協定」に反して、保安隊に偽装し協定線内に侵入、八月十三日に突然、機関銃射撃を開始しました。さらに八月十四日、上海の海軍陸戦隊と領事館へ空爆を開始しました。フランス租界では千数百名もが死亡したそうです。それまで隠忍自重《いんにんじちょう》を貫いてきた日本軍でしたが、租界の日本人をはじめ各国居留民を守るために、初めて海軍航空隊が反撃し、日中間の戦争へと発展していきました。

国の方針に忠実だった当時の国民

盧溝橋事件が起こった時は、まだ私は飛行機乗りになったばかりだったこともあり、別に将来どうなるだろうかといったことまで考えるだけの立場ではありませんでした。

海軍の戦闘機パイロットという仕事を与えられている以上は、事が起こればどこへでも行かざるを得ないのだから、中国で問題が起きれば、そこにも飛んで行かなければいけません。軍人は命令されるままに行動するだけで、自分の意志を入れる余地は無いわけです。陸軍の一兵卒と同じで、命令されれば命令に従うだけでした。

もっとも当時の日本は、「国家総動員法」や「国民精神総動員運動」といったものがあったり、「国防婦人会」が活躍していたような国でした。軍人に限らず人々は、国の方針に忠実に動くということ以外に自分の感じだとか考えだとかを挟むだけの環境を与えられていなかったと思います。とにかく、我々は国家の指導者の説明が全てだというふうに捉えていました。特に我々軍人には「我が国の軍隊は世々《よよ》天皇の統率し給《たま》う所にぞある」と軍人勅諭《ちょくゆ》にもある通り、上官の命令は直ちに天皇の命令なのだということまで言われていました。

「支那事変」勃発、いざ上海へ

当時、日中間の戦いを「戦争」ではなく「事変」と言っていました。日本側も中国側も戦争にすると都合が悪かったようで互いに宣戦布告をせずに戦闘を続け、実際は戦争であるにもかかわらず、「支那事変」あるいは「日華事変」「日支事変」などと呼んでいたのです。戦後は主に「日華事変」と呼ばれ、その後「日中戦争」と呼ばれるようになって行きました。

支那事変の勃発を受け、私が所属していた第十二航空隊、通称「十二空」は、昭和十二年（一九三七年）九月に上海の公大《クンダ》飛行場に進出しました。私も十月二日付けで上海行きを命じられ、二等巡洋艦（軽巡洋艦）の「木曾《きそ》」で上海に渡りました。

当時、戦争に使えるようになるには、五百時間の飛行時間が必要だと言われていたのですが、私は僅か三百時間での出征でした。上海の戦況がだいぶ膠着状態になっていたようで、増援部隊として急遽派遣されることになったのです。飛行時間が足りない分は、戦地で訓練するからと連れて行かれたのでした。

我々十二空が根拠地にしていた公大飛行場は、元々は上海の大学のグラウンドでした。我々

コラム1　中国側の挑発と隠忍自重の日本軍

支那事変が起きる前は、中国国内では国民党軍と共産党軍による内戦が長く続いていたが、盧溝橋事件当時は一時的に両者の間に協力関係が結ばれたばかりだった。盧溝橋事件は国民党軍内に潜入した共産党の工作員が、日本を巻き込むために引き起こしたという説が有力視されている。

事件後も日本軍は隠忍自重の姿勢だったが中国軍による日本軍襲撃事件（廊坊事件・広安門事件）や通州事件（日本人居留民、二百名以上を中国の保安隊が虐殺）が次々と起きた。上海でも八月九日に大山勇夫海軍中尉が惨殺されている。

また、中国軍機による空爆でも大きな被害が出たため、邦人保護と市街警備のため駐留していた日本の海軍特別陸戦隊は戦闘を開始した。

当時、上海公大飛行場に進出していた海軍第二連合航空隊（第十二・第十三航空隊）は艦上機による爆撃で陸軍を援護。その後は前線基地を常州に進め南京攻略時も支援爆撃を行なっている。

上海で日中間の戦闘が繰り広げられていた時に、上海に安全区を作り、中国難民約三十万人を保護しようとしていたフランス人のジャキノ神父は、日本軍に対する感謝の言葉を東京日々新聞に次のように語っている。「日本軍は人道上の誓約を守り通し、一発の砲弾も打ち込まなかったため、抗日的態度を取る者もなかった。私の永い支那生活中、今度くらい日本軍が正義の軍であることを痛感したことはありません。食料があと二、三日分しかなく心配していたところ、松井石根《いわね》大将が一万円を寄贈して下され、非常に感謝しているところです」。

昭和十二年（一九三七年）十一月九日、日本陸軍は激戦の末に上海全域を占領した。大本営は追撃厳禁を打電したが現地から南京攻略が必要との意見具申があり、十二月一日に大本営は従来の方針を変更して「海軍と協同して南京を攻略すべし」と下令した。これにより陸軍の中支那方面軍各部隊は南京城を包囲すべく進軍し、海軍も、第三艦隊第十一戦隊が南京に向けて揚子江を溯江した。

平和主義者だったローマ法王ピオ十一世は「日本の行動は侵略ではない。日本は支那を守ろうとしている。日本は共産主義を排除するために戦っている。全世界のカトリック教会、信徒は遠慮なく日本軍に協力せよ」と呼びかけている。当時の諸事実が正しく認識されていない現在、支那事変の歴史的意味は再検証される必要がある。

は、上海郊外に在った鐘紡の工員宿舎で寝泊まりすることになっていました。

我々が上海に行った時には、各国の租界を日本軍が統制していたようですが、初めて降り立った日本租界は、平穏で特に変わった様子はありませんでした。

ところが上海に着いた晩、中国軍から我々の宿舎に野砲の弾の洗礼を受け、「あっ、これが戦争だな」と身が引き締まる思いがしました。戦場の第一線で、特に古参兵が泰然自若《たいぜんじじゃく》としている姿を見て、私の恐怖心は吹き飛び、勇気凛凛でした。以後も宿舎には毎晩野砲の弾を撃ち込まれ、寝不足にさせられたのには参りましたが、幸い砲弾は届かず被害は全くありませんでした。野砲の音で撃って来た方向が分かるので、翌朝、その方向に戦闘機で飛んで行き、敵を探しましたが、敵は夜中のうちに逃げてしまっており、行っても何も見つかりませんでした。

中国兵を銃爆撃する日々

支那事変の時の戦争は実にのんびりしていました。大場鎮《ダイジョウチン》だとか呉淞《ウースン》といった町を敗走していく中国兵を陸軍が追いかけるので、我々は中国兵を銃爆撃《じゅうばくげき》して、陸軍の進撃の掩護《えんご》をしました。そして、逃げる中国兵をずっと追いかけながら、南京まで進軍して行ったのです。

九五式艦上戦闘機（通称九五戦）の両翼下に一個ずつぶら下げて行った六十キロ爆弾を落と

したり、プロペラ圏内から出る七ミリ七の機関銃で銃撃したりを繰り返しました。

中国の兵隊もやはり人間ですから、人間の弱さで我々の戦闘機が行くとみんな物陰に隠れるのです。お寺などの大きな建物の中に隠れるのですが、頭隠して尻隠さずで、上空からは丸見えでした。そこになるべくたくさんの敵兵を逃げ込ませておいて、六十キロ爆弾でボーンとやってしまいます。そういうことを毎日のように朝から晩まで何回もやっていました。

支那事変を「のんびりした」と表現しましたが、それは後の大東亜戦争との比較でそう感じるのであって、実際に我々がやっていたことは非常に過酷なことでした。しかし、その当時は、戦争というものはそんなに過酷なものだとは感じていませんでした。

世界レベルに躍り出た堀越二郎技師設計の「九六戦」

中国では、大村航空隊から派遣された第十三航空隊、通称「十三空」も我々と一緒に活躍していました。

我々十二空に配備されていたのは、既に時代遅れとなりつつあった複葉の九五戦で、最高速度が時速三百五十キロと遅く、任務もほとんどが陸軍の進撃の掩護でした。

私が上海に来る少し前に、佐伯航空隊では九〇戦から九五戦に変更されていました。九〇戦はエンジンが小さかったので、前方の視界が良かったのですが、九五戦はエンジンが大きくなったことでカウリング（エンジンを覆うカバー）が大きくなり、前がよく見えなくなってしまい困りました。それでも、少し馬力が増え、性能も向上していたので、視界不良の欠点を補い、じきに慣れていきました。

一方、十三空は装備が進んでおり、使っている戦闘機も九六式艦上戦闘機（通称九六戦）でした。

九六戦というのは、海軍初の単葉、全金属の戦闘機で、後に零戦を設計した堀越二郎技師の設計によるものでした。この九六戦の誕生によって、日本の航空技術が一躍世界のトップレベルに躍り出たと言っても過言ではないと言われています。日本で初めて採用された沈頭鋲《ちんとうびょう》（頭部が接合部材と同一平面になる鋲）や主翼の捻《ねじ》り下げは、零戦にそのまま受け継がれました。

専門的なことは余り詳しくはありませんが、この捻り下げというのは、翼の先端に行くにしたがって、ほんの少しずつ翼を下に捻るというもので、そうすることによって低速での失速を防げるのだと言います。確かに九六戦や零戦の低速での操縦性能は、抜群に良かったです。

因みに、戦時中に零戦を鹵獲《ろかく》した米軍は、徹底的に零戦の性能の解明を試みたそうですが、この主翼の捻り下げには、全く気付かなかったそうです。パッと見ただけでは分かりませんから、無理もないことですが、それだけ日本の技術、堀越二郎技師の設計というのは、世界に先

堀越二郎設計の九六式艦上戦闘機

九五式艦上戦闘機

九〇式艦上戦闘機

駆けて素晴らしかったということが言えるかと思います。九六戦は、増槽《ぞうそう》（機体の下に付ける増設の燃料タンク）も装備していました。

私が初めて九六戦に乗ったのは、昭和十三年（一九三八年）一月、中国から帰還して大村航空隊に行った時でした。その後、大分航空隊での教官時代は九六戦が主体となりました。

複葉の九五戦から単葉の九六戦になり、視界と操縦性能が良くなり、スピードも約百キロ速くなり、上昇高度の限度も千メートルくらい上がりました。

九〇戦から九五戦に変わった時は、そんなに違いを感じませんでしたが、九五戦から九六戦になった時は、性能が格段に良くなり、航空工学の急速な進歩に目を見張りました。この頃から、堀越技師の名声を耳にするようになりました。

因みに、九五や九六という数字は、皇紀二五九五年（昭和十年）、皇紀二五九六年（昭和十一年）に制式採用になったことから、その末尾の九五、九六が取られて名づけられていました。

「十三空」の錚々たる人たち

十二空と十三空は同じ飛行場を使い、指揮所が隣接していたので多少交流があり、十三空の隊長をしていた源田實さんのお顔も毎日拝見していました。

源田さんのことで特に印象に残っていることは、出撃時の試運転が非常に慎重だったことです。源田さんは、海軍の至宝と言われた頭脳明晰の人で、慎重な指揮官と聞いていましたが、出撃時の試運転も我々と異なり、時間を長く取っていました。きっと多角的な面からの納得が必要だったのだと思います。

また、十三空の戦闘機分隊長は、後にその多大なる戦功から「軍神」と崇められた南郷茂章《なんごうもちふみ》大尉でした。南郷大尉は、実に悠然たる貴公子を思わせる気品高い方でした。特に天の一角に視線を向けて、口笛を奏でて居られる悠容迫らざる印象は、昨日のことのように脳裏に焼き付いています。

南郷大尉は、後の南京攻略の際に、九六戦六機で敵機三十機と戦い、十三機撃墜するという華々しい戦果を上げましたが、翌年の南昌攻撃時、中国軍の戦闘機イ15と空戦をし、敵機を撃墜した直後、その敵機と衝突し、惜しくも戦死してしまいました。

その他にも、十三空には、零戦誕生の立役者とも仰がれた横須賀航空隊の戦闘機隊長の横山保さん、操練十七期生の猛者で「雷電《らいでん》（大東亜戦争後半に実戦投入された海軍の迎撃戦闘機）」操縦のベテランとなった赤松貞明《あかまつさだあき》さん、私と同じ昭和八年兵で、支那事変当初、敵戦闘機と接触し、片翼で帰還して有名になった樫村寛一《かしむらかんいち》さんなど錚々たる人たちがいました。

憧れの大ベテラン間瀬兵曹長還らず

支那事変は、陸軍が主となった戦争でした。中国軍が集団で退却して行くのを陸軍が集団で追いかけて行く場面が多かったです。また、上空を飛んでいると、敵が高角砲や機関銃を撃ち上げて来るため敵陣地が分かるので、そこを攻撃しました。トーチカの中からも撃って来るので、トーチカに対する攻撃ももちろんやりました。

「杭州湾敵前上陸作戦」の時には、陸軍がこれから進撃する敵陣地を撃ってくれという時に、印が書かれた吹き流しのようなキャンバスを陸上に出したと記憶しています。我々戦闘機隊は、その印に従って、前にいる敵をやっつけました。

ところが、これは笑い話になりますが、あの頃でも中国にはガラスの大きな温室がありました。その温室を前の小隊が行って誤爆するとガラスが吹っ飛び、地面一面がガラスの破片で埋まっているわけです。その破片が太陽に当たると、ピカピカ光るので、それを敵の機銃陣地と間違えて、私たちの小隊は六十キロ爆弾を落としてしまったことがありました。一番機の先輩も確かにベテランではありましたが、実戦の経験は、飛行時間三百時間の兵隊の私とほとんど同じでした。

杭州湾敵前上陸作戦には、あの大ベテランの間瀬兵曹長も十三空に所属し、参戦していました。間瀬兵曹長は、私の知るところでは、偵察飛行に行き、超低空で飛び、敵の格納庫の中まで偵察を行なったそうですが、未帰還となってしまいました。日本海軍の至宝を失った悲しみは痛恨の極みでした。

しかし、如何に練達のパイロットでも、敵を軽視する行動は反省せねばなりません。同じ様な行動では、零戦になってからの話ですが、我々の先輩で操練二十八期生の羽切松雄《はぎりまつお》さんが、昭和十五年（一九四〇年）十月に中国の成都攻撃の時に敵飛行場に着陸し、敵機を焼き払った話も然りです。羽切さんは、東山一郎空曹長、大石英男一空曹、中瀬正幸一空曹らと共に、敵の飛行場に強行着陸し、格納庫内の敵機を焼き打ちしました。

さらに後の大東亜戦争では、坂井君が米軍基地上空で三機編隊で宙返りをしたそうです。しかし、そういった敵を侮った無謀なことは、やはり慎むべきでしょう。

南京攻略

陸軍は敗走する中国軍を追撃する形で、とうとう南京まで攻め進みました。我々は上海から南京までは遠いので、前進基地として常州という所に進出し、そこから南京の攻略をすることになりました。

南京には、太平門や光華門というものすごく頑丈な城門がありました。その門を中国兵が守っており、陸軍でも相当強いと言われていた脇坂部隊が攻略に困っていました。それらの門を、我々は六十キロ爆弾と機銃でだいぶ破壊しました。

また、敵が城壁の上から日本兵を撃っているのがよく見えたので、敵兵のいる所へ徹底的に爆弾を落としたり、銃撃をしました。

城門の上の敵兵を追い払う時は、高度四百〜五百メートルから機銃を連射しながら降下して行きました。もちろん弾に当たって倒れる敵兵もいました。

九五戦には、二連装の銃が二百メートル先で交差するように照準されていたので、やはり二百メートルくらいからが命中率が良くなり、百メートル以内が一番命中率が上がりました。

爆撃は、爆弾の種類、大小及び信管の遅速によって異なりましたが、だいたい高度四百〜五百メートルで爆弾を落として、機体を引き上げる時は、高度百メートルくらいまで機が沈みました。我々が落としていたのは六十キロ爆弾で、しかも陸上用の爆弾でしたから爆発する時にバッと広がりましたけれど、高度が百メートルもあれば爆弾の炸裂を十分避けられました。

そのような攻撃を南京が陥落するまで、十日間くらい続けました。

そして、昭和十二年（一九三七年）十二月十三日、日本軍はとうとう南京を陥落させました。

コラム2　松井石根大将と南京城攻略要領

南京攻略を前にした昭和十二年（一九三七年）十二月七日、中支那方面軍司令官であった松井石根《いわね》大将は、国際法学者の意見を仰ぎ、部隊の軍規維持を徹底するために「南京城攻略要領」を部隊に示達した。十二月九日には南京城内に降伏勧告文が撒布され、翌日、参謀長らが南京城門外で中国軍使を待った。しかし軍使は現れず、同日午後二時より南京城攻撃が開始され、十三日に南京を占領した。蔣介石は夫人と共に七日の段階で南京を脱出、南京防衛司令官の唐生智も陥落前夜、密かに脱出していた。

中国と中国人を愛した松井石根大将が発令した「南京城攻略要領」は、次のようなものであった。

【南京城攻略要領】（一部抜粋）

七、南京城の攻略及び入城に関する注意事項

（一）皇軍が外国の首都に入城するは有史以来の盛事にして長く竹帛に垂るべき事績たると、世界の斉しく注目しある大事件なるに鑑み、正々堂々将来の模範たるべき心組を以て各部隊の乱入、友軍の相撃、不法行為等絶対に無からしむるを要す。

（二）部隊の軍紀風紀を特に厳粛にし、支那軍民をして皇軍の威武に敬仰帰服せしめ、苟も名誉を毀損するが如き行為の絶無を期するを要す。

（五）略奪行為をなし又不注意と雖も火を失するものは厳罰に処す、軍隊と同時に多数の憲兵、補助憲兵を入城せしめ、不法行為を摘発せしむ。

昭和十二年（一九三七年）十二月十七日、日本軍の南京入城式が行なわれた。日本軍は松井大将を先頭に中山門より入城した。翌日、戦没者の慰霊祭が行なわれたが、これについて松井大将は、「慰霊祭には日本軍の戦没将兵だけではなく、中国の戦没者も併せて祈り慰霊するようにせよ。これが日支和平の基調であり、自分の奉ずる大亜細亜主義の精神である」と強調し、祭文その他の準備を参謀長に命じた。

しかし、日時の余裕がなく準備が出来ず、中国軍の霊を祀ることは後日（翌年二月八日に行なわれた）に譲ることとなった。松井大将はこのことを大変残念に思い、内地帰還後、静岡県熱海市伊豆山に興亜観音を建立し、日中双方の戦没者の霊を祀り、雨の日も風の日も毎日読経していたという。

敗戦後の極東軍事裁判で、松井大将は日本軍による南京での一般市民の大虐殺があったという全く謂れ無き罪で死刑判決を受け、絞首刑となった。

松井大将は、「世の人にのこさばやと思ふ言の葉は自他平等誠の心」との辞世を残している。

中国軍は揚子江を遡って逃げていました。

地上を逃げて行く敵や城門の上から日本の陸軍を迎え撃っている敵を爆撃したり銃撃する時は、遠くから爆弾を落としたり銃撃するので相手の顔ははっきり見えませんでした。中国兵を一カ所に逃げ込ませてドーンと爆撃するのも一つの人殺しではあるけれども、顔が見えない分、気持ちは随分と楽でした。

後の大東亜戦争で、敵戦闘機に十メートル、五メートルと接近して攻撃し、避退する時に相手の苦しむ顔をはっきり見た時とは、全然感じが違いました。

中国の兵隊を建物の陰に追いやるのは、三機の小隊単位でやりました。私は戦地に行ったばかりだったので、しんがりの三番機でした。小隊長は一期の乙飛（乙種飛行予科練習生）の人でしたが、その小隊長の指示に従って真似をしてやっているだけでしたので、戦争というものの本当の裏表ということまでは、ほとんど分かりませんでした。

南京の中国人と笑顔でお付き合い

南京に進駐した私たちは中国人に対して敵対感情を持っていませんでした。また、南京に残っていた中国人たちも、我々日本人に対する感情は悪くはなかったです。

もっとも、反日感情の強い人たちは、揚子江の上流にどんどん逃げてしまっていました。残っていた人たちは、日本の進駐を受け入れる建設的な人たちでした。我々は中国人と仲良くしたいという思いで接していましたし、中国人の方でも、歓迎とまではいかなかったですが、割合に嫌な顔はしていなかったと思います。

ある時、私たちは南京郊外の中山陵（紫金山の中腹にある孫文の墓、中山というのは孫文の号）にお参りに行きました。すると、中国人一行もお参りに来ていて、とても我々に好意的でした。言葉は通じませんでしたが、お互いに「やあやあ」という感じで笑顔で挨拶を交わし、どうにかお互いが理解し合ったような和やかなお付き合いをしました。

子供の頃から我々の中国に対しての印象は、良いものでしたし、決して侵略して中国を乗っ取ろうというような、そういう日本の政策ではないと思っていました。

当時は、どうしても日本の方が科学的に進歩していたので、それを中国人に教え、中国の人たちの良いようにしてあげ、その代わり、日本では土地が狭くて人口が溢れているのを中国に移住させて貰おうということでした。ブラジルへの移民もありましたが、遠くてなかなか行けないので、隣の国の中国（満州）に日本の人口を移すということでした。一生懸命働けば、二町歩とか三町歩とかの土地を我々日本人に与えるような、そういう政策もあったようです。

茨城県には「満蒙開拓青少年義勇軍内原訓練所」という、青少年が満州で働いて自分の土地を貰って、生活出来るようにするという養成所までありました。

私の気持ちは、中国に対しては最後まで、後の米英に対するものとは全く違っていました。これは、当時の一般的な日本人もそういう思いだったのではなかったかと思います。ですから、私たちは複雑な心境で中国人とは戦っていたのです。

南京虐殺は当時噂すら全くなかった

南京には飛行場があったので、我々はそこに進駐しました。南京に入ると、中国の民間人はまだ残っていました。その民間人たちと我々進駐した飛行隊の人たちとは、敵対行為を超えて、互いに東洋人としての親密性を持っていました。

南京の人たちは、我々を敵対視してはいませんでしたが、我々は十分警戒もしていました。と言うのも、中国には「便衣兵」といって商人や農民のような格好をした兵隊がいたからです。便衣兵は国際法違反でした。その便衣兵を陸軍が十人、二十人とトラックに乗せて来て、揚子江の波止場で処刑するのを、非番で数人で外出した時によく目にしました。

私たちはそれを見て「よくあんなことが出来るな」と言っていました。ところが、陸軍の人は、「海軍さん、銃剣で突いてみないか」と言うんです。私たちは驚いて「嫌だ」と言って逃げ去っ

コラム3　南京大虐殺の虚構

戦後、在日朝鮮人の本多勝一が著した『中国の旅』を朝日新聞が連載し、誇張された南京虐殺を捏造喧伝したことは許されることではない。本多と朝日の所為で戦後中国人の日本人非難は決定的となったのである。

南京陥落当時の南京には、軍人・兵士・外交官・国内外のジャーナリストなどが大勢いたが、南京大虐殺など見たことも聞いたこともないと答えている。南京攻略に従軍した当時の朝日新聞記者たちも否定している。

虐殺どころか、北京や天津では南京陥落を祝う旗行列が盛大に行なわれた。南京陥落直後の昭和十二年（一九三七年）十二月二十三日に南京市自治委員会が発足し、翌年三月二十八日には、中華民国維新政府が設立されている。中国民衆は日本軍を歓迎していたと言っても過言ではない。

昭和十三年（一九三八年）一月二十六日〜二月二日に開催された「第百回期国際連盟理事会」において中国国民党代表の顧維均が、「南京で二万人の一般市民の虐殺と数千の女性への暴行があった」と演説し、国際連盟の行動を要求したが、「そのような事実はない」と一蹴され、採択されなかった。

後に、その数字が更に改竄され続け、遂に現在は三十万人と言われている。しかし、当時の南京の人口は二十万人と言われており、現在中国人が喧伝していることが虚偽であることは明白である。

同年七月、「南京大虐殺」をあたかも事実の記録であるかのように見せかけた『戦争とは何か・中国における日本の暴虐』がロンドンで出版されたが、この本を著したオーストラリア人のハロルド・ティンパーリは、国民党の宣伝工作員だったことも明らかとなっている。当時、ティンパーリは金銭的に困窮していたとの証言もある。

日本軍の駐留によって南京の町は秩序と平和を取り戻し、活気が出たために沢山の中国人が集まり、人口は二十万人から一カ月後には二十五万にも増えていたと言う。日本軍とも友好的に生活していた。大虐殺があったような所に誰が好き好んでやってくるだろうか。実際に殺されたのは、著者も書いてるように戦時国際法違反の一般人になりすました「便衣兵」であって、一般市民ではない。ただ、残念ながら便衣兵と間違われて殺された人が少なからず居たであろうことは想像に難くない。いかなる戦争にも必ずついてまわる悲劇である。

たこともありました。一度は、陸軍の兵隊に、「よくこんなこと出来るね」と聞いたこともありました。すると、「冗談じゃないよ。俺の戦友はこいつらに撃たれたんだ。顔を覚えている。隣にいる戦友をこいつらが撃ったんだから、やったって平気だよ」と言うんです。

中国人というのは、どういう教育を受けていたのか知りませんが、中には観念して、よく斬れるようにと襟をまくって首を出して、波止場の所に跪《ひざまず》いている人もいました。

そうかと思えば、泣いて騒いで、終いには川の中に飛び込んで逃げる人もいました。飛び込んでみたところでいつまでも潜っていられないから、浮かんで頭が出ると、バーンバーンと撃たれてしまいます。

確かに相手は便衣兵ではありましたが、そういうことを私は何回も見て驚くと共に、心を痛めていました。便衣兵をある程度捕まえてくると、やっていたのではないかと思います。

この便衣兵の処刑のことを指して中国では、何十万人もの一般人を虐殺したと言っているのではないかと思いますが、中国人の作り話で、一般人の虐殺は無かった筈です。当時は、全く噂すらもありませんでした。

それに陸軍がやっていたことは、確かに残酷なことでしたが、戦争だから仕方なく敵である中国兵（便衣兵）を殺していたのです。盧溝橋事件の直後に、中国軍が日本軍を挑発するために日本軍の兵隊だけでなく、女性や子供を含む日本の民間人を猟奇的に二百数十人も虐殺した

「通州事件」や、はじめから一般市民を標的にし一瞬にして数十万を殺したアメリカの原爆や東京大空襲などの無差別大量殺戮とは全く違うものでした。

だいたい何十万人といった数字はあり得ないと思います。というのも、私が実際に体験したように、南京陥落直後、中国人と日本人は、笑顔で挨拶を交わし合っていたというのが真実の姿なのです。

支那事変は日本人居留民を守るための自衛戦争

支那事変は、中国人が日本人居留民を襲っているから、日本人居留民を守るために始めた事変なのだと国は我々に説明していましたし、事実そうだったようです。

きっかけとなったのは「盧溝橋事件」で、北京郊外で演習中だった日本軍に中国の国民党軍が銃弾を放ったことで、日本軍と国民党軍の間に戦闘が始まってしまいました。日本はなるべく「不拡大主義」をとっていました。しかし、国民党軍の度重なる挑発に乗せられた陸軍が大陸での戦いにずるずると引きずり込まれて行き、それに伴ってどんどん兵力を増強し進撃してしまいました。

支那事変は、日中間の戦争というところまでは行かず、一つの「事変」として、お互いの居留民を守るという大義名分がありました。ですから、日本は中国との国交を断絶して、最初から中国を乗っ取るというような大きな野心は持っていなかったと思うのです。

ですから当然私も、日本人を守るための「自衛戦争」だと思っていました。近衛首相なども「不拡大主義」ということを言っており、日本は出来るだけ早く事変を終結させたいと思っていたようですが、いつの間にかそれが次第に大きくなってしまい、日本が望まざる方向へと進んでしまったようでした。

また、中国では、中国を欧米列強から独立させるために日本軍と協力している汪兆銘《おうちょうめい》といった人もいましたので、中国との戦争は一時的なもので、最終的には「大東亜共栄圏」に繋がっていくのだと考えていました。ただ、私は汪兆銘に対する印象は、国民党にも共産党にも与せず、日本の言うなりの「棚からぼたもち」的な、信念の無い軽い人物と受け止めていました。

しかし次第に、中国での日本の動きは、米英などの第三者から見れば、日本が中国を侵略して、日本の勢力下に入れてしまうというふうに見えた訳です。そこで米英との間に大きな摩擦が生じてきたのではないかと思います。

ただ、「大東亜共栄圏」という素晴らしい理想は持っていたけれども、陸軍という割合に視野が狭く剛毅な力に任せている組織が、いつの間にか少しやり過ぎてしまっていました。

日本と中国がお互いに良くなるために

一度攻撃してしまった以上は、中国人と仲良く手を取り合うという訳にはいかなかったでしょうが、本当に中国と敵対して戦って行くんだという強い意思は日本にはありませんでした。我々は、日本人の居留民を守るために一時的に戦闘をしているけれども、あくまでも一時的なものというふうに考えていました。その点では、後に米英と戦った時とはまるで気持ちが違っていました。

中国に行っている間、なるべく私は、中国人に敵対的な気持ちを持たないようにしていました。「仕方がない、我々もここに来ているけれども、生活している日本人を守るために来ているのだ」とか、「中国と色々と衝突はするけれども最終的には同じ東洋民族だし、我々の祖先が皆、先生として敬った中国なのだから、中国と日本がお互いが良くなるように」などと思っていました。

しかも、当時の中国の責任者的立場にあった蔣介石さんは日本陸軍の高田連隊で軍事教練を受けた人でしたし、蔣介石さんの右腕の何応欽《かおうきん》さんなどの側近も、日本の宇都宮連隊などで教育を受けていた人たちでしたから、尚更、日本と中国はいつかは手を取り合えるのではないかと思っていました。

「パネー号事件」で内地に戻される

さて、南京陥落の前日のことです。中国兵がジャンク船に乗って逃走中との情報を掴んだ我々は、これを攻撃すべく十二空と十三空の戦闘機と艦爆、艦攻合わせて二十四機が出撃しました。戦闘機隊は潮田良平大尉が指揮官で九機が出撃、艦攻隊は、私の実用機訓練の教官だった村田重治大尉が率いていました。

我々は、南京から約五十キロ上流の揚子江に、それらしき船団を見つけると、次々と爆弾を命中させて行きました。

ところが、その船団の中に砲艦「パネー号」などアメリカの船が数隻混じっており、我々はそれらも一緒に爆撃してしまったのです。私は戦闘機隊の八番目に爆撃しましたが、六十キロ爆弾をしっかりパネー号に命中させました。

ところが、第三国の船を沈めてしまったということで国際問題となり、「パネー号事件」と呼ばれました。

戦後に知ったことですが、アメリカでは「パネー号事件」が相当ショッキングな事件だった

著者らが爆撃し、沈没させた米国アジア艦隊揚子江警備船「パネー号」

昭和 13 年（1938 年）、霞ケ浦航空隊教員時代。
三式初歩練習機をバックに

ようで、日本側は意図的にやったに違いないとマスコミが報道し、日本品不買運動にまで発展するなど反日機運が高まったそうです。

アメリカは、日本側に抗議してきましたが、そもそも南京戦に入る前に日本軍は、外国船は事前に退去するようにと布告していましたので、あの時にあんな所を航行していれば、やられても仕方がないのです。

また、卑怯な中国軍は、自軍の船に外国の旗を揚げ、外国船を装って逃げるということを繰り返してもいました。もっともこの時のパネー号は、私が上空から見た限りでは、アメリカの国旗はどこにも出ていませんでしたが。

結局、日本側の誤爆だったとしてアメリカに謝罪し、千三百二十一万四千ドルもの賠償金を払って済ませました。

しかし、年が明けて程なくして、私を含めた数名が責任を取らされるような形で、内地へと帰されることになってしまったのです。

少々気落ちして日本の土を踏んだ私でしたが、大村航空隊や佐伯航空隊の兵員や一般市民の皆さんが、パネー号を撃沈したことを「よくやった。よくやった」と褒めてくれました。「爆弾が当たらなかったら日本の名折れだった」とまで言われました。

その後、南京を陥落させた戦功として「勲七等青色桐葉章《くんしちとうせいしょくとうようしょう》」も授与されました。

第三章　真珠湾攻撃

ＡＢＣＤ包囲網で対米英感情が悪化

支那事変の時に、米英が中国の後ろ盾になる前は、日本国民は米英をそんなに悪い感じには捉えてはいませんでした。

まずソ連が中国を軍事的に支援するような格好になりました。さらに、中国に裏から軍事援助をして日本を悩ませたのが、いわゆる米英の連合軍でした。その頃から、日本には「米英憎し」という空気が生まれました。

そこへもってきて、「ＡＢＣＤ包囲網」（ＡＢＣＤは、アメリカ（America）、イギリス（Britain）、支那（China）オランダ（Dutch）の頭文字をとった）という対日経済封鎖をされ始めた頃から、「これはえらいことだ」ということになりました。資源を輸入に頼っている日本にとって、軍事物資、工業原料、食料などを抑えられてしまったら、日本が立ち行かなくなってしまうと。しかも、米英の要求は、昭和初期の線までバックしなさいということでした。今まで日露戦争などで獲得したものを元に戻しなさいという、我々日本人としては到底飲めない要求を出してきて、それを飲めないなら資源をストップしてしまうというのです。そこまで言われてしまえば、これは戦わざるを得ないと思いました。戦争はしないに越したことはありませんが、我々軍人とすれば、最終的には一番強力なアメリカと戦わざるを得ないのではないかと思いはじめたのでした。

元々国のためには命を捧げてもいいという思いで海軍に入ったのですから、それなら一つやってやろうじゃないかというのが恐らく私一人ではなく、当時の全ての下士官兵の気持ちではなかったかと思います。そうやって、日本中が寄ると触ると「米英憎し」に変わっていってしまったのです。

我々一兵卒には、米英の植民地政策とか世界の情勢というものを見るだけの視野の広さは到底ありませんでした。だから、悲しいかな、とにかく「軍人勅諭」一点張りで、軍隊というもののだけで視野が一杯になっていましたから、世界的な情勢などは到底把握出来なかったと思います。

零戦との運命の出会い

アメリカとの関係が急激に悪化し、日本国内がアメリカと一戦交えることになるだろうという雰囲気になっていた昭和十六年（一九四一年）九月、大分航空隊にいた私に、急遽、航空母艦「蒼龍《そうりゅう》」に乗艦せよとの命令が下りました。

私は中国戦線から内地に戻ってからは、陸上基地で長い間教官をやっていましたので、母艦乗り組みの体験は初めてでした。晴れて母艦搭乗員になり、私の心境は「務めは重し身は軽し」でした。この異動は明らかに真珠湾攻撃のためだったと思っています。私以外にも多くのベテランパイロットが各々の航空艦隊の航空部隊に続々と補給されてきていました。

第二航空戦隊に所属する蒼龍の航空部隊の基地であった佐伯航空隊は、私が戦闘機の延長教育を受けた、まさに戦闘機パイロットとしての生まれ故郷のような所でした。佐伯は私を育ててくれた大恩ある航空隊で、飛行場の隅々まで知り尽くしていました。

その故郷のような佐伯航空隊に着き、着任の挨拶に行ったところ、列線（稼働可能な航空機を整列させた状態）には二十機ほどの零戦がズラッと並んでいました。その零戦を前にして、上官より「これからもしアメリカと戦うようなことになったら、この零戦で戦うのだから頑張るように」と訓示を受けたのを、まるで昨日のことのように覚えています。

これが零戦と私の初めての出会いでした。私は零戦の姿にすっかりひと目惚れしてしまいました。零戦《ゼロ》は、正式名称を零《れい》式艦上戦闘機といい、海軍で制式（軍隊で採用）となった皇紀二六〇〇年（昭和十五年）の末尾の「〇《れい》」を取って名付けられていました。

零戦は、昭和十五年（一九四〇年）九月には、支那事変に実験的に投入され、中国の重慶上空での初空戦で十三機の零戦が、敵機二十七機の全てを撃墜し、味方の損害は無しという大活

中国戦線で活躍した「零戦 11 型」
全幅：12m　全長：9.05m
最大速度：509km/h
（著者が乗っていた 21 型は 533km/h）
航続距離：2222㎞
（増槽有 3502㎞）
11 型は 47 号機までは陸上で運用する仕様のため尾部に着艦フックが無い

著者が乗艦していた航空母艦「蒼龍」。昭和 12 年（1937 年）12 月 29 日竣工。全長 227.5m（飛行甲板全長 216.9m）、全幅 21.3m

蒼龍の姉妹艦「飛龍」。姉妹艦のため大きさや、性能は蒼龍とほとんど同じだった

躍をし、世界で一躍有名になっていました。

以降、「零戦の征くところ敵なし」と聞いており、日本人として非常に誇りに思っていました。

その飛行機に乗れるのですから幸せだなと思いました。

零戦に乗って戦えば絶対に勝つ！

いざ零戦に乗ってみると、今まで九〇戦、九五戦、九六戦と乗り継いで来ましたが、実に色々な面で素晴らしい性能を持っており、驚きました。

先ず、零戦はアメリカのグラマンにも引けを取らない素晴らしいスピードを持っていました。また、航続距離がずば抜けて長く、うまく飛べば十時間も飛ぶことが出来、遠距離の攻撃が出来ました。しかも、武装も今までは「七ミリ七」という小さな機銃が機首に二丁だけだったのが、それに加えて「二十ミリ機関砲」が両翼から撃てました。

そして何より一番の特性は、操縦性の良さにありました。それまで一番良いと思っていた九六戦なども全然比較にならない程に滑らかで、自分の思うように軽く動いてくれました。

さらに、重量感もあり、それまでの九六戦では、離陸時に風に煽られると浮きそうになったのが、零戦はどっしりと安定した離陸が出来ました。

コラム4　零戦の設計者・堀越二郎

堀越二郎は、明治三十六年（一九〇三年）、ライト兄弟が初飛行に成功した年に群馬県に生まれた。

難関を突破し東京帝国大学工学部航空学科へ入学した堀越は機体を専攻。同期には、後に陸軍の戦闘機「飛燕」を作った土井武夫や、「航研機」で昭和十三年（一九三八年）に航続距離世界記録を樹立した木村秀政ら錚々たる人たちがいた。

大学を卒業し、三菱重工の名古屋航空機製作所に就職した堀越は、ドイツ人の教官から設計の指導を受けた。入社三年目には、最先端の航空機技術を学ぶために、欧米の航空機メーカーに派遣された。当時の日本の飛行機は、欧米のコピーやライセンス生産、欧米人の設計機が大半であった。

帰国した堀越は、入社五年目にして設計主務者を任され、世界初となる片持ち（支線や支柱を使わず内部構造で支えているもの）低翼単葉の「七試艦上戦闘機」を造ったが、失敗に終わった。

その後、日本海軍初となる全金属製の「九六式艦上戦闘機（九六戦）」で堀越の才能が花開いた。昭和十年（一九三五年）六月に試作二号機をテストした源田實海軍大尉は速力と上昇力は問題ないが、格闘性能は複葉の九五式艦上戦闘機の方が優れていると主張。それを受けて、模擬空戦が行なわれたが、その結果、九六戦の方が格闘戦が強いことが分かった。九六戦は中国戦線で大活躍した。

その後、海軍からの苛酷な要求に応え零戦を設計したが、その初飛行の姿を見た堀越は「美しい」と思ったという。零戦の大幅な性能向上について堀越自身は、ライセンス生産出来るようになった可変ピッチプロペラによる所も大きいと言っている。また、操縦性の良さは主翼の捻り下げに加え、堀越独自のアイデア「昇降舵の剛性低下式操縦索」に秘密があった。堀越は昇降舵を動かす操縦索を細くし高速時に伸びるようにし高速時も低速時と同様な操縦桿の操作で操縦出来るようにしたのだ。

戦後は、戦後初の国産となる旅客機「YS—11」の設計に「航研機」の木村秀政、「隼」の太田稔、「紫電」の菊原静男、「飛燕」の土井武夫といった錚々たる設計者たちと共に参加した。昭和三十七年（一九六二年）八月、YS—11は、戦後、GHQに航空機の研究・設計・製造を全面禁止されたブランクを乗り越えて初飛行に成功し、全世界に羽ばたいていった。まさに、戦前、戦中、戦後と日本の航空機設計をリードしたのが堀越二郎であった。

ただ、零戦は防弾設備がありませんでした。しかし、当時の戦闘機搭乗員には「攻撃は最大の防御」主義が徹底していましたので、私は何とも感じていませんでした。

防弾の必要を感じたのは、ミッドウェー海戦以後守勢になってからで、グラマンの防弾装置を見て、零戦にも防弾が必要とは思いました。しかし、当時は、零戦の優秀性に満足し、特に二十ミリ機関砲の威力に絶対の自信を有していましたので、防弾は零戦の優れた性能と我々の操縦の腕で補えばいいくらいに考え、不安は全くありませんでした。

余りの性能の凄さに「零戦に乗って戦えばどんな敵機にも負けない。絶対に勝つ！」という絶対的な自信を私たちに与えてくれました。そして、「戦闘機パイロット冥利に尽きる」「零戦とならいつでも喜んで死ねる」とまで思いました。

零戦開発の陰に戦友たちの殉職あり

私が航空母艦の鳳翔に乗り組んで、機関銃や爆弾などを整備する航空兵器員をしていた時に、奥山益美《ますみ》さんという戦闘機パイロットと親しくなりました。北海道出身の奥山さんは、兵隊は私よりも一年古く、操練の二十一期生でした。男性的で竹を割ったような性格で、戦闘機パイロットとしての技術は抜群でした。

鳳翔では、戦闘機パイロットと兵器員の食事のテーブルが一緒だったこともあり、奥山さんとは、朝から晩まで兄弟のように過ごしていました。

戦闘機パイロットは、飛行機のエンジンも機体も大事にしますが、何を置いても兵器を一番大事なものと考えていました。敵機と渡り合うための機関銃には特に思い入れがあり、それを整備している我々とは密接な関係にありました。

機関銃の調整が悪いと、プロペラを撃ってしまうこともあり（機銃弾が回転するプロペラの隙間を縫って発射されるため）、機関銃の調整は非常に重要でした。戦闘機パイロットが出来ない七ミリ七機銃の調整を我々兵器員がちゃんとやってあげるので、戦闘機パイロットと兵器員は自然と親しくなりました。パイロットたちから「この機関銃のどこがいけない？」と聞かれると、教えてあげたりして、兵器員とパイロットは、まるで一心同体でした。

奥山さんは、後に横須賀の空技廠《しょう》（海軍航空技術廠）で飛行実験部のテストパイロットとして活躍しました。ところが、零戦の前身である「十二試艦上戦闘機（十二試艦戦）」の試作二号機のテスト中に、機体が空中分解し、殉職してしまったのです。

奥山さんは、機体が空中分解した直後、操縦席から脱出し、無事に落下傘が開いたので、地上で見ていた人たちは、良かったとホッとしたそうです。ところが、奥山さんは、何を思ったか、まだ地上についていないうちに落下傘バンドを外し、地面に激突してしまったというのです。恐らく、操縦席から飛び出した瞬間に意識不明に陥ってしまい、まだ操縦席にいるものと勘違いして、慌てて落下傘バンドを外してしまったのではないかと思います。私は兄のように慕っていた戦友が亡くなったことを聞いて「勿体無い男を亡くしたな…」と心が痛みました。

奥山さんの事故は、昇降舵がフラッター（気流による振動）を起こしたことが原因だったようで、その後は対策が施され、同様の事故は起きなくなったようです。零戦の開発にとって、奥山さんの殉職は非常に大きな功績になったと思います。

十二試艦上戦闘機が、零戦として制式採用されて以降も、急降下時に補助翼と外鈑の一部が吹っ飛ぶ事故が起こり、その究明のために急降下のテストをした下川万兵衛さんも、機体が空中分解し、飛行機から脱出することなく殉職してしまいました。名機「零戦」誕生の陰には、戦友たちの尊い生命の犠牲があったのです。

零戦での着艦訓練

佐伯航空隊では、零戦で射撃、空戦などの訓練をやりました。空戦は編隊空戦までやりました。

私は支那事変での「パネー号事件」で降格されて以後は、後輩を指導する操縦教官として各航空隊を転々としていたため、特別な空戦訓練はお預けの状態でしたので、零戦で、しかも空

コラム5　アメリカの対日経済封鎖①

日本は従来から朝鮮半島を影響下に入れることばかりでなく、中国本土にも日本の影響力を拡大することをねらっていた。それは侵略が目的ではなかった。何故ならその時の中国が独立国としての体をなしておらず、このまま放っておけば西欧列強の植民地化が進行し、遂には地政学的脅威が日本を襲うと捉えていたからである。そして日露戦争終結後、桂太郎首相とアメリカの鉄道王、ハリマンとの間で話し合いが行なわれ、満鉄およびその付属鉱山を日米両国で共同で経営するという方向で「予備協定覚書」（一九〇五年）の段階まで交渉が進んでいたのである。ところが小村寿太郎外務大臣が、この決定に強硬に反対したことで破談する。この一件が後に太平洋戦争へと導く最大のターニングポイントとなったのである。小村の謬見は余りに大き過ぎた。

対米英蘭戦は、「ABCD包囲網」、とりわけアメリカによる在米日本資産凍結、石油の全面禁輸によって追い詰められた日本が自衛のために立ち上がり、已むなく戦端を開いたものである。

アメリカの対日経済封鎖は、日露戦争終結後、セオドア・ルーズベルトの指示により立案され、支那事変勃発後、一九三七年、フランクリン・ルーズベルトが実行したものである。

第26代アメリカ大統領セオドア・ルーズベルトは新渡戸稲造の『武士道』を読み感動し、日露戦争の講和会議（一九〇五年）を仲介したとして日本で馴染み深いが、アメリカの対日経済封鎖は同大統領の指示で立案された対日戦略「オレンジ計画」（一八九七年）に端を発する。

昭和六年（一九三一年）九月十八日、満州事変が勃発。この時、スチムソン国務長官は対日経済封鎖を提案したが、第31代アメリカ大統領フーヴァーは「目標とされた国にとって戦争を意味する」と採用しなかった。第32代大統領フランクリン・ルーズベルトは、「宣戦布告せず交戦する技術」としての「封鎖」を積極的に政策に取り入れた。

大統領就任直後の一九三三年、「対敵通商法」を改正し、同大統領が国家緊急事態を宣言する状態であれば議会の承認を得ずとも外国及び国内の金融取引に対する完全規制を実施出来るようにした。

昭和十二年（一九三七年）七月、支那事変が勃発すると、ルーズベルトは対日経済封鎖を模索し始め、十月五日、日本を侵略国として暗に非難する有名な「隔離演説」を行なった。

戦訓練が出来るとあって、まるで水を得た魚のようでした。

訓練では、別府湾に母艦が入って来ての着艦訓練もしました。零戦は陸上機のような運用のされ方をし、実際に艦上機でありながら、世界中のいかなる陸上機も叶わない性能を備えていましたが、正式名称である「零式艦上戦闘機」という名前の通り、航空母艦で艦上機として運用されるために開発されたものでした。

着艦訓練というのは、「擬接艦」「接艦」「着艦」と進みます。「擬接艦」というのは、出した車輪を甲板に着けず母艦上を通過します。「接艦」はエンジンを絞り、甲板上を滑走してから再上昇します。そして、最後の「着艦」で尾部のフックを甲板の制止索に掛けて機を制止させます。これらの訓練は、陸上での定着訓練を十分に行なった後ですから、難事ではありませんでした。我々は夜間着艦まで訓練しました。

真珠湾攻撃前に戦闘機隊は全部佐伯航空隊に集まりましたが、艦爆隊は宇佐航空隊にいたようです。それから、艦攻隊は、真珠湾に地形が似ているということで、鹿児島湾で盛んに浅深度魚雷の投下訓練をしていたと聞きました。

●第一航空艦隊航空参謀・源田實著『真珠湾作戦回顧録』（読売新聞社）より

翌十七日の午後であったと思うが、機動部隊関係の主要幹部および搭乗員の将校全部は旗艦赤城に集合して、山本連合艦隊司令長官の「機動部隊出撃に際する訓示」をうけたわけである。赤城飛行甲板で艦尾の軍艦旗に向かうようにして台の上に立った山本長官は、ここでまた印象的な訓示をした。「機動部隊はいよいよ内地を出撃して征途に上るのであるが、こんどわれわれが相手にする敵は、わが国開闢《かいびゃく》以来の強敵である。わが国は、未だかつて、これほどの豪のものと闘ったことはない。相手にとって毛頭不足はない。なお、敵の長官キンメル大将は、数クラスを飛び越えて、合衆国艦隊の長官に任命された人物であり、極めて有能な指揮官であることをつけ加えておく。奇襲攻撃を計画しているが、諸君は決して相手の寝首をかくようなつもりであってはならない。特に注意しておく」

趣旨は右のようなものであって、簡単ではあるが、甚だ力強いものであった。

（編註：翌十七日とは機動部隊が佐伯湾に在った昭和十六年（一九四一年）十一月十六日翌日）

こっそりと出撃した「真珠湾攻撃」

真珠湾攻撃への出港前、蒼龍の艦橋には戦時態勢のハンモックが付けられていました。ハンモックは、羅針盤などの大事な物が壊れないように、クッションとして巻かれるのです。さらに艦内には、耐寒設備が施されていました。それを見た我々は「ソ連のウラジオ（ウラジオストック基地）でも叩くのかな？」などと噂し合っていました。当時、寒い所の基地と言えば、ウラジオストックが最大の軍事基地だと考えられていました。

昭和十六年（一九四一年）十一月十八日、機動部隊は佐伯湾を出港しました。この時は、こっそりと出撃した印象が残っているだけで、華々しい出陣という感じではありませんでした。

そう感じたのは、行き先が全く分からなかったことに加え、実は私は攻撃に連れて行ってくれそうもないということを察知して、少しふてくされていたからかもしれません。

攻撃隊に加えて貰えるかどうかは、パイロットの飛行時間や序列、経験などで決まるので、自分でも薄々攻撃隊から外されて、上空哨戒に回されてしまうような予感がありました。

南雲中将の座乗した第一航空戦隊旗艦の赤城では、伊勢神宮の南を通過中に、神宮を遥拝した後に、各人の故郷に向かって礼をしたそうです。私が乗っていた蒼龍では、そのようなことをした記憶が私はありませんでしたが、各航空母艦や駆逐艦の一部にもお宮があり、蒼龍にも「蒼龍神社」が、確か艦橋のすぐ下の辺りに在りました。各人にお参りを強制させることはありませんでしたが、出撃前や上空哨戒を無事に務めて帰艦した時などに、お参りしたこともありました。

出港してから数日後、ある朝、甲板に上がってみると、雪に覆われた山々に囲まれた湾内に、艦艇がひしめき合っているのを見て驚きました。機動部隊の旗艦の赤城をはじめ、加賀、蒼龍、飛龍、翔鶴、瑞鶴の六隻の航空母艦に加え、戦艦、巡洋艦、駆逐艦、油槽船、補給艦が所狭しと停泊しており、その様子は、まるで連合艦隊の全ての艦艇が勢揃いしたかのようで壮観でした。そこは、北海道択捉島の単冠湾《ひとかっぷ》でした。

軍隊では、作戦に関することは、一切漏らさないようにという決まりになっており、他人に話してはいけないだけでなく、手紙に書くのも駄目で、手紙を出す際は、いちいち検閲を受ける必要がありました。この真珠湾攻撃時は、単冠湾での上陸はもちろん、手紙を出すことも電信を発することすら禁じられ、完全な緘口令が敷かれていました。作戦の秘匿が徹底しており、後の「ミッドウェー海戦」の時とは対照的でした。

●第一航空艦隊参謀長・草鹿龍之介著『連合艦隊参謀長の回想』（光和堂）より

南雲長官から、「この大作戦にあたり、いやしくも海軍に身を投じ櫛風沐雨《しっぷうもくう》の幾年、まさにこの一日のためである。男子の本懐、武人の栄誉これにすぎるものはない。しかし、また十二月八日までの寒風激浪の長途には幾多の苦難が予想される。周密な注意をはらい、またそのときまで各員の摂養を望んでやまない」と、訓示があり、参謀長である私は、行動中の注意事項を細かくのべた。

打ち合わせ会議の後、勝栗とスルメで作戦の成功を祈り、陛下の万歳を三唱して乾杯した。

この会議とは別にとくに突入攻撃に挺身する飛行機隊の全搭乗士官の、同様の会議を行なった。これまた勢いのよい飛行機乗りの若者たちである。その喜びようは言葉に尽せないものがあった。

（編註：十一月二十三日の単冠湾の赤城での艦長、司令以上による最後の打ち合わせの模様）

予想外に早く来たアメリカとの戦争

単冠湾で旗艦の赤城に集められた幹部の人たちが、戻って来て我々に告げた言葉に驚きました。「これからハワイ空襲に行く。ただし、今、日米間で交渉をしているから、そこで話がまとまれば何もせずに帰る。しかし、恐らく交渉は決裂するだろう。その時はやる」。

私は「とうとうアメリカと一戦交えるのか。まさに男の働き場所だ。この際、思い切ってお国のために働いてやろう！」と武者震いするのを覚えました。ただ、私は内心「アメリカのような大きな軍事力、大きな生産力がある大国と戦争をして大丈夫だろうか？　大変なことになってしまった…」という一抹の不安もありました。ですから、出来れば交渉をうまくまとめて、攻撃することなく帰れればいいなという気持ちも少しはありました。

しかし、もし交渉がまとまらなかった時はもうしょうがないと、徹底的にやってやろうと思っていました。当然ながら、やれば相手がどこであろうと負ける気はしませんでした。

先にもお話ししましたように、当時日本は、ＡＢＣＤ包囲網で非常に苦しめられており、中でも、アメリカとイギリスからの一方的な経済制裁を不愉快に思っていましたので、いずれアメリカと一戦交えることになるのだろうと、我々もある程度は予測していました。

しかし、その日がまさかこんなにも早く来るとは思ってもみませんでした。

零戦があったから対米戦に踏み切った海軍

出撃してから真珠湾攻撃までは二十日程ありましたが、私は特に零戦に乗ってみたりということはしませんでした。

というのも、それまでに十分訓練しており、自分の性格に零戦は一番適した飛行機だと思い、自信過剰なくらいにすっかり自信を持ってしまっていましたから、わざわざ操縦桿を握ってみたりということが必要なかったわけです。既に艦爆隊も艦攻隊も戦闘機隊も、訓練はし過ぎるほどやっていましたから、二十日間くらい全然乗らなくても心配ありませんでした。

航海の間、三人乗りの攻撃機が対潜哨戒で飛んでいましたが、我々戦闘機隊の出番はありませんでした。対潜哨戒というのは、敵の潜水艦がいやしないかと警戒し、見つけ次第、搭載している爆雷で攻撃する任務で、昼間は常にやっていました。

我々パイロットは、航海中は運動をしたり、敵の飛行機の型を覚えたり、敵陣地の地図を勉強したりといった予備知識を頭に詰め込みました。特に我々戦闘機パイロットは、敵地で待ち受ける敵の戦闘機がどのような性能でどのような形なのかといったことを模型や写真を使ったりして勉強しました。

しかし、零戦に乗ってからは、もうそんなことを覚える必要はないと思うぐらいに我々戦闘機パイロットは自信を持っていました。それだけ零戦は、素晴らしい飛行機だったのではないでしょうか。だから、私たちは零戦があったから大東亜戦争に踏み切ったくらいに思っていました。零戦があったから、対米英戦に海軍が重い腰を上げたのではないか、山本長官が決意したのではないか、というふうに思っていました。

日米交渉決裂「ニイタカヤマノボレ一二〇八」

日米の交渉は結局まとまらず、「ニイタカヤマノボレ一二〇八(日本時間十二月八日午前零時)を期して戦闘行動を開始せよ)」が打電されることとなりました。

後で知ったことですが、宣戦布告をした後に奇襲攻撃をする手筈になっていたのが、日本の大使館員の怠慢などで最後通牒の手交が遅れ、結果的に「騙し討ち」とされてしまいました。我々には、騙し討ちなどという発想すら全くありませんでしたので、これは誠に心外でした。

もっともアメリカは、日本側の暗号を事細かに解読し、我々機動部隊の動きもほとんど読んでいたようです。ルーズベルト大統領は、厭戦気分のアメリカ国民の気持ちを戦争に仕向けるために、自国民を騙して「リメンバー・パールハーバー」と世論を盛り上げ、日本に宣戦布告するのと同時に、対ドイツのヨーロッパ戦線にも参戦出来るようにしたというのが、真実のようです。当時の我々は、そういったことは全く知る由もなく、ただ命令の通りに戦うだけでした。

真珠湾攻撃は、いわゆる奇襲攻撃で、まだ敵が準備していないうちに先に攻撃をするということでしたから、我々の艦隊の上空はそんなに危険ではないと思っていました。私は、先陣を切って敵地に飛んで行って制空権を取りに行きたいと思っていました。しかし、私に任されたのは艦隊の上空哨戒でした。敵が来るか来ないか分からないような艦隊の上空をぐるぐる回って警戒する任務は、誰もがあまりやりたくない仕事でした。

第一次攻撃隊、「蒼龍」制空隊長・菅波政治大尉

私は、せっかくハワイまで来たのだから、「攻撃部隊に加えて下さい！」と戦闘機隊の菅波政治隊長に直訴しました。しかし、返って来た言葉は「攻撃している時に艦隊がやられたらどうするんだ。艦隊を守ることも大事な役目だから、お前

みたいなベテランが残る必要があるんだ」ということでした。確かにもっともなことでしたし、上官の命令には逆らえないので、私は涙を呑んで、引き下がりました。

●第一航空艦隊参謀長・草鹿龍之介著『連合艦隊参謀長の回想』(光和堂)より

その時である。南雲長官の旗艦「赤城」の檣頭《しょうとう》にするするとひとつの旗があがっていくのが見えた。おお、それは三十余年の昔、波高い日本海に東郷平八郎司令長官が掲げた旗ではないか。

「皇国の興廃この一戦にあり、各員一層奮励努力せよ」

いま、ここに祖国の興廃をかけた歴史的場面が展開されようとしている。将兵はいまさらのように責任の重さと、あすの黎明に敢行される壮挙を思い、熱い血潮をたぎらせるのであった。

(編註:十二月七日、ハワイ北方約六百浬《カイリ》で機動部隊が全艦給油をして後、ハワイを目指し速力を上げている時の出来事)

上空哨戒を任される

攻撃当日、蒼龍飛行隊の中では、攻撃隊が飛び立つよりも早く、私たちの小隊が真っ先に飛び上がりました。続いて攻撃隊が零戦を先頭に、艦爆隊、水平爆撃隊、雷撃隊の順に次々と発

海軍機の主な機種と任務

艦上戦闘機（艦戦）

主任務は敵地上空の制圧（制空）、攻撃隊の掩護、敵機の迎撃。爆撃にも使用出来た。１人乗り
写真は「零戦 11 型」
著者の乗機 21 型性能は、
最大速度：533km/h
巡航速度：333km/h
（写真提供・雑誌「丸」編集部）

艦上爆撃機（艦爆）

主任務は急降下爆撃。魚雷を搭載し雷撃機として使用されることもあった。２人乗り
写真は「99 式艦爆」
最大速度：390km/h
巡航速度：296km/h

艦上攻撃機（艦攻）

主任務は雷撃（航空魚雷による攻撃）で「雷撃機」と呼ばれたが、水平爆撃も可能だった。索敵機としても優れた性能を発揮した。３人乗り
写真は「97 艦攻」
最大速度：378km/h
巡航速度：263km/h

索敵機（偵察機）

敵軍の位置・状況・兵力などを探る飛行機で主に巡洋艦に搭載された。
写真は「零式水上偵察機（零式水偵）」。水上で発着するためのフロートが特徴。３人乗りだが、性能低下回避のため２人乗りとして使われたという。
最大速度：367 km/h
巡航速度：222km/h

艦し、編隊を組んでいくのを見ていると羨ましく、私は攻撃隊に途中までついて行きました。

我々小隊は、哨戒高度を三千～四千メートルに取りました。この高度にしたのは、敵が攻めて来るだろう高度に合わせた訳ではなく、自分たちが飛びやすく、また視野が広く艦隊全体を見渡しやすかったからでした。艦隊は「航空母艦」を中心に、その周りを「戦艦」が取り巻き、その外側に「巡洋艦」、さらにその外側を「駆逐艦」が取り巻いていました。その一番外側の上空を戦闘機がぐるぐる回って飛びました。

高度が五千～六千メートルになると、視野が非常に広くなってしまい、艦隊の位置もどこか分からなくなってしまいます。また、五千メートル以上になると酸素吸入もしなくてはならなくなります。

蒼龍だけではなく、艦隊全体を見て、全艦隊の周りを回りましたが、左回りか右回りかは、小隊長の判断に任せられていました。

しかし、各々の小隊長の判断に任せたこのような哨戒は、いざ攻撃を受けた時には非常に危険で、後で考えると、とんでもないことだったのです。

上空哨戒というのは、一直（一回の勤務）に三機ずつ飛びました。ですから、真珠湾攻撃の時は、赤城、加賀、蒼龍、飛龍、翔鶴、瑞鶴と六隻の航空母艦から三機ずつ、合わせて十八機がぐるぐる飛んでいたわけです。その十八機の小隊長がいわゆる下士官で、大体我々先任下士

昭和16年（1941年）、大分航空隊時代の著者。真珠湾攻撃の数カ月前

真珠湾攻撃当日の「蒼龍」飛行機隊戦闘行動調書の一部で、攻撃隊の発着艦が分かる。丸で囲まれた「特」は評価基準の最高で、金鵄勲章に値するという意味があったという

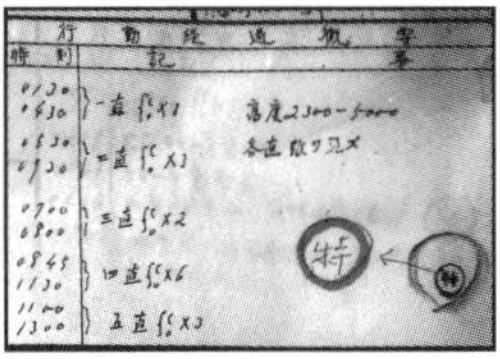

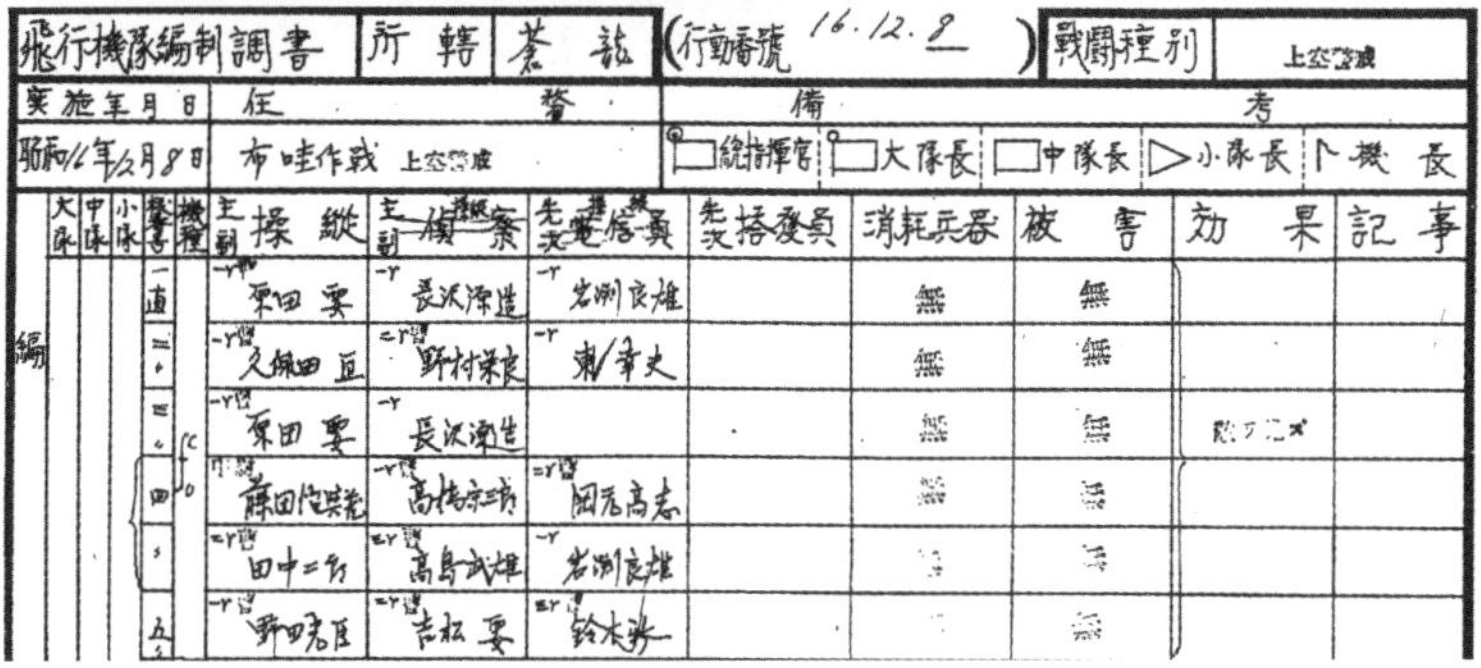

飛行機隊編制調書	所轄	蒼龍	（行動番號 16.12.8）	戰闘種別	上空警戒			
実施年月日	任務		備考					
昭和16年12月8日	布哇作戦 上空警戒		総指揮官	大隊長	中隊長	小隊長	機長	
番号	主副 操縦	主副 偵察	先次 電信員	先次 搭乗員	消耗兵器	被害	効果	記事
一直	原田要	長沢源造	岩渕良雄		無	無		
二直	久保田巨	野村栄良	[illegible]		無	無		
三直	原田要	長沢源造			無	無	敵ヲ見ズ	
四直	藤田怡與蔵	高橋宗三郎	岡元高志					
	田中二郎	高島武雄	岩渕良雄					
五直	野田光臣	吉松要	[illegible]					

真珠湾攻撃当日の「蒼龍」飛行機隊編成調書。任務欄は「布哇（ハワイ）作戦上空警戒」とある。著者は一直（日本時間1:30～4:30）と三直（同7:00～8:00）の任務に就いた

官が任されており、自分の判断で艦隊の周りを飛んでいました。ちゃんと艦隊を全部を見られていればよいということでした。

十八機の上空哨戒の飛行機同士で、せめて無線電話を使えればまだ良かったのですが、当時の連絡手段は電信ですから、簡単な暗号なのですが、飛びながらそんなものを考えている暇はないです。

それに、我々戦闘機パイロットは電信符号も誠に雑にしか覚えていませんでした。しかもその電信機が皆粗悪なもので、自分では直せない代物でした。我々は故障したら蹴飛ばせば直るくらいに思っていました。もっとも、実戦になると電波を出すことが禁じられてはしまうのですが。日本がいかに情報を軽視していたかは、こういった電信機、無線電話の開発の遅れにも表れていたと思います。アメリカの飛行機は皆無線電話でやりとりしていたようです。

●第一航空艦隊参謀長・草鹿龍之介著『連合艦隊参謀長の回想』（光和堂）より

やがて「赤城」のマストに「飛行機隊出発せよ」の信号が掲げられた。全機動部隊は一斉に風向にたって増速した。そして制空隊の戦闘機を先陣に降下爆撃隊、攻撃機隊と一機また一機唸りをたてて離艦していく。片舷十五度の横動もなんのその、一機として危うげなものはない。またたくうちに全機離艦した。各母艦から相次いで発艦終了の報告がくる。ひきつづき第二次出発準備が下令され、飛行甲板上を整備員がまた忙しく駆けまわる。時まさに八日〇一三〇。真珠湾の真北二三〇浬の海面であった。

●第一航空艦隊「赤城」飛行隊長・淵田美津雄著『ミッドウェー』（出版共同社）より

昭和十六年（一九四一年）十二月八日未明、三百五十三機の艦上機群は第一波、第二波に分かれ、密雲を衝《つ》いて、ひそかにパールハーバーへ近づきつつあった。

天候はあまり良くない。風は北東十数メートルで、海上はしけている。空は千五百メートル付近から三千メートルにかけて、密雲がとざしている。

編隊群は高度三千メートルで、雲の上をすれすれに飛んでいる。雲上は快晴である。東の空に昇ったばかりの真っ赤な太陽が、大きく荘厳に輝いている。海面は見えない。下に見るは、まわたをちぎって、しきつめたような白一色のばくばくたる雲海である。

第一波の先頭第一機には私（淵田）が搭乗して、この大空襲の総指揮を執っていた。第一波空中攻撃隊は戦雷爆連合百八十三機からなっている。私の後につづくのは、私の直率する水平爆撃隊四十九機である。これは三人乗りの九七式艦上攻撃機で、八〇〇キロの厚い装甲をもつ戦艦攻撃用の徹甲爆弾一発づつを抱いている。

水平爆撃隊の右側には、高度を少し低くとって、赤城飛行隊長村田重治少佐の率いる雷撃隊四十機がつづいている。これも同じく九七式艦上攻撃機、八〇〇キロ航空魚雷を一本づつ抱いている。水平爆撃隊の左側には、高度を少し高めにとって、翔鶴飛行隊長高橋赫一少佐の率いる降下爆撃隊五十一機がつづいている。これは二人乗りの九九式艦上爆撃機で、二五〇キロの貫徹力はないが破片に物をいわせる陸用爆弾一発づつを抱えている。

この三編隊群の上空には、赤城飛行隊長板谷茂少佐の率いる制空隊が、零式艦上戦闘機四十三機を、三群に分けて、前後左右をジグ、ザグにスイープしながら警戒している。（中略）

いくら探しても航空母艦は見えない。やっぱり、いないわいと多少がっかりして私はつぶやいた。航空母艦が出動して不在であることは、一昨日までの情報で承知はしているのであるが、昨日の土曜日に帰港しているかも知れない萬一の僥倖《ぎょうこう》を、祈っていたのである。

しかし、戦艦全部とは有り難い。よし、と私は時計を見た。時刻は午前三時十九分、丁度よい。今から突撃を下令すれば、雷撃隊の先陣が午前三時半きっかりに攻撃の火蓋を切るであろう。

私は後席の電信員を振り返って、「ト連送」と命じた。

待ち構えていた電信員水木徳信一等飛行兵曹は、編隊群に宛てて〝トトトト……〟と雷鍵を叩く。〝ト連送〟とは、「全軍突撃せよ」の略語であった。

こうして、今次太平洋戦争開幕の合図はなされたのである。東京時間午前三時十九分、ホノルル時間では十二月七日午前七時四十九分である。

奇襲成功に鼻高々だった攻撃隊

私は一直の上空哨戒の後、また三直で再度飛びましたが、何事もなく着艦しました。すると程なくして、第一次攻撃隊の菅波隊が帰って来て、その人たちと上空哨戒を交代しました。

帰って来た攻撃隊の人たちは、意気揚々としていました。特に雷撃機隊が、水深が浅い難しい所で全部魚雷を命中させてきたので、随分と威張っていました。

また、四千メートル上空から八百キロの徹甲弾を命中させてきた人たちも鼻高々でした。徹甲弾というのは、当たってもすぐには爆発しないで、艦の中へ入ってから爆発するので破壊力が大きく、戦艦を沈めたり傾けたりしました。

私と同じ蒼龍乗り組みで「日本一の爆撃手」と呼ばれていた金井昇君は、爆撃隊の嚮導機《きょうどうき》を務めましたが、全弾命中させたと思います。訓練で逃げ回る船に命中させる人が、止まっている大きな戦艦に落とせば、当然全弾命中するでしょう。

ただ、戦闘機隊の人たちは、そんなに威張ってはいませんでした。特に第一次攻撃の時は、敵の戦闘機が迎撃に上がって来なかったので空戦もしておらず、飛行場に並べてあったB17やグラマンなどを銃撃して燃やしたくらいでしたから、そんなにでかい顔で鼻高々には出来なかったのでしょう。

私はと言えば、お蔭様で敵が来なかったから良かったのですが、自分の手柄ということはゼロでしたから、手柄話は全く出来ませんでした。

●第一航空艦隊航空参謀・源田實著『真珠湾作戦回顧録』(読売新聞社)より

総指揮官が突撃を下令し、おおむね順序よく攻撃が行なわれているらしいことは、赤城の艦橋でほぼ想像できたのであるが、それにしても待たされるものは、攻撃効果の報告であった。全攻撃隊の中で、一番先に入ったのは村田雷撃隊長の報告である。

「われ、敵主力を雷撃す、効果甚大」

この電報を受け取った時ほどうれしかったことは、私の過去にはない。

しかし、赤城の艦橋における表情は静かなものであった。南雲長官、草鹿参謀長以下各幕僚がいたが、みんな顔を見合わせてニッコリとした。私と真正面で見合った南雲長官の微笑は、今でも忘れることができない。これで長い年月にわたる苦しい鍛錬が報われたのである。

村田少佐が着艦して、一応の正式報告が終わった後に話し合った。

「おい、ぶつ、あれほどうれしい電報はなかったぞ」(編註:ぶつ=村田少佐のあだ名)

「そうですか。発射を終わり、敵艦のマストをすれすれに飛び越して後ろを振り向くと、水柱が

真珠湾攻撃の第二次攻撃に飛び立つ赤城の零戦。艦上勤務者が帽振れで見送っている（写真提供・雑誌「丸」編集部）

日本軍機の雷撃で真珠湾に大きな水柱が立つ

撃墜された零戦

日本軍に攻撃される真珠湾の米戦艦群

高く上がっていました。当たったぞお！　と偵察員に言うと、彼も、当たりました！　と答えたのですが、気がついてみると、まわりは敵弾が火をひいて走っているのです。おっとっとお！と大急ぎで、その場を飛び出しました」とまるで落語でも話すような調子で語っていた。

村田報告に続いて、各攻撃隊指揮官からは引きも切らずに電報がはいった。

「われ、敵主力を爆撃す、効果甚大」「われ、敵基地を雷撃す、効果甚大」すべて、この種の電報の洪水であったが、中にただ一つ、「われ、敵基地を雷撃す、効果小」というのがあっただけである。

報告が終わったところで淵田に「おい、淵！　ご苦労だったなあ」と労をねぎらったところ、「うん、ざまあ見やがれと言いたいところだ。出てきやがったら、またひねってやるよ」と、これまた草野球でもやった後のようなことをいっていた。

われわれが海軍にはいってから今日まで、ただただ今日このことをなさんがために、苦しい訓練を続けてきたのだ。

「十年兵を養う、只一日之を用いんが為なり」

という古語に、この時ほど実感をもったことはない。

痛恨！　敵空母を撃てず

戦果を上げて帰って来た皆は、やれ戦艦を沈めた、やれ飛行場を焼いて来たと大騒ぎをして喜んでいました。喜んでいる人たちに「空母は何隻いたんだ？」と聞いたところ、「一隻もいなかった」と言われ、私は愕然としました。

そして、敵空母が一つもいなかったということを何とも感じないで、ただ戦果に喜んでいる無神経な人々を見て、一抹の落胆と憤りを覚えました。「敵空母を撃てなかったことを、皆一体どんなふうに思っているのだろう。大騒ぎして喜んでいてなんだ」と私はムカムカしながら見ていました。それには攻撃に行けなかったヤッカミも多少あったかも知れません。ただ、後で話をしてみると、その時喜んでいた人たちもやはり空母を撃てなかったということが、心残りだったようでした。

空母に乗っている我々は、空母の能力を熟知し、神出鬼没にどこにでも飛んで行って戦果を上げられるという自信を植え付けられていましたから、やはり、自分たちがやることは、敵はそれ以上にやって来るに違いないと考え、敵の空母を一番警戒していたのです。

真珠湾攻撃の戦果に、日本中が湧きたったということを後で聞きましたが、現場の我々としては、一番心配していた敵空母が一隻もいなかったということが、残念であり、一番の失敗だったと思っていました。

また、敵の空母が真珠湾に一つもいなかったということは、アメリカはちゃんと日本の攻撃を分かっていて避けたとしか思えません。それは、真珠湾に並べてあった戦艦が、沈められてもいいような旧型の戦艦だったことからも察しがつきました。

確かに戦艦を四つも沈めましたけれども、使い物にならないような旧型の戦艦を沈めたところで、大した打撃にはなりません。

日本とほぼ互角の空母が全く姿を見せなかったことに、いずれはアメリカの空母と戦わなければならない時が来るに違いないと思い、アメリカの空母が活躍する場面が来やしないかと心配していました。

●第一航空艦隊参謀長・草鹿龍之介著『連合艦隊参謀長の回想』(光和堂)より

やがて総指揮官機も着艦した。ニコニコしながら機上から降りた淵田中佐を、直ちに艦橋に招いて戦況や戦果についての概報を受けた。空母二隻を逸したことはかえすがえすも残念であった。しかしまず物的にみても八分の戦果である。

またこの作戦の目的は南方部隊の腹背擁護である。機動部隊のたちむかうべき敵はまだ一、二にとどまらないのである。だからこそ、ただ一太刀と定め、周密な計画のもとに手練の一太刀を加えたのである。だいたいその目的を達した以上、いつまでもここに心を残さず、獲物にとらわれず、いわゆる妙応無方朕跡《ちんせき》を留めず、であると、直ちに引きあげを決意した。

日米開戦時、航空艦隊の実力は五分五分

日米が開戦した時の日米の航空艦隊の実力は、五分五分ではなかったかと思います。しかし、その背後の生産力ではアメリカの方がずっと上だと思っていました。

開戦時の日本の航空母艦は、赤城、加賀、蒼龍、飛龍、翔鶴、瑞鶴で、これら六艦がハワイ空襲に向かいました。それに加えて、龍驤に鳳翔などというのもありましたが、小さくて零戦で対応するのがやっとでしたから、攻撃機を乗せての作戦は難しかったと思います。真珠湾攻撃の時から、こちらと五分五分の敵と戦いに行くという感じでした。

ところが、卑怯なことにアメリカは、日米の艦艇保有率が五分五分ではいけないと主張していました。第一次世界大戦後の「ワシントン海軍軍縮条約」で米・英・日の艦艇の保有比率を5：5：3（対米比率六割）にしろと言ったのです。日本側は対米比率七割を主張したのですが、5：5：3を飲まされてしまいました。

この軍縮条約の背景には、第一次世界大戦で戦勝国となった連合国側が、戦後も海軍力の増強を推し進めたことがありました。そのため各国とも、戦艦をはじめとした艦艇建造の負担が国家予算を非常に圧迫しており、アメリカの提案で、米・英・日・仏・伊の戦勝五カ国の間で軍縮をしようということになったのです。そうして結ばれたワシントン海軍軍縮条約は、米英の外交的勝利と思えるもので、軍首脳の中には憤る人もいたようですが、山本五十六司令長官は「あれはむしろ相手を縛るものだからいいんだ」と気にしていなかったと言います。

ワシントン海軍軍縮条約が締結された後は、日本は戦艦にする予定だった艦を補助艦扱いであった航空母艦に改造するなど、軍縮条約内でうまくやり繰りをして、航空艦隊を含む海軍全体の艦隊の比率を条約で決められた程度に持って行きながら、航空艦隊だけは何とか開戦までに五分五分に持って行ったと私たちは聞いていました。

軍縮条約に縛られた中で、何とか五分五分に持って行っているのであって、自分たちが戦力的に優位だとは決して思っていませんでした。それどころか、無線機の能力は米軍の方が段違いに優れているとも聞いていました。

だから、こちらが決して有利な立場ではないのに、敵空母が全然いなかったと聞き、私は「これはえらいことだな」と感じていました。私のような一下士官がそう思っていたくらいですから、他の人も内心私以上に心配していたと思います。

コラム6　アメリカの対日経済封鎖②

揚子江で米砲艦パネー号が日本海軍機に誤爆される事件が起こった直後、昭和十二年（一九三七年）十二月十七日に開かれた閣議で、閣僚たちは「隔離」の真意を知った。ルーズベルトは「アメリカ海軍がアリューシャン列島からハワイ、ウェーキ、グアムまで、英国がシンガポールまで封鎖すれば、日本は一年以内に屈服するであろう。これを経済封鎖とは呼ばず、『隔離』と呼ぶ」と語った。この時、イギリスと対日協同作戦について協議したが、協定を結ぶには到らなかった。

日本軍機による広東空爆に対してアメリカは、昭和十三年（一九三八年）七月、航空機輸出に関する道義的禁輸措置（自主的な輸出規制）を実行した。国際連盟では、中国からの提訴により、連盟規約第十六条に規定された集団安全保障施策としての「経済制裁」を、昭和十三年（一九三八年）九月三十日、日本に対して発動したが、それよりも前のことだった。

昭和十四年（一九三九年）七月二十六日、ハル国務長官が日米通商航海条約廃棄を通告し、翌年一月二十六日、同条約は失効した。しかし、この時点までは、アメリカの禁輸措置は日本経済にほとんど影響を与えなかった。

昭和十五年（一九四〇年）十月十五日、屑鉄が全面禁輸となった。翌年になると、戦略物資の輸出は、非航空用燃料油を除き、ほとんどが許可されなくなった。

昭和十六年（一九四一年）七月二十六日、大統領令８８３２号が発令され日本の在米資産が凍結された。次いでイギリスとオランダも日本の資産凍結を発表。八月一日に石油が全面禁輸となった。

昭和二十一年（一九四六年）、フーヴァーが来日した時、マッカーサーと次のような会話を交わしたという。フーヴァーが「対日戦は、参戦したいという狂人（ルーズベルト）の欲望であった」と述べたところ、マッカーサーも同意し、「一九四一年七月にルーズベルト政権が発動した経済制裁は挑発的で、それが戦争を誘発した」と語った。

その後、マッカーサーは、昭和二十六年（一九五一年）五月、米上院軍事外交合同委員会で次のように発言した。「日本は工業原料の供給を断たれた場合、大量の失業者が発生することを恐れた。従って、日本が戦争に駆り立てられた動機は、大部分が安全保障の必要に迫られてのことだった」と。

守りを疎かにしていた日本

我々は「攻撃は最大の防御だ」と言われていました。男の働き場所と言ったら、まさに敵地に飛んで行き、一番派手な働きをし、同じ命を捧げるのなら目立つ命を捧げたいというのが、当時のパイロットの気持ちではなかったかと思います。

軍艦などを攻撃するのは、魚雷や爆弾を抱いて行く攻撃隊の役目です。我々戦闘機乗りが一番希望するのは、敵地に真っ先に乗り込んで行き、敵地上空を守っている戦闘機を全部叩き潰して制空権を握ることでした。そうすることで味方の攻撃隊が存分に働くことが出来、一番戦果が上がり、しかも味方の犠牲が少ないのです。これこそが男の一番の仕事場ではないかと思っていました。

その次には、直衛といって攻撃隊が敵の戦闘機隊に喰われないように直接守って行き、攻撃の効果を最大限に発揮させる仕事でした。

私が一番間違っていたと思うことは、艦隊の上空を守ることを我々日本人は非常に疎かにしてしまっていたことでした。艦隊上空を守ることは、本当は攻撃と同じ、いや、攻撃以上に大事なことでした。しかしそれは、後のミッドウェー海戦で大敗北を喫するまでは、私も分かりませんでした。

味方の被害が大きかった第二次攻撃隊

第一次攻撃はほぼ奇襲が成功したので被害が九機でしたが、第二次攻撃の時は二十機もの被害が出てしまい、合わせて二十九機もが未帰還となりました。

アメリカは日本が不意打ちをした、騙し討ちをしたと言いましたが、真珠湾攻撃から戻って来た人たちは、米軍の攻撃の立ち上がりがあまりにも早かったことから、「ある程度は予期していたのではないか」ということを口々に言っていました。

アメリカのことですから、いつでも非常に早く対応出来るようにはしてあったのでしょう。しかし、それにしても第二次攻撃の時にあれだけの被害が出てしまったことを考えると、日本軍から攻撃されるのを全く知らないでいたのではないと思います。戦後、アメリカは日本の暗号を解読する力があったのだから、世論を高めるためにわざと不意打ちをさせたのではないかという話が出ましたが、私は、あながち間違いではないと思っています。

（編註：ルーズベルトが画策し事前に知っていたことは、いまや歴史の事実となっている）

コラム7　真珠湾攻撃・暗号解読の真実

昭和十六年（一九四一年）十二月七日（現地時間、以下同様）、真珠湾攻撃は、日本海軍の予想に反し、ハワイ・オアフ島陸海軍からの猛烈な抵抗はなく、奇襲作戦は成功に終わったとされている。

しかし、なぜか真珠湾には空母が一隻も停泊していなかった。エンタープライズとレキシントンは真珠湾外の任務、サラトガは整備のため米西海岸に長期停泊していた（他空母は別海域に配備）。

さらに不思議なのは、大編隊の日本機動部隊が一時間半もかけてオアフ島に向けて近づきつつあったのに、島の北端にレーダーを設置していた米軍が気づかなかったことだ。

また米側が日本の暗号を解読していたことは、上下両院合同真珠湾攻撃調査委員会で公表され、終戦直後から周知の事実である。ルーズベルト大統領は真珠湾攻撃を事前に知っていながら、米世論を参戦へと導くため、わざと日本軍に先に攻撃させたという「ルーズベルト陰謀説」もある。

しかし、ルーズベルトが事前に知っていたという決定的な証拠は何一つないというのが、米の公式見解である。決定的な証拠となるはずのルーズベルト受発信文書「ホワイトハウス・ファイル」、「チャーチル電報一覧」はいまだ公開されていない。そのこと自体が証拠ではある。

ロバート・B・スティネットの『真珠湾の真実』によると、開戦前、米国の一九四〇年夏の世論調査では国民の過半数がヨーロッパの戦争への介入を望んでいなかった。当時の米国民は孤立主義に傾倒し、外国の戦争に若者が参加することに強い抵抗があった。しかし、ルーズベルトはナチス・ドイツが欧州で勝利を収めた場合、米国にとって安全保障上の脅威になると考えて参戦を望んでいた。どうしても世論を欧州の参戦へと誘導したかったのである。そこでルーズベルトが注目したのが日本である。米国は中国大陸での利権を日本に阻まれており、指導部にとって日本は衝突が近いと思われる存在だった。ホワイトハウスは様々な方法で挑発し、日本から先制攻撃させることで米国が参戦する大義名分を作ろうと考えた。日本と同盟を結ぶ独・伊に宣戦布告するのが狙いだった。

海軍情報部のマッカラム海軍少佐から昭和十五年（一九四〇年）に衝撃的で新しい提案が提出された。「戦争挑発行動八項目の覚書」は日本を挑発し、経済的に追い詰め、連合国に対し先制攻撃するように誘導するものだった。攻撃される対象も想定しており、イギリス、オランダの植民地域かハワイであった。計画を作成したマッカラム海軍少佐は宣教師の息子として長崎で生まれ育った。日本語も堪能で日本文化にも精通していたので、諜報活動の監督に任命された。傍受された情報はマッカラムが監修して、逐一ルーズベルトに報告された。この挑発行動八項目のうち、石油禁輸や経済封鎖などが実施され日本は追い詰められていく。日本政府内では最後まで戦争を避ける外交的努力を尽くそうとしていた。しかし、米国はすでに戦争の意思を持っているために、さらに強固な要求を突き付けてきた。

日本の真珠湾攻撃が計画されたのはマッカラムの「戦争挑発行動八項目の覚書」がホワイトハウスに送付されてから僅か一か月後である。事態は米国の思惑どおりに急展開していく。一九四〇年一月に山本五十六海軍大将が構想中の真珠湾攻撃を信頼できる海軍将校に打ち明けた。しかし、この情報はすぐに漏れ、同月中にワシントンに真珠湾攻撃の情報が送付されている。

アメリカは一九二〇年代から、日本政府の通信を傍受してきた。ルーズベルトの軍指導部であるスターク提督はこれを「見事な配備」と呼んでいる。太平洋を囲むように米、英、加、蘭の諜報無線局が二十五カ所にも設置され、日本を包囲していた。日本がハワイに送り込んだスパイ、森村こと吉川猛夫少佐をわざと泳がせ、逆にその通信を傍受していた。にも拘らず、米国では当時からなぜ真珠湾がこれほど無防備だったのかという疑問が起き、調査委員会が開かれた。アメリカ人にとっても何か変だ、真実が知りたいとの声が上がった。しかし、調査は国家の軍事機密に守られ十分な調査が行なわれず、真珠湾攻撃の責任はキンメル司令長官とマーシャル陸軍参謀総長による判断ミスと結論付けられた。実は真珠湾攻撃から僅か四日後に関連書類の処分が上官から命令され、終戦後は真珠湾関係書類が最高機密となり非公開になった。

今までルーズベルトが真珠湾攻撃を知っていたとする説が多くあったが、もっと積極的に関与して日本を真珠湾攻撃に導いたのがルーズベルトであるとも考えられる資料が見つかっている。ルーズベルトは結果として「戦争挑発行動八項目の覚書」で野望を実現している。日本への石油輸出を止め経済封鎖し、日本に真珠湾攻撃をさせた。世論を扇動し、これを「騙し打ち」と言い放った。

帰らなかった飯田小隊

第二次攻撃隊の飯田房太《いいだふさた》さんが率いた飯田小隊が全滅してしまったことには、正直驚きました。飯田さんの二番機の厚見峻一君は、上がって来たグラマンと空戦をやって墜とされてしまったそうです。

第二次攻撃隊、「蒼龍」制空隊長・飯田房太大尉

飯田大尉の後を任されて帰艦した藤田怡与蔵中尉

機体に被弾してガソリン漏れを生じてしまった一番機の飯田さんは、味方編隊が無事に帰れるようにと帰途の針路に率いて行き、第二小隊長の藤田怡与蔵《いよぞう》さんに「俺は自爆するから、皆をまとめて帰ってくれ」と手先信号で別れを告げたと言います。そして、翼を翻し、カネオヘ米海軍基地に突っ込んだそうです。

飯田機の潔い最期を見届け、深く感銘を受けた米軍は、飯田さんの遺体を拾い集め、真珠湾攻撃で戦死した米兵と共に埋葬したと言います。その後、自爆跡地には、飯田さんを讃える記念碑が立てられ、アメリカ人は、今でも花を手向けてくれているそうです。

飯田さんという人は、とても優しい紳士的な人でした。とても秀才肌の人で、外見もとてもスマートでした。頭も良く、海軍兵学校をよい成績で卒業したと聞いていました。ちょっと見ると女性的な容姿で、男性の戦闘機乗りには勿体無いような紳士でした。最初は水上機の出身で、後に戦闘機に変わって来たと聞きました。

戦友が戻って来なかったことについては、戦争ですから、そんなに落ち込むということもないし、可哀そうだという気持ちよりも、戦争だから仕方がないじゃないかという気持ちでした。自分も戦場に行けば、やられた可能性はありますし、戦争なのだからしょうがないです。

大を生かすために小を犠牲にする

飯田さんから、帰艦を任された藤田さんは、自分の小隊と飯田小隊の三番機の石井三郎君を連れて帰る予定だったのですが、石井君ははぐれてしまいました。

後で私たちの母艦の電信兵に聞いたところによると、石井君は帰投するための電波を盛んに要求したそうです。零戦には「クルシー」という無線帰投方位測定器が装備されており、迷った場合にはそれを使い誘導するという申し合わせになっていました。

しかし、電波を出して、それを敵の攻撃隊が受信すれば、艦隊の位置が分かってしまいます。いざ実戦となると、一機を収容するために艦隊全てを危険にさらすことはしませんでした。真珠湾攻撃の当日、電波は出さないように命令を受けていたと、その電信兵は言っていました。電信兵の話を聞きながら、敵と戦って死ぬのなら本望だけれど、戻って来れるものが戻れないのは、さぞ苦しかっただろうと、私は涙をこらえるのに必死でした。「大を生かすために小を犠牲にする」というのが戦争の常道のようです。

記録では石井君は、ハワイ諸島西北に位置する緊急着陸地点だったニイハウ島近海で自爆となっています。石井君の最期を想像すると、日本はやはりむごいことをやるんだなと、胸が痛みました。

その点アメリカは、硫黄島の戦いで海に落ちているパイロットを飛行艇を飛ばして拾いに来ていると聞きました。うまく救助して行く場合もあるし、救助に来た方もやられてしまう場合もあるわけです。それでも、一人のためにそれだけやってくれるということは、人命を大事にしていたと思いますね。

日本は、でかいものを犠牲にするより、小さいものを犠牲にしてしまえという人命軽視の国柄なのです。そうした国柄なのだから、余計に戦争は避けなければいけないと思っています。

短期決戦の場合は良いですが、長期の戦いになったら、やはり皆死にたくないのだから、味方が危険を冒してでも助けようとしてくれれば安心して戦えます。そう考えると、やはり日本には長期戦は無理なのかも知れません。

ニイハウ島の悲劇

真珠湾攻撃の時に、もし敵の銃砲火で被弾したり、故障したり燃料が無くなり母艦まで戻れなくなった場合は、ハワイの外れの無人島に近い「ニイハウ島」に着陸して、潜水艦の救出を待つという申し合わせがありました。

我々戦闘機パイロットの仲間で飛龍戦闘機隊の西開地《にしかいち》重徳《しげのり》君は、第二次攻撃隊に参加しましたが、未帰還だったので、我々は亡くなったものとばかり思っていました。

ところが、戦後に聞いた話では、西開地君はニイハウ島へ不時着したそうです。不時着時にひっくり返って人事不省になり、潜水艦では救出されませんでした。

日本が真珠湾を攻撃したことをまだ知らなかった島の原住民たちは、突然やって来た西開地君を介抱してくれたのですが、その時に、零戦の中にあった色々な物を面白がって持って行ってしまったのです。その中には、我々パイロットが携帯していた赤表紙の暗号表もありました。暗号表と言っても戦闘機どうしの符牒や電信符号が載っているだけで、そんなに大したものではありませんでした。それに、後で考えるとアメリカは日本の暗号の元を解読していた訳ですから、実際に盗られたところで、どうなるものでもなかったでしょう。

しかし、西開地君という人は、甲飛予科練習生の二期生で、真面目過ぎるぐらい真面目な、素晴らしい軍人でした。だからきっと、暗号表が無くなったことに対して責任を強く感じてしまったのだと思います。暗号表が無いことに気付いた西開地君は、原住民に返すように言ったのですが、どこかに投げ捨てて無いと言われ、いよいよ困って「出さないと撃つぞ」とピストルを向けたところ、「助けたのになんだ」と原住民に殴り殺されてしまったという話でした。

ところが、ミッドウェーの合同慰霊祭でハワイに行った折、「太平洋航空博物館」で聞いた話では、最期の部分は少し事情が異なっていました。ニイハウ島には民家が六十戸ばかりあり、ほとんどが原住民でしたが、ハラダという日系二世がいました。ハラダさんは悩んでいる西開地君に同情し、先ず機密保持のために一緒に零戦を燃やしたそうです。

そして、暗号表は原住民のリーダーの家にあるかも知れないから、話しても返さない時は家に火を放って家ごと燃やしてしまおうと相談しました。

しかし、それが原住民に知れることとなり、二人は山に入ったきり自決したのか、戻って来なかったのだそうです。

その後、ハラダさんの奥さんは三年近く拘留されていたそうですが、西開地君の写真を仏壇

ニイハウ島に不時着した西開地重徳一飛曹の零戦。西開地一飛曹は機密保持のために機体を燃やした

ハワイ・オアフ島の太平洋航空博物館に展示されている零戦は西開地重徳一飛曹の乗機がモデルとなっている。垂直尾翼の識別記号「ＢⅡ」は第二航空戦隊二番艦の「飛龍」所属を表す。
赤城がＡⅠ、加賀がＡⅡ、蒼龍がＢⅠ

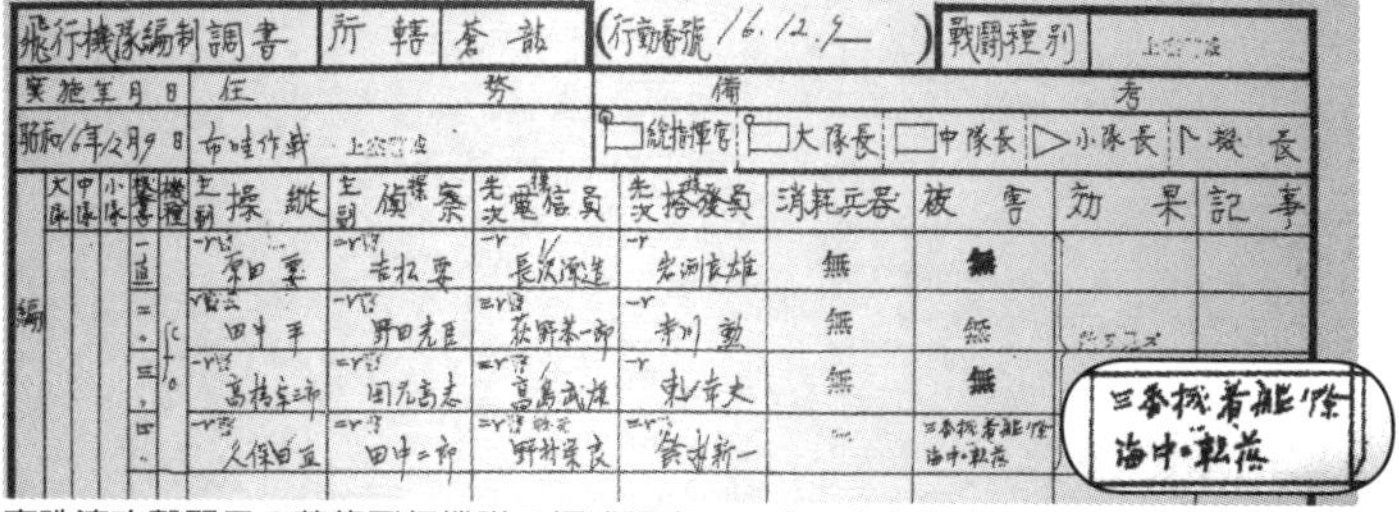

飛行機隊編制調書　所轄　蒼龍　（行動番號 16.12.9　）　戦闘種別

実施年月日	任務	備考
昭和16年12月9日	布哇作戦	統指揮官　大隊長　中隊長　小隊長　機長

警	主副 操縦	主副 偵察	先次 電信員	先次 搭乗員	消耗兵器	被害	効果記事
一直	原田要	吉松要	長沢源造	岩淵良雄	無	無	
二	田中平	野田光臣	荻野恭一郎	寺川勲	無	無	
三	高橋宗三郎	岡元高志	高島武雄	東幸夫	無	無	
四	久保田正	田中二郎	野村栄良	鈴木新一		三番機着艦ノ際 海中ニ転落	

三番機着艦ノ際
海中ニ転落

真珠湾攻撃翌日の蒼龍飛行機隊の編成調書。三直で上空警戒に上がった野村栄良氏が着艦に失敗して亡くなった。被害欄に「三番機着艦の際 海中に転落」と記されている

に置き生涯お参りしていたということです。

驚いたことに、ハワイの太平洋航空博物館には西開地君の零戦の残骸と、復元された零戦二一型が展示されていました。その零戦の垂直尾翼には西開地君の乗機を表す「BⅡ―120」と入っていました。私は、その零戦を見ながら二十一歳でこの世を去った西開地君を偲びました。真珠湾攻撃の華々しい戦果の陰には、このような悲劇もあったのです。

もし第三次攻撃をやっていたら

真珠湾攻撃の時、第三次攻撃は初めからやる気がなかったのかも知れません。我々の第二航空戦隊の山口多聞司令官が、第三次攻撃をやって燃料タンクなどを叩いてしまえということを言ったそうです。また、第一次攻撃隊隊長の淵田美津雄さんも第三次攻撃の要ありと言っていたようですが、行かなかったということは最初からやる気がなかったのではないかと思います。

それと時間がなかったようです。第三次攻撃は、発艦は明るいうちに出来たとしても、帰って来る時は恐らく夜になっていたでしょう。そうなると、夜間収容が難しいのです。我々戦闘機のような軽い飛行機でさえ、夜間収容になると怖いんです。私は、それほど夜間着艦をしたことはなかったですが、何回やっても怖かったです。無事に機が止まるまでは、死ぬか生きるか分からないのですから、ワイヤーに機尾のフックが引っ掛かって飛行機が止まった時には、「ああ、助かった」とホッとしました。

着艦がいかに難しかったかは、ハワイ空襲の翌日、上空哨戒に上がった野村栄良君という若いパイロットが、昼間なのに着艦に失敗して死んでしまったことからも分かるかと思います。野村君は、甲種飛行予科練習生の四期生でしたが、着艦の練度不足のため失敗して、左舷舷側より転落し亡くなってしまいました。

後になって、第三次攻撃をやって燃料タンクやドックなどの施設を攻撃すべきだったという話も出ました。しかし、当時我々は、ハワイの燃料タンクやドックなどを破壊することが、それほど重要な意味を持つとは考えていませんでした。我々はアメリカの資源力、工業力、輸送力の総てに於いて超大国と認識していたので、燃料タンクを全部叩いたとしても、燃料はいくらでも本土から補給出来るのは分かっていました。アメリカには、燃料も輸送機関もいくらでもありますから。

確かに、燃料タンクやドックへの攻撃はやった方がよかったかも知れませんが、優先順位からすると、航空母艦、戦艦、巡洋艦の方が上で、次に造船や修理をするドックを狙うことが大事だと考えていました。

また、第三次攻撃をやったとしても、そんなに勝ち戦にはならなかったでしょう。ハワイの米軍の攻撃の立ち上がりも早かったと聞きました。第三次攻撃をすれば、被害が大きかった第二次攻撃をさらに上回る被害が出ていたと思います。ですから、無理をしてやった場合、我々の戦力が落ちることは分かり切ったことでした。

また、もし第三次攻撃をやったとすれば、さすがにアメリカの空母も黙ってはおらず、攻めて来たと思います。そうなればこちらの艦隊が全滅してしまった可能性がありました。

雷撃の神様・村田重治少佐の究極の教え

真珠湾という非常に浅い水深での魚雷攻撃を成功出来たのは「雷撃の神様」と言われた村田重治少佐の功績が非常に大きかったようです。村田さんは、機動部隊の航空参謀の源田實さんから「真珠湾での雷撃は大丈夫か？」と聞かれて、「大丈夫です」と自信を持って答えたそうです。そして、真珠湾に地形が似ているからと選ばれた鹿児島湾で猛訓練をし、常識では考えられないような浅い水深での魚雷攻撃を可能にしていました。ですから、過剰なくらいの自信を持っていたらしいです。先にも触れたように、その村田さんに私は、飛行学校の最後の教程の時に教わりました。

村田さんという人は何というか、体は小さくて田舎の爺さんみたいで風采が上がらず、ボーッとしているのですが、本当に大らかで人情味があり、研究熱心な方でした。だから、ちょっと見ると、阿呆のように見えるのですが、とっても優しい人でした。

村田さんは私たちに、「飛行機というものは、自分で動かすというそんな大それた考えでは駄目だよ」とか、「飛行機の欠点を見るよりも、その飛行機の良い所をうんと活用する操縦をするように」といったことを親切に教えてくれました。

私に操縦の基礎を最初に教えてくれた江島友一さんも、「飛行機というのは、自分で動かそうという大それた驕ったような気持ちでは出来ないんだ。本当に初心に戻って素直な気持ちで乗ることが大切だ」「どんなに大量生産された機械であっても、皆それぞれの飛行機に癖があるんだ。それを皆で乗れば更に色々な癖が出るので、それを早く見つけるのが大事だ」といったことを教えてくれました。江島さんのお蔭で、私は操縦術の基本ということに対して自分でもある程度は分かって来たつもりでいました。

その私に対して、村田さんの究極の教えは「驕りということはいけないんだよ。素直な気持ちが一番大事だ」と。

更に「忠実に守る正直さが必要なんだ。自己流ということはもちろん大事だけれども、自分の考えを作ってしまって、それに頼ってはいけないんだよ」と、そういう奥深い指導をしてくれました。

村田さんは、細かい心配をしない人でした。とにかく、本当に大らかなんです。見たところ、格好は良くありませんでしたが、そもそも体裁ということを全然考えない人でした。だから、村田さんが居る所はどこでも、その場が和やかな雰囲気になっていました。

その村田さんも、昭和十七年（一九四二年）十月の「南太平洋海戦」で、米空母を雷撃した後に被弾して機体が炎上すると、そのまま米空母に突っ込み見事な最後を遂げたと聞きました。

海兵出身者も様々

この村田重治さんは海兵学校の出身でしたが、海兵出身という驕りを全く感じさせない人でした。戦後、徹底抗戦を唱えたばっかりに抗命罪を着せられて酷い目にあった小園安名さん、あの人も、本当に下士官と一心同体であるかのように我々をとても大事にしてくれました。

これは私は、あまり言いたくないのですが、海兵学校出身の将校は何となく「生まれながらの大名だ」というようなプライドが強い傾向がありました。海兵出の人から見れば、我々下士官や兵は下の下なのです。我々下士官兵は、海兵出の人から「なんだ、一兵卒上がりじゃないか」という見方をされていました。

自分が所属する所の誇りを大事にするという意味では、それも悪いことではありませんが、それがあまり強過ぎてしまうと、今度は部下の連中が付いて行かなくなってしまうのです。そういった海兵出の良くない部分を、戦後、撃墜王で知られる坂井三郎君がやたらに批判したので、坂井君は海兵出の人からひどく反発されてしまい可哀想でした。

戦闘機隊の中にも海兵出の人がいっぱいいいましたが、その海兵出の中にも色々な人がいました。立派な人もいれば、やたらにプライドばかり高くて、その割に実力の伴わない人もいっぱいいいました。

蒼龍の戦闘機隊の場合、飯田房太さんも菅波政治さんも藤田怡与蔵《いよぞう》さんも海兵出の空っ風は吹かせませんでした。

ウェーキ島攻略時に散った「日本一の名爆撃手」

真珠湾攻撃の翌日、蒼龍からは一直に四機ずつで、四直まで我々戦闘機が上空哨戒に飛びました。この日も私は一直で一番に飛び立ちました。その日に敵空母を探して蒼龍から索敵機が飛んだ記憶はありません。ササッと引き揚げたような感じで、索敵して敵がいたら行くぞというような雰囲気はありませんでした。

帰途についていた機動部隊の中から、第二航空戦隊の蒼龍と飛龍に、機動部隊本体と別れて

「ウェーキ島攻略作戦」を支援するようにとの命令が下されました。ウェーキ島攻略作戦は、米軍が日本の南鳥島を占領し、そこに航空隊を駐屯させ日本本土攻撃を計画しているので、その防波堤としてこちらが先にウェーキ島を押さえてしまえということで、開戦と同時に進められていました。

しかし、日本軍は思わぬ苦戦を強いられており、そこで、我々に白羽の矢が立ったのでした。とても大事な作戦だと思っていましたので、我々だけ引き揚げられないことへの不満もありませんでした。

蒼龍には「日本一の名爆撃手」と言われて有名だった金井昇君がいました。金井君と私はたまたま同県人で、彼は長野工業から海軍の電信兵の試験を受け、非常に難しい「掌《しょう》電信兵」というエリートコースに受かり、昭和九年（一九三四年）に私の一年遅れで海軍に入っていました。

海軍の戦技演習の一つに、逃げ回る船に一キロの爆弾を落として命中率を競うというのがあったのですが、金井君はいつも一番優秀な成績で、船がどんなに逃げても命中させていました。真珠湾攻撃を間近に控えた連合艦隊の戦技演習でも、命中率百パーセントという驚異的な成績で優勝したそうです。

私は蒼龍のパイロットでは先任と呼ばれて古い方だったのですが、その金井君とたまたま隣同士のベッドになりました。それで、話をしてみたところ、互いの出身地がとても近かったことから心安くなり、毎晩のように並んで寝るようになったのでした。彼は非常に頭が冴えている方で、私はゴタの方でしたから、そういう面では面白くなかったのですが、もうとにかく真面目で、夜でも大きな照準器を抱えて持って来て、ベッドの中で照準器を見て研究しているような努力家でした。

また、彼は飛行機が飛ばない時には、爆撃機の中に入って目標を狙う練習をしたりと、非常に熱心でした。この男だから日本一の名爆撃手と言われても不思議ではないと思っていました。

それにまた、金井君の機を操縦していたのが私より二年先輩の佐藤治尾さんで、二人の呼吸がピッタリ合うのだそうです。だから、まるで一人で操縦し、狙っているようだったから、命中率も上がりました。蒼龍の柳本柳作艦長は、自分の航空母艦の乗組員の中に日本一の名爆撃手と名操縦士がいるのだということをとても誇りに思っていました。

ところが、このウェーキ島攻略時に敵グラマンの不意討ちに遭い、金井君たちが墜とされてしまったのでした。

金井君という大事な爆撃手と操縦の佐藤さんを護り切れなかったことで、掩護して行った藤田怡与蔵さんたちは柳本艦長からもの凄く怒られていました。艦長があんなに怒ったのは、それまで見たことがありませんでした。ただ、敵機が待ち構えている飛行場に入って行くのですから、戦闘機がついていても最初の一撃だけはどうしても避けようがないのです。ですから、藤田さんたちには、気の毒なことでした。

我々の掩護も功を奏したのか、日本軍は翌二十三日にウェーキ島の完全攻略に成功しました。ウェーキ島攻略を終えて、日本に帰った時には、既に赤城、加賀、翔鶴、瑞鶴が凱旋した後だったので、帰ってみたらお祭りが終わってしまったようで、少しがっかりしたのを覚えています。ただ、私がウェーキ島を攻略している時に長男が生まれていたので、長男の顔を見るのが楽しみで帰郷しました。私は華々しい戦果を挙げたハワイ上空へは飛んで行かなかったので、何か恥ずかしくて、こっそり帰宅しました。家族は、私が真珠湾攻撃に参加したことは知っていましたが、話をすれば私が攻撃に行かなかったことが分かってしまうので、あまり話しませんでした。日本では、提灯行列や旗行列までやってお祭り騒ぎをしていたので、「実は自分は攻撃に行かなかった」と言い出す勇気がなかったのかもしれません。

米英蘭に宣戦布告した大東亜戦争というものは、それらアメリカ、イギリス、オランダをはじめとした列強が、東洋の現地民を虐げる植民地政策をしていたので、そうしたことを排除して、この東洋で日本がリーダーとなり「大東亜共栄圏」という新しい東洋を築くことが目的だと言われていました。私は「随分と大きな目的を持っているんだな!」と思うと共に、「我々の双肩に日本とアジアの未来が掛かっているのだ!」と、意を強くしたものでした。

第四章　南方転戦

ポートダーウィン攻撃で初めて目にした「轟沈」

真珠湾攻撃、ウェーキ島攻略から年が明けた昭和十七年（一九四二年）、赤城、加賀、飛龍、蒼龍は南方作戦のために、セレベス島のケンダリー基地に進出し、ニューギニアのポートモレスビー基地やオーストラリア北部の要衝ポートダーウィンの船舶を攻撃しました。南方作戦というのは、東南アジアに進攻し、豊富な資源を確保するというものでした。

ポートダーウィン攻撃の時、私は艦爆隊の掩護をする直掩隊でした。直掩隊というのは、攻撃隊を守って行き、攻撃隊が全部攻撃を終え、集合して帰投するのを、また守ってくるのが役目でした。艦攻隊なり艦爆隊の上空二百～三百メートルを飛び、敵機の攻撃から守るのですが、これがなかなか難しいのです。

というのも、艦攻隊や艦爆隊が一トン近くある魚雷や大きな爆弾を抱いてしまうと、スピードが随分と落ちてしまい、戦闘機、特に零戦はスピードが出るので、彼らとあまり離れないように飛ぶのですが、どうしても一緒には飛べないのです。

そこで、一直線に飛んで行く攻撃隊の上空を我々戦闘機は大きな円を描くようにぐるぐると回りながら付いて行きました。どういう回り方をするかは別に決められていた訳ではなく、その時々の直掩隊の指揮官の判断に任せられていました。「バリカン運動」と言ってジグザグに飛ぶ方法もありましたが、我々はよく回りながら付いて行きました。

我々が攻撃して来るのを、敵の戦闘機は雲の上に隠れて待っています。雲の上にいると、相手からは見えにくく、しかも相手を見やすいのです。そして、我々戦闘機が攻撃隊から一番離れて反撃出来ないタイミングを見計らって、サッと攻撃して来るのでした。ですから、最初の一撃だけはどうしても避けられないのです。

このポートダーウィン攻撃時は、湾内の艦船を艦爆隊が急降下爆撃で沈めました。その時に「轟沈《ごうちん》」というものを初めて見ました。きっと艦船は燃料を積んでいたのではないかと思いますが、物凄い火柱が千メートル位まで上がっていました。敵戦闘機の迎撃もなく、味方艦爆の鮮やかな攻撃に喜びながら、「あれがいわゆる轟沈というのかな」と何隻も火柱を上げるのを見ていました。

天象気象を利用して有利に立つ

敵機が襲ってくる場合は、断雲の陰から突然現れることがありました。我々も同様に雲を最大限に利用しました。

雲が無ければ太陽を背にして接敵し、敵から見えにくくするなど天象、気象を十分利用することを心掛けました。

宮本武蔵が決戦の時に、敵と自分の位置を十分考えて戦ったという話がありますが、我々戦闘機も同じでした。自分の位置を相手に知られにくくするには、太陽を背にします。また、薄暗くなってから相手を攻撃する時には、敵機がよく見えるように、なるべく月の光が敵機に当たる様に位置を考えました。月を敵の背後に置くと相手がよく見えました。

太陽と月は、攻撃する時間や態勢によって、十分利用しなければいけません。また、断雲も利用します。こういったことは、戦闘機搭乗員を永く勤めているうちに自然と身に付けて行きました。

機を滑らせてB17を攻撃

ポートダーウィン攻撃では、敵戦闘機が出て来なかったので、空戦の機会は無いと思っていましたが、たまたまB17と遭遇しました。B17は機銃を全部で十三挺も持ち「空飛ぶ要塞」と呼ばれた戦略爆撃機でした。

私はB17を追いかけながら「B17を攻撃する時には、機を滑らせるように」という同年兵の山本旭《あきら》君の教えを思い出していました。山本君は、中国戦線でＢ17を何機も撃退した経験から、攻撃時に機を滑らせることで敵の弾が当たらなくなると、そうしないと敵弾の方が先に飛んで来るから当たってしまうと我々に教えてくれていたのです。

機を滑らせるというのは「横滑り」とも呼び、空戦時の技の一つですが、進行方向に機首を真っ直ぐ向けずに、ほんの少しだけずらして飛ぶことを言います。機首の向きをずらすことで、相手がこちらの未来位置を正確に掴めなくする訳です。

相手は、こちらが真っ直ぐに飛んでいると思うので、機首の方向の前に弾を送り込んで来るのですが、実際は真っ直ぐには飛んでいないので、弾はことごとく逸れて行くのです。

例えば、左に滑らせる時は、右のフットバーを軽く踏み、スティック（操縦桿）を敵に覚られぬ程度に左に傾けます。この時、フットバーを踏むのはほんの僅かで、当て舵程度に使うのがコツでした。

僅か二～三度くらい機首を傾けて相手を騙すのです。余り機首を傾け過ぎてしまうと、明らかにおかしいと敵に感づかれてしまうので、敵に気付かれないように、フットバーを踏み込み過ぎないようにするのが肝心でした。ただ、滑らせている分、自分の弾丸の命中率もグンと落ちてしまいました。

私は、列機に合図をすると私の機を先頭に単縦陣《たんじゅうじん》を取らせ、機を滑らせながらＢ17に突っ込んで行きました。B17の機銃がいっせいに閃光を発し、撃って来ているのが分かりましたが、敵弾はことごとく逸れて行きました。我々は何回か反復攻撃をかけました。

しかし、滑らせながらの攻撃で難攻不落と言われていたB17に有効弾を与えるのは非常に難しく、残念ながら撃墜はなりませんでした。

援蔣ルートの一つ「ビルマルート」を断て

セレベス島（イギリスの植民地時代の呼び名で、インドネシア独立後の呼び名はスラウェシ島）のケンダリー基地を拠点にしてインドネシアの都市のスラバヤ攻撃、バンドン攻撃と続けていた機動部隊に、急遽インド洋のイギリス軍を撃てとの指令が下されました。

昭和十七年（一九四二年）三月二十六日、我々はケンダリー基地を出港しました。故障で戦列を離れた加賀を除いた赤城、蒼龍、飛龍、翔鶴、瑞鶴が目指したのは、インド洋のセイロン島（現スリランカ）でした。当時、イギリスはアジアにたくさんの植民地を持っていましたが、セイロン島もその一つでした。

イギリスは、南下する日本軍からアジアの植民地を防衛するために、最新鋭の戦艦プリンス・オブ・ウェールズとレパルスをシンガポールに派遣していました。ところが、開戦から僅か三日目の十二月十日、日本海軍の爆撃と雷撃によってプリンス・オブ・ウェールズとレパルスをいとも簡単に撃沈してしまいました。

これは航空機が戦艦を撃沈するという画期的な出来事で、世界中に大きな衝撃を与えました。後にチャーチルは、「戦争中にショックを受けたのはプリンス・オブ・ウェールズ撃沈のニュースを聞いた時だけだ」と言ったといいます。

この「マレー沖海戦」の勝利に加え、マレー半島では陸軍がイギリス軍を破竹の勢いで打ち負かしていました。日本軍の快進撃は、長年に亘って欧米列強の植民地とされ奴隷のような扱いを受けてきたアジアの国々の人々に、大きな勇気を与え、後に東南アジアやアフリカ諸国が独立する、大きなきっかけともなっていきました。

慌てたイギリス軍は、戦闘機ハリケーンを大量にセイロン島の基地に送り込みました。その情報を掴んだ日本軍は、セイロン島のイギリス軍基地を撃滅することを企てたのでした。

イギリスは、日本が米英に宣戦布告する前の支那事変の時から、「援蒋ルート」の一つである「ビルマルート」を使って、蒋介石の国民党軍を盛んに援助していました。

「援蒋ルート」というのは、蒋介石に軍事物資などを援助するための輸送路のことで、フランス領インドシナを通る「仏印ルート」、ビルマを通る「ビルマルート」、香港を通る「香港ルート」、ソ連領からの「北西ルート」などがあり、ビルマルートはセイロン島を経由していると日本は睨んでいました。セイロン島のイギリス軍基地の撃滅は、このビルマルートを断つ目的もあったのです。

敵偵察機に上空を飛ばれても平気だった

いよいよイギリス軍のコロンボ基地空襲を明日に控えた日、イギリス軍のコンソリーテッドという飛行艇が我々の艦隊の偵察に接触してきました。

我々蒼龍の戦闘機隊と赤城の戦闘機隊がすぐさま飛び上がり、次から次に攻撃をかけましたが、なかなか撃墜出来ませんでした。というのも、あまり味方の数が多過ぎると、攻撃している時に味方に撃たれる危険性があるので、敵機に肉薄出来ないのです。そのため、どうしてもまだ十分な射程圏内に入らないうちに遠くの方から撃ってしまうので当たらないのです。このように条件が良過ぎて困ることも時々ありました。

同年兵の坂井三郎君が、十五機のグラマンF６Fの包囲網から、脱出出来たという話を聞いたことがありますが、勿論彼の腕の良さはあったでしょうが、攻撃側の機数が多過ぎると、どうしても各機の動きが制限されてしまい、却って墜とせないものなのです。

我々は、コンソリーテッド飛行艇を何とか墜としはしましたが、完全な撃墜とはならず、敵

アメリカのボーイング社が開発し、フライングフォートレス（空飛ぶ要塞）と呼ばれていた重戦略爆撃機「B -17」

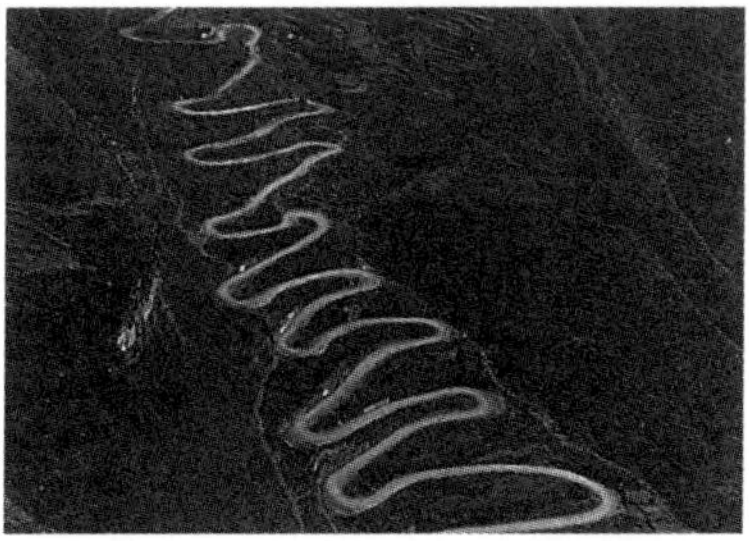

ビルマルートの一つレド公路。イギリス領インド帝国のアッサム州レドから中国の昆明に至る輸送路

イギリス海軍の巡洋戦艦「レパルス」

イギリス海軍の戦艦「プリンス・オブ・ウェールズ」

機は海に不時着しました。このイギリス軍機が我々日本の艦隊の位置などの情報を自軍に知らせたことは、容易に想像がつきましたが、我々は平気でした。普通でしたら、まずいと考えるのでしょうが、連戦連勝の我々は、さほど心配もしていませんでした。

不時着した飛行艇の敵兵は捕虜にしたそうですが、捕虜にされた後、彼らがどうなったかは分かりませんでした。

初めての「空戦」

昭和十七年（一九四二年）四月五日、我々は日の出の三十分前にセイロン島南方、約百二十カイリ（一カイリ＝１８５２ｍ）の地点からイギリス軍のコロンボ基地に向けて出撃しました。艦攻と艦爆合わせて百機近い攻撃隊を、三十六機の我々零戦隊が掩護して行きました。

敵地へ向かっている時の私の心境は、零戦の性能を信頼し、己の技術に誇りを持ち、「必勝の信念」があるのみでした。また、小隊長で一番機の私と一心同体となり、私を信頼してピタッと付いて来る列機も頼もしい限りでした。

約一時間半くらい飛んだ頃でしょうか、私はいつ敵機の襲撃を受けてもいいように、空戦空域に侵入する直前に増槽を投下し、空戦に備えました。そして、見張りをより一層厳重にしました。戦闘機の生命《いのち》は、敵をいかに早く見つけるかです。「見張り」は搭乗員の生命でした。

我々の見守る中、攻撃隊はコロンボ基地爆撃に無事成功しました。ところが、イギリス軍の戦闘機ハリケーンの奇襲を受けて、艦爆数機が墜とされてしまいました。

我々を待ち受けていた敵は、なんとハリケーンなど約百機の戦闘機でした。私は敵機を認めると、空戦のためにプロペラを低ピッチに切り替え、まっしぐらに敵機に向かって行きました。

ところが、敵は零戦との格闘戦を避け、優速を利して自軍の空域に逃げる一方でした。どうやら敵は、零戦の性能を十分に分析していたようで、味方の対空陣地に我々をおびき寄せて墜とそうという作戦をとっているように見えました。

スロットルを目いっぱい押し込んでも追い付けないことが分かり、私は敵機との距離を何とか縮めようと、逃げる敵機の前方に七ミリ七を撃ち込み、敵の頭を抑えようとしました。

すると案の定、驚いた敵機は舵を切り避けました。「よし、これを繰り返せば距離を縮められる！」私は敵機の前に七ミリ七を送り込むことを繰り返し、敵機に蛇行飛行をさせ、照準器から敵機がはみ出す位まで接近しました。そして、止めに二十ミリ機関砲をダダッと撃ち込んで仕留めました。

敵機を撃墜した後は、躊躇することなく次の敵機を求めました。この戦法を繰り返し、逃げようとする敵機を次々と墜としていきました。

自爆を覚悟

余りの混戦に、この日最後の敵機を追っている時は、既に列機とは別行動となってしまっており、私は単機で追いかけていました。相手はフルマーという複座戦闘機で、複座の座席に一人で乗っていました。

複座で大きいので、簡単に墜とせると思っていたのですが、これがなかなか墜とせませんでした。頼みの綱の二十ミリ機関砲は、当時は六十発しか搭載出来ず、既に撃ち尽くしてしまっており、七ミリ七だけを撃ち込みましたが、当たっているようでしたが、手ごたえが無く、墜ちません。零戦がほとんど防弾設備がないのに対し、アメリカもイギリスも防弾設備は強力と聞いていたので、当たっても致命傷が与えられていないようでした。

敵のパイロットはベテランらしく、私の弾を少し機を滑らせて避けていました。私は、七ミリ七で敵の頭を押さえながら、距離を縮めました。それでもなかなか墜ちず、追い回して追い回して、最後は田んぼに突っ込ませました。

本来は、止めを刺し、敵機を焼き払う必要があったのでしょうが、武士の情けで戦闘不能になった敵を撃つ気にもなれず、また、だいぶ深追いしてしまっていたこともあり、慌てて集合

著者がコロンボ空襲の時に戦ったイギリス軍の戦闘機「ハリケーン」

著者が田んぼに不時着させたイギリス軍の戦闘機「フルマー」

日本軍機の攻撃を受けて、炎上するイギリス軍空母「ハーミス」

地点に引き返しました。（この事が後に劇的な出会いをもたらすことに。）

ところが、集合地点に行ってみると、既に皆引き揚げてしまった後でした。

「しまった！」

出発前に指揮官より「集合時間があるから余り深追いはするな」と注意されていたことを思い出しましたが、後の祭りでした。

私は即自爆を覚悟しました。そして、どうせ自爆するなら、少しでも敵に損害を与えたいと思い、目ぼしい軍事施設を探しにイギリス軍のコロンボ基地に引き返しました。ところが、ヤシの木のジャングルが続くばかりで、なかなか目標に適した軍事施設などが見つけられませんでした。

駄目で元々と母艦を目指す

一生懸命自爆目標を探していたところ、一機の零戦が後から上がって来て、私の機にピタッと編隊を組んだのです。

見ると、若いパイロットが「三機撃墜しました！」と指を三本立てて、ニコニコしているではありませんか。私の零戦の胴体には小隊長マークが付いていましたので、小隊長に付いていけば帰れると思ったのでしょう。私の胸の内も知らずに、嬉しそうに笑っているのです。

「この若者を一人残して、自爆してしまう訳にもいかないな…」

私は、駄目なら最後は海に突っ込めばいいから、とにかく母艦を目指してみようと思い直しました。そして、少しでも母艦を見つけやすいように、若いパイロットとお互いに少し距離をとって飛ぶことにしました。若いパイロットの乗る零戦の尾翼のマークから、彼は赤城に所属しているのが分かりました。

私は、波頭を見て、風の方向と風力を計算し、方角を修正しながら飛びました。我々単座戦闘機乗りも航法は一応習ってはいましたが、余り訓練をやっておらず、専ら空戦訓練ばかりでしたので、航法は慣れていませんでした。「この方向でいいんかな?」と不安の中で、飛び続けました。

戦闘機というのは、空戦になると、巡航時の約四倍燃料を食うので、そのことを念頭に置き、空戦時間も予め計算するのですが、この時は深追いして、さらに自爆地点を探して飛んでいたので、燃料は残り僅かになってしまっていました。

いくら飛んでも艦隊は見えて来ず、燃料だけがどんどん減り続けました。

母親の顔に似た雲に導かれて奇跡の生還

「もう駄目かな…。俺もとうとうこれで終わりかな…」

そう思って諦めかけた時でした。水平線の彼方の断雲がぼんやりと母親の顔に見えてきたのです。そして、その雲から「要、こっちこっち」と手招きされているような気がしてきました。私は、「これでいい。これで駄目ならいいや」と、母親の顔をした雲に機首を向けました。

赤城の若いパイロットと出会ってから三百キロ近くを飛んだ頃でした、傍にいた若いパイロットの機がサーッと落ちて行ってしまいました。おかしいと思って目を凝らすと、彼の飛行機が降下していく先に母艦が小さく見えたのです。「良かった！」。私も降りて行き、すぐに緊急着艦しました。

無事に母艦に着艦し、エレベーターの所まで行った時には、燃料ゲージはほとんどゼロを指していました。

私の帰りを待っていたパイロットたちは、蒼龍の次席先任搭乗員の私をベテラン視していたので、別に驚いている様子もありませんでした。「先任は、例によって、深追いで集合時間に遅れてしまったのだろう」くらいに思い、心配していなかったようです。

しかし、この時は本当に間一髪でした。零戦が、三千キロ以上も飛べたから命が助かりました。零戦のこの航続距離は、当時の戦闘機の常識を覆すもので、同世代のグラマンＦ４Ｆは零戦の半分にも満たない千四百キロ、ドイツのメッサーシュミットに到っては、さらにその半分の七百キロ程度でしたので、いかに零戦が優れていたかが分かると思います。

因みに、零戦と同じ中島の「栄エンジン」を搭載していた陸軍の一式戦闘機（通称「隼《はやぶさ》」）も三千キロ飛べたと言いますから、日本の技術が優れていたことの証明でもあると思います。

また、この時の不思議な体験を通し、私はつくづく母親の存在というものは、何物にも比し難く尊くて偉大なものだなと思うようになりました。

敵を追い回して墜とすむごさ

私は、このコロンボ空襲時、相手が苦しそうな顔をして逃げ回るのを追い回して、最後に止めを刺す、あるいは、列機が落とした敵を最後に見届けて引き上げるという切羽詰まった状況を初めて体験し、「戦争というものは、むごいものだな。嫌なものだな」とつくづく実感しました。

支那事変では、ジャングルの中の敵に向かって機銃を打ち込んだり、或いは、城壁にいる兵隊を銃撃したりしましたが、直接相手の苦痛に歪む顔が見えなかったので、「戦争とはこういうものなんだ」と、当然という思いで銃撃や爆撃をしていました。

ところが、戦闘機同士で戦って最後の止めを刺す場面を体験し、これは人間として最悪のことではないかと人道的に考えるようになってしまいました。

よく、「いつまでもそのように考えないで、戦争なのだから、相手を殺さなければ自分もやられたのだからしょうがなかったじゃないか」と言われるのですが、頭では分かっていても、ついそう思えなくなってしまうのです。

インド洋作戦の成功で自信過剰に陥る

このインド洋作戦では、イギリス軍が待ち構えている所へ我々は堂々と攻めて行き、敵を全部叩き潰して制空権を完全に取ってしまい、こちらの被害はほんの僅かでした。また、小さい空母でしたが、イギリスの空母ハーミスなどを撃沈し、セイロン島のイギリス軍を全滅させたような戦果を上げました。

この戦闘で、零戦がまさに向かう所敵なしの戦闘機であることを実証し、それを操る我々パイロットは、「鬼に金棒」のような自信を持ってしまいました。この成功が元で自信過剰に陥り、驕りに繋がってしまったのではないかと思います。

おそらく上層部も、零戦隊をはじめ、爆撃隊、艦攻隊の技術をもってすれば、作戦遂行は全く心配要らないくらいに思ってしまったのではないでしょうか。

何しろ、攻撃前から、イギリスの偵察機が艦隊に接触して来ているのに、平気でした。そして、スリランカのイギリス軍基地の機能をほとんどゼロにするという戦果を挙げたので、余計に自信過剰に陥ってしまった面があったのではないかと思います。

私は、初めての敵機との空戦で五機墜としましたが、この時ちょっとした空戦のヒントを掴みました。それは、攻撃時に機を滑らせることの重要性でした。私のようなベテランになると、実戦で色々見つけることが多いのです。やはり、経験というのは大事でした。そうやって実戦で得たことは、なるべく若い人たちにも教えましたが、伝え方が難しく、皆、実戦を通して自分で苦労して覚えることが必要でした。

ドーリットル空襲

インド洋作戦から帰る途中の昭和十七年（一九四二年）四月十八日、台湾沖を航行していた我々に、日本本土が米軍機から爆撃されたという報せが届きました。いわゆる「ドーリットル空襲」と呼ばれる米軍初の日本本土爆撃です。B25爆撃機十六機が、東京、横須賀、名古屋、神戸などの都市を狙って爆撃、銃撃を敢行し、死者は百名近く、重軽傷者も五百名位出てしまいました。

米軍は、後の無差別空襲や原爆と同様に、この時から無辜《むこ》の市民をも標的にしており、小学生が機銃掃射を受けて死亡しました。

本土が爆撃されたという報せを受けて、我々第二航空戦隊の蒼龍と飛龍に空襲をした敵艦隊撃滅の命令が下りました。我々は敵艦がいると思われる日本近海に急行しました。しかし、敵艦は爆撃機を飛ばすとすぐに反転してしまっていたので、残念ながら捕捉出来ませんでした。爆撃を敢行したB25は、日本上空を飛び越して、中国に飛び去って行きました。

私は、本土が空襲されたことをそんなに深刻には思わず、戦争だからしょうがないのではないかと思っていました。

ところが、山本五十六連合艦隊司令長官は、帝都に敵機の侵入を許してしまったことで非常に気を揉んだようで、このことがミッドウェー作戦を強行に進める原因にもなったと言われています。

私が驚いたのは、アメリカは海軍の航空母艦から陸軍のB25爆撃機を飛ばしたということでした。陸軍機が海軍の航空母艦から飛び立つことなど、日本軍では有り得ないことでした。私は「アメリカは日本と違うな。やはり先進国だな」と思いました。

仲が悪かった陸軍と海軍

日本は、陸軍と海軍は仲が悪くて、まるっきり駄目でした。陸軍と海軍が戦果などを双方で隠したりもしていたようです。

普段から我々は、陸軍を少し下に見ていました。陸軍航空隊と海軍航空隊で何年か置きに、空戦の試合をやっていました。私自身は陸軍機と戦ったことはありませんでしたが、話を聞くと、海軍の方が腕が良く、いつも勝っていたようです。

また、私が上海に行った時に、大学のグラウンドを少し拡張して飛行場にしていたのですが、我々は難なくその飛行場で降りたり上がったりしていました。そこにたまに陸軍機が不時着して来るのですが、必ず滑走路をオーバーしてクリークへ落ちてしまっていました。それを見て我々は「あー、また陸がやった」と馬鹿にしていました。

我々海軍のパイロットはきちんと止められるのに、陸軍は駄目だという目で見ていたことが、今考えると良くありませんでした。だいたい陸軍のパイロットは、広い飛行場でゆっくり離着陸をやっているのに対し、我々は航空母艦でフックを引っ掛けるような着艦をしているのだから、我々の方が着陸がうまいのは当然の話なのです。ところが、ついそういうふうに下に見てしまっていました。

　佐伯航空隊や大分航空隊にいた時も、街に出るとしょっちゅう陸軍といざこざをやっていました。陸軍は野暮ったい格好をしているので、「陸は汚い」と若い女性から言われたりしているのに対して、海軍の方は若い女性に割合にもてる格好をしていました。女性にもてるものだから余計に札ビラ切ったような格好をする。特に飛行機乗りは給料を他の兵隊の倍以上も貰っていたので、派手な生活をするのです。ですから、陸軍は海軍を「面白くない」と思っており、それが元で飲み屋で喧嘩になるのです。

　そうすると陸軍には憲兵隊がついているから、理由の如何を問わずすぐに海軍の者が連行されてしまいます。それを航空隊の隊長が中佐という階級にものを言わせて、憲兵隊のトップの大尉のところに連れ戻しに行く訳です。そのようなことで陸海軍はしょっちゅう揉めていました。

　もっとも海軍内部でも「陸上部隊」と「海上部隊」とでは機構、形態、戦力等、総てが異なっていたため、行動半径にも大きな開きが生じていました。しかし、そうなるのは当然で、お互いが足らざるを補うことが求められましたが、諸々の事情で円滑を欠くこともありました。海軍内部ですら、この状況でしたから、陸軍と海軍とが密接な連携を取れと言われても無理だったかもしれません。やはり自分の勤めている環境を一番誇りに思うのが、人間の常道でしょうから。

飛行機そのものも海軍はイギリス式で、陸軍はフランス式でした。だからスロットルの扱い方も反対で、我々は増速する時にスロットルを押すのですが、陸軍機は引くのです。どちらがいいかは、分かりません。

陸海軍でガソリンのオクタン価（オクタン価が低いとノッキングを起こし易い）まで違ったというのは、当時は知りませんでした。それもちょっとおかしな話でした。そういったことからも、日本は負けるべくして負けたのではないでしょうか。陸海軍がもっと一体となってやるべきでした。

翔鶴と瑞鶴の死闘「珊瑚海海戦」

私は、赤城、加賀など他の航空母艦でも一応は着艦訓練をやらせてもらいました。赤城と加賀は非常に着艦しにくいと言われていました。両艦とも飛行甲板は大きかったのですが、蒼龍、飛龍、翔鶴、瑞鶴に比較して、艦尾の気流が乱れていました。赤城も加賀も戦艦を改造した航空母艦でしたので、飛行甲板が海面から随分と高かったのですが、特に赤城は、元々小型機が発艦する飛行甲板が前に付き出ていた名残もあり、甲板が非常に高かったのです。

その点、蒼龍、飛龍というのは、最初から航空母艦の仕立てで造られたので、飛行甲板が割合に小さいけれども、非常にスムーズな着艦が出来ました。さらに、最新鋭の翔鶴と瑞鶴になると、飛行甲板が蒼龍より一回り大きく、一番着艦が楽でした。

第五航空戦隊（五航戦）の翔鶴と瑞鶴のパイロットは、我々二航戦の蒼龍、飛龍や一航戦の赤城、加賀のパイロットよりも若い人が多く、当然飛行時間も我々より少なかったようです。ですので我々は「楽な所には楽な人が行く」というふうに仲間うちでも思っていました。実際に、私は翔鶴と瑞鶴に着艦をしてみたことがありましたが、とてもやり易く楽でした。しかも、翔鶴と瑞鶴は、艦のスピードも一番出るし、収容能力も大きく、いい艦だなと内心羨ましく思っていました。

我々より若干技術が劣ると見ていた翔鶴と瑞鶴が米空母と死闘を演じたのが、史上初の空母対空母の戦いとなった「珊瑚海海戦」でした。

日本軍は、オーストラリア軍と米軍を分断しようと考え、ニューギニア南東部のポートモレスビー基地の攻略を企てました。このポートモレスビー攻略作戦（ＭＯ作戦）を米軍は、暗号の解読により事前に察知し、阻止しようと米空母ヨークタウンとレキシントンを送り込んできました。日米双方が、ほとんど互角の兵力だったと言われています。

当時、五航戦の翔鶴と瑞鶴が南方で戦っているという情報は我々にも入っていました。五航

空母「瑞鶴」から飛び立つ「零戦二一型」　（写真提供・雑誌「丸」編集部）

翔鶴型空母の二番艦「瑞鶴」。真珠湾攻撃に参加した空母の中で最後まで残っていたが、昭和 19 年（1944 年）10 月 25 日のレイテ沖海戦で沈没した

「翔鶴」。翔鶴は姉妹艦の「瑞鶴」と共にワシントン海軍軍縮条約の終了後に建造されたため、大型空母とすることが出来た。昭和 19 年（1944 年）6 月のマリアナ沖海戦で米潜水艦の雷撃で沈められた

米空母「レキシントン」。元々は巡洋戦艦になる予定だったがワシントン海軍軍縮条約に基づき空母へと改造された。昭和 17 年（1942 年）珊瑚海海戦で沈没した

戦のパイロットは、若い人が多く、練度は我々二航戦や一航戦より多少落ちるとは思っていましたが、インド洋作戦までは一緒にやっていましたから、南方でも何とか立派にやれるのではないかと私は思っていました。

この戦いでは、見事な武士道精神が発揮されたことを後で知りました。翔鶴の偵察機（九七艦攻、機長・菅野兼蔵飛曹長、操縦・後藤継男一飛曹、電信員・岸田清治郎一飛曹）は、米空母を発見した後、燃料ギリギリまで敵艦隊と接触を続け、米空母の位置を知らせ、帰艦の途につきました。

米空母発見の報に、翔鶴と瑞鶴からは攻撃隊が出撃しました。偵察を終えて母艦に戻ろうとしていた菅野機は、進撃途中の日本の攻撃隊に会うと、「ワレ敵機動部隊マデ誘導ス」と反転し、味方攻撃隊の前方に出たのだそうです。母艦に戻るのにギリギリの燃料だったのですから、まさしく捨て身の行動でした。

攻撃隊（零戦十八機、艦爆三十三機、艦攻十八機）は、レーダーにより待ち伏せしていた米戦闘機に攻撃され、さらに敵の二空母を中心とした輪形陣の敵艦隊からの猛烈な対空砲火をものともせずに突撃して行ったと言います。

そして、敵弾を喰らい炎上した機が、火の玉となって敵空母甲板に突っ込んで行ったそうです。こうした果敢な攻撃でレキシントンを大爆発させ航行不能に陥れ（最終的には味方米軍の駆逐艦が魚雷で処分)、ヨークタウンを大破させました。

当然ながら、菅野機は燃料不足で未帰還となりました。また、攻撃隊も半数が帰って来なかったそうです。こうした日本人の特攻精神は、常の戦闘でも発揮されていたのです。五航戦の活躍は立派だと思いました。私は、ずっと一緒に戦ってきたので、五航戦が戦果を上げるのは当然と思っていました。

日本の攻撃隊が攻撃していた頃、日本側も米攻撃隊の猛攻に遭っており、翔鶴が飛行甲板を大破させられてしまいました。結局日本軍は、当初予定していたポートモレスビー攻略を断念せざるを得ませんでした。

士気の問題

珊瑚海海戦で、翔鶴と瑞鶴が何故あれ程痛めつけられてしまったのかと悔やまれます。翔鶴と瑞鶴がミッドウェー作戦に来ていれば、少しは違った結果になったのではないかと思います。翔鶴が相当痛めつけられてしまい、搭乗員も多く亡くなってしまったため、翔鶴、瑞鶴ともに、すぐには使えなくなってしまったようです。

戦後に知ったことですが、対するアメリカは、珊瑚海海戦で痛めつけられ修理に三カ月はかかるだろうとみられたヨークタウンを僅か三日で修理してミッドウェー海戦に出して来ました。ヨークタウンはミッドウェーに向けて航行しながら修理していたと言いますから、米軍の闘志には侮れないものがあったのです。

珊瑚海海戦での日本側の被害は、我々パイロットにも隠されていました。国民を騙すのも良くないですが、我々機動部隊の仲間のところであっても、そういった被害は出来る限り隠してしまうのですから、それがいけなかったと思います。

戦後、珊瑚海海戦は、戦略的には日本が負けたが、「戦術的には日本が勝った」ように言われてはいますが、飛行機とベテランパイロットを数多く失ったことを考えますと、実際は戦術的に考えても被害は日本の方が大きかったのです。

しかし、当時そのような事実を我々パイロットに話してしまうと、不安になり、士気に影響してしまう訳です。戦争の時に自分の実力を不安に思っていたら、とても戦争になりません。兵隊が「皆が死んだって、俺だけは勝って生きて帰って来るんだ」と思うくらいに自信過剰にさせておかなければ戦争にはならないのです。

だから、我々パイロット仲間でも、今度攻撃する所には敵の戦闘機はどういうのがいるとか、敵機のスピードや操縦性はどうのなどと余り心配している人は、大抵やられてしまいました。

むしろ、私みたいに鈍感で「なーに、零戦に乗っていれば負けっこない！」くらいに思っている人の方が生きて帰って来ました。

だから、「必勝の信念」という精神力も戦争には大事なのです。ただ、一般の国民に不安を抱かせるのはいけないけれども、余りにも嘘を言ってもいけないと思います。嘘の戦果発表ばかりしていると、皆それを本気にし「日本は負けっこないんだ」と浮かれてしまい、全滅しているのにもかかわらず勝ったような気持ちで次の作戦に臨めば、気の緩みから負けてしまうでしょう。

その辺の判断は、確かに難しいことは難しいのです。戦いというものは、負けているのを隠して逆の宣伝をすると、却って自信過剰になり、つい驕りが出てしまうし、そうかと言って、余り正直に話して兵隊に不安を抱かせてしまっては、戦争にならなくなってしまいますから。

さすがの山本五十六司令長官ともあろう人でも、これからアメリカと戦争をやるという時に、半年や一年くらいは暴れてやりますが、長引けば全然自信が持てないということを仰ったようですが、連合艦隊の頂点に立つ司令長官ともあろう人が、戦争を始める時に不安を持ってやっていたのでは、これはあまり良いことではないのです。上に立つ人の気持ちは下の人に影響してしまいますから。

「赤城」の甲板上から見た「蒼龍」

「翔鶴」の甲板で試運転中の零戦

「瑞鶴」から飛び立った飛行機から撮った写真。艦首に菊の御紋が見える。
史上初となった空母対空母の戦いとなった「珊瑚海海戦」では、信じられないような出来事も起こっている。日本の攻撃隊が敵艦を発見出来ずに魚雷と爆弾を投下し日没後の海上を帰途についた。空母が見えたため着艦姿勢に入ったところ、突然、対空砲火が火を吹いた。味方と思った空母が、実は米空母の「ヨークタウン」だったのだ

珊瑚海海戦での「翔鶴」の被害状況

珊瑚海海戦で爆撃を回避する「翔鶴」

第五章　ミッドウェー海戦

情報筒抜けの状況も都合よく解釈

真珠湾攻撃以来の半年間、我々機動部隊は南方作戦からインド洋作戦と休みなく出撃していました。しかし、我々はまだ若かったですから、疲れが溜まることはなく、下士官兵の旺盛な士気は天を衝くが如しでした。

また、作戦の度に未帰還機は出てはいましたが、零戦隊を始め艦爆隊、艦攻隊共に百戦錬磨の訓練で仕上げていたので、戦技も戦力も低下することはありませんでした。

精神的に多少疲れるだろうからと、温泉に保養に行くようにと休みを与えられることもありましたが、保養に行っても休むというより、飲んで騒いでということの方が多かったかもしれません。

インド洋作戦から帰り、休まず「ミッドウェー作戦」を命じられた南雲中将などの幹部は、休養と補給と訓練に最低でも三カ月は必要と言い却下されたそうですが、若かった我々には、休みは必要なかったです。実際に上層部は、そのような余裕は与えてくれませんでした。

ミッドウェー作戦前のある日、艦から陸に外出した時に、「海軍さん、今度はミッドウェーをやりに行くそうですね」と一般の人から声を掛けられ、ドキッとしたことがありました。我々は違うとは言えないし、生返事をしてその場をごまかしました。

ところが、その後も盛んに、「次はミッドウェーですね」と言われ、これは一体どうしたことだろうと心配になりました。我々だけではなく、我々よりも階級が数等上の指揮官に相当する人たちまでも、一般人から同じようなことを言われていました。こんなことを一般の人が言っているようでは、これは、アメリカ側には情報が筒抜けになっているなと不安になりました。

当時我々は、日本の暗号電はアメリカに解読されており、我々の動きを知られているということを多少は分かっていました。というのも、戦争ですからお互い様で、日本側も多少はアメリカの暗号電を読み取っていました。ただ、日本側では全部の情報をうまく取れていないだけの話でした。

暗号を読まれていることに加え、アメリカではレーダーまで発達していたので、我々の行動が察知されていることぐらいは分かりました。

しかし、一般人が堂々と「今度はミッドウェーだそうですね」と話しているということになれば、アメリカは相当に我々の動きを分かっているということになります。

我々が、この状況をどう考えたらよいのかとあれこれと思案していた時に、誰からともなく言い出したのが、「それはハワイの時に討ち漏らしたアメリカの空母をおびき出すために、わざとアメリカ側に分からせるように言っているのだから良いのだ」ということでした。我々は

「なるほど！そういうことなら、わざわざ隠すことないよ」と納得したのでした。このアメリカの空母をおびき出すという話は、階級が上の人から我々に漏れて来たものだったかもしれません。

却って敵が出て来るから、それを早めに我々の強力な航空艦隊で潰してしまえば、東太平洋を押さえることが出来るのではないかということで、これも一つの戦略だなと、一下士官のボンクラな私でも思いました。ところが、おびき出すどころか、アメリカは我々機動部隊の正確な位置まで掴んで、待ち受けていたのでした。

目的は「ミッドウェー島攻略」

ハワイ空襲後、我々の機動部隊が南方やインド洋を転戦している間も常に、「いつかはアメリカの空母と雌雄を決する時が来るだろう」という思いが頭から離れませんでした。アメリカの空母と遭遇しても、我々の機動部隊が危ないとは思ってはいませんでしたが、とても気にはなっていたのです。

我々パイロットは、ミッドウェー作戦の目的は、ミッドウェー島を攻略し、日本に対する防波堤を築くことだと聞いていました。ですから、そのために陸軍も輸送船で向かっていたよう

コラム8　ミッドウェー米軍の暗号解読

ミッドウェー海戦は、アメリカ側が日本海軍の暗号情報を解読し、それによって米海軍に勝利をもたらしたと言われている。米海軍がどれだけの情報を得ていたのか追ってみたい。

ミッドウェー海戦を予測したのはハワイ第十四海軍司令部にあるハイポ局と呼ばれる暗号解読部隊である。彼らは昭和十七年（一九四二年）二月末までに、「A」で始まる二文字の略語が中部太平洋のアメリカの島であることをつきとめていた。

ハイポ局を率いるロシュフォート海軍中佐は、四月頃、珊瑚海海戦後に日本艦隊のほとんどの部隊が関わる大規模作戦の計画を掴んでおり、攻撃目標をAF＝ミッドウェー島ではないかと考えていた。海軍史家のイアン・トール氏は「5月頃、連合軍は日本海軍の無線交信の60％を傍受し、その約40％の暗号解読を試み、電文の約10～15％の暗号群の解読に成功していた」と分析している。解読された暗号と無線通信量増減の通信解析などの情報を繋ぎあわせて日本軍の動きを予測した。

ニミッツ太平洋艦隊司令長官は、ハイポ局の予測にもとづいて、ミッドウェー島周辺に全機動部隊を集中するという大きな賭けに出ようとしていた。しかし、キング提督は、南太平洋の米豪交通路にあるフィジー方面を気にしていた。ワシントンの情報通信班ＯＰ‐20‐Ｇの分析結果はその考えを支持するものであった。日本軍の無線による情報工作という見方も根強くあった。

ロシュフォートは、ミッドウェーの現地指揮官に、島の蒸留装置が故障して、真水が不足していると平文の（暗号なしの）電報を送らせた。それを傍受したウェーキ島の日本軍が大本営に「ＡＦは現在、真水が不足している」と打電した。

五月十六日、ニミッツは、南太平洋にいるハルゼーの機動部隊にハワイ海域に前進するよう命令し、キングにもそのことを伝えた。

五月二十日に受信した無電傍受記録から、ミッドウェー海戦に展開する日本軍部隊の詳細と完全な作戦命令が明らかになった。さらに、断片的な解読記録から得られた「サイパンからの出港日」と「攻略部隊を護衛する駆逐艦の到着日」から、ダッチハーバー空襲が六月三日、ミッドウェー空襲が六月四日と予測された。ハワイの米海軍は、通信解析と暗号解読によって、ミッドウェー作戦の日本側のほとんど全ての動きを掴んでいたのだ。

です。また、飛行機とパイロットもミッドウェーに常駐させるために余計に用意して積んでいったということも聞きました。ただ、アメリカの空母をおびき出すという構想は、正式には聞かされていませんでした。

ハワイと日本の間にあるミッドウェー島を日本軍が完全に占領出来れば、日本にとっては非常に安全となり、米空母を叩き潰してしまえば、ゆうゆうと南方作戦が出来る筈でした。ただ、そういった作戦の詳しいことまでは我々パイロットには全然伝えられていませんでした。とにかく我々に与えられた任務は「敵地に行って空戦する」ということでした。

●第一航空艦隊参謀長・草鹿龍之介著『連合艦隊参謀長の回想』（光和堂）より

機動部隊の立場から作戦の仕振りをどうするかということについては、率直に私の意見を具申した。これには重要な点が二つあった。

まず第一に、作戦目的がミッドウェー攻略にある、そのため陸海軍の陸戦部隊を輸送する輸送船隊や援護部隊その他各部隊が、ミッドウェーを中心に各方面から定められた上陸時に、上陸点におしよせるのである。機動部隊はこの時間にあうように敵の陸上航空基地、飛行機、陸上砲台そのほかおよそ上陸するわが方の邪魔になるものは叩きつぶせというのである。それと同時に、もし敵の機動部隊が出た場合は、まずこれをかたづけろという。

しかし上陸作戦となれば、時間と場所で行動を制限される。わずかなことではあるが、戦う身になってみれば金縛りにあったような気がする。しかも心は常に両兎を追う。ラバウルのときは上陸作戦であったが、敵情でそれほど心配することもなかったし、およその日は決めてあったが、機動部隊が叩いてのち、勝手に上陸せよ、という行き方であったから気は楽であった。こんどの場合はまことに窮屈である。窮屈に縛っておいて横から敵が出たらうまくやれ、というのであるから、やるほうは迷惑な話である。この点についての考慮を強く促したのである。

いざミッドウェーへ

昭和十七年（一九四二年）五月二十七日、機動部隊はミッドウェーに向けて出撃しました。この日は、ちょうど海軍記念日（五月二十七日に行われた日本海海戦の勝利を記念して制定された）でした。

ミッドウェーに向かう途中は、特に我々はやることがないので、搭乗員室で休んでいました。搭乗員室というのは、戦闘機、艦爆、艦攻などに乗る下士官と兵隊の部屋でした。それとは別に、士官室、特准室というのがあり、士官室は海軍兵学校出身者と学徒出身の予備士官、特准室は兵科出身の特務士官、准士官の部屋でした。

整備兵などは、航海中も整備、調整の仕事がありましたが、パイロットは、特に何も仕事がなく、搭乗員室で将棋をやったり碁をやったりして過ごしました。

本当は敵の研究をしなければいけないのですが、当時の我々は「そんなものどっちでもいいや」くらいに考えてしまっていたのです。戦闘機パイロットは零戦の性能に絶対の信頼を持ち、これに乗っていれば、何が来ても大丈夫だろうという過信を与えてしまっていたのです。若い戦闘機パイロットも、零戦に乗っていれば死ぬことはないくらいに思っていたようです。また、艦爆、艦攻の人たちも「零戦の直掩《ちょくえん》があれば安心だ」と言っていました。

ミッドウェー作戦では、それまでは、いつも一緒に戦って来た翔鶴、瑞鶴がいませんでした。一抹の寂しさはありましたが、日本で一番強力で頼りに出来るのが赤城、加賀、蒼龍、飛龍だと思っていたので、我々下士官には特に心配はありませんでした。

また、これは、後で知ったことですが、あの時の作戦には山本五十六司令長官が座乗した戦艦「大和」をはじめとした連合艦隊の本体が一緒に出撃していました。ところが、前線からは三百カイリ（約555キロ）も離れたずっと後ろの方にいたそうです。

●第一航空艦隊「赤城」飛行隊長・淵田美津雄著『ミッドウェー』（出版共同社）より
この一切の視界を奪った霧にもまして、米艦隊の状況は更に不明であった。（中略）

一切の望みをかけていた飛行艇の偵察も無為に終わった。（編註：真珠湾の偵察のこと）

潜水艦からはまだ何の報告も来ていない。ただ恃むところは無線諜報による判断のみであったが、これに依ればハワイ方面の動きは極めて活発に感ぜられた。殊に大和の連合艦隊司令部においては、五月三十日頃のハワイ方面の哨戒機の活発な動きや、その他の無線諜報を子細に検討した結果、米機動部隊がハワイ方面を出撃した形跡を察知するに至ったが、これは赤城に知らされなかった。その理由の一つは、大和よりも敵に近い赤城においては、当然この諜報を入手し、南雲部隊においても同様に観測しているだろうと思ったことと、その二は、これを電波で知らすことによって、その所在の暴露されることを怖れたためであった。

ここにまた大和の行動所在について、出撃前論議されたことが如実に露呈されたのである。だからこそ、全軍の最高指揮官は、全軍の作戦指導についてなんにも物の言えないような、こんなところに出て来てはならないのである。

（編註：機動部隊は六月二日から濃霧の中をミッドウェーに向かって進撃しており、右記は四日の状況。艦艇が海上で電波を発することは、自らの位置を敵に知らせることとなり命取りとなる。ミッドウェー作戦では、山本五十六司令長官が戦艦「大和」で出撃したために、機動部隊に電波を発することが出来なくなってしまった。対する米海軍のニミッツ司令官は、ハワイの地上基地に司令部を置いたため、自由に電波を発信出来、しかも敵信傍受能力も戦艦よりも高かった）

●連合艦隊主席参謀・黒島亀人の回想『戦史叢書ミッドウェー海戦』(防衛庁防衛研修所戦史室編、朝雲新聞社)より

六月四日より前で長官以下が艦橋に居たとき——三日の霧中航行中か——、大本営からだったと思うが、「敵機動部隊らしいものがミッドウェー方面に行動中の兆侯がある」というような情報が入った。私はこれはしめた、かけた罠にかかってきたと思った。

そのとき山本長官は、これをすぐ一航艦に転電する必要はないかと言われた。私はあて名に一航艦も入っており、当然受けておるだろうし、その搭載機の半数は艦船攻撃に備えているので、無線封止を破ってまで知らせる必要はなかろう、と申し上げて転電しなかった。もしあのとき、長官の御注意のように転電していれば、第一機動部隊も連合艦隊からの注意として、ピンときたことであろう。私の大きな失敗の一つである。

(編註:一航艦=南雲中将の指揮する第一航空艦隊のこと)

●連合艦隊航空参謀・佐々木彰の回想『戦史叢書ミッドウェー海戦』(防衛庁防衛研修所戦史室編、朝雲新聞社)より

四日夜「大和」にあった敵信班は、ミッドウェーの北方海面に敵空母らしい呼出符号を傍受したと報告してきた。山本長官はすぐ「赤城」に知らせてはと注意された。そこで幕僚が集まっ

て研究した。黒島参謀は「機動部隊は、ミッドウェーの飛行機や敵の機動部隊が、わが船団に向かって攻撃するのを、その側面から突こうとしているらしい。なかなかうまいことをやる」と述べた。通信参謀は「無線封止中でもあり、また一航艦は連合艦隊より優秀な敵信班をもち、しかも敵に近いので、当然『赤城』もこれをとっているだろうから、とくに知らせる必要はあるまい」と意見を述べた。結局この電報は長官に申し上げて打電しないこととした。

●第一航空艦隊参謀長・草鹿龍之介著『連合艦隊参謀長の回想』（光和堂）より

いっさいものをいわぬ機動部隊は、枚《ばい》を銜《ふく》んでなんの懸念もなくミッドウェーに驀進していった。四日、太陽が西の水平線に落ちて残光が断雲に照り映えているころ、「利根」から緊急信で、「敵機約一〇機二六〇度方向」と報じてきた。「赤城」の戦闘機三機が直ちに飛びたって、断雲中にその姿を捜しまわったが、ついに発見することができずに帰ってきた。各隊は敵哨戒機圏内にはいったのである。敵哨戒機らしいものの電波も感受される。

これより先、サイパンを出撃した輸送船団は、ミッドウェー西方六〇〇浬の地点で敵哨戒飛行艇に発見された。作戦はすでにその片袖を敵に握られたのである。しかし、まだ機動部隊は敵に知られていないと固く信じていた。むしろ敵は輸送船隊に心を奪われるであろうとさえ都合よい判断をくだしていたくらいであった。しかし全員の緊張は決して弛緩していなかった。

六月五日、日の出は午前二時ころであった。海上は比較的平穏で、断雲が空一面に蔽《おお》い、その雲間に薄れいく星の光がわずかに数えられた。日の出三十分前、すなわち午前一時三十分、ミッドウェー攻撃の第一波は出発前の試運転を終わり出撃の命令を待っていた。淵田中佐は盲腸の手術を受けたのちの身を、かろうじて発着艦指揮所の椅子に托して発進の状況を見まもっていた。きょうの指揮官は「飛龍」飛行隊長の友永大尉である。水平爆撃隊三六機、降下爆撃機隊三六機、制空戦闘機隊三六機合計一〇八機は夜のまだ明けやらぬ午前一時四十五分、ミッドウェーに向かって轟音を消し去ったのである。（編註：時間は日本時間。以下同様）

●第一航空艦隊「赤城」飛行隊長・淵田美津雄著『ミッドウェー』（出版共同社）より

私は空を仰いだ。暁というにはまだ暗い。空には相当の雲がある。天候はあまりよくないが、飛行に支障はなさそうである。海上は平穏であった。

「日の出は何時だい？」　私は傍にいた布留川大尉に聞いた。

「午前二時です」との答である。私はつづけて訊ねた。

「索敵機はもう出たのか」

「いや、第一次攻撃隊と一緒に出ます」

「一段索敵だな？」

「そうです。いつもの通りです」

　いつもの通りだと言ったので、私はふと、印度洋作戦でのコロンボ攻撃と、ツリンコマリ攻撃とを想い出した。あれはいかん。あのときは二度とも第一次攻撃隊が基地攻撃をやっているときに、索敵機が敵の水上部隊を発見したのであった。

「いつもの通りだと、またミッドウェーを攻撃しているときに、索敵機は敵艦隊を発見するぜ。その手当はいいのかい?」

　村田少佐が代って答えた。「大丈夫ですよ。そのために、第一次攻撃隊が出たあと、第二次攻撃隊が艦船攻撃兵装で待機していますからね。江草の降下爆撃隊と私の雷撃隊、それに板谷少佐の制空隊が控えています」

「成程、そいつはベスト・ワンの編制だ。寧ろ敵機動部隊が出て呉れた方が早く片付いていい位だな。ところで索敵線はどうなっているのかね?」

　布留川大尉が図版を示しながら説明して呉れた。

「索敵線七本です。索敵方面は東方及び南方で、この通りミッドウェーをはさんでいます。索敵機は赤城と加賀から艦上攻撃機各一機、利根と筑摩から水上偵察機各二機、及び榛名から水上偵察機一機が派出されます。索敵進出距離は榛名機の外は、三〇〇浬《カイリ》ですが、榛名機だけは九五式二座水上偵察機ですから一五〇浬になっています」

私は索敵計画線に入っている海図を眺めながら説明を聞いていた。敵艦隊がいないことを確かめるネガティブ・インフォメーションのためなら、大体カバーされている。しかし敵艦隊がいるものと予期して、先制空襲をうかがうのだったら、この索敵線は粗であり、時間は遅きに失している。どうしても黎明索敵の場合の常道である二段索敵法をとらなければならない。

敵雷撃機襲来

六月五日、ミッドウェー海戦当日、私は真珠湾攻撃同様に上空哨戒を命ぜられました。しかし、この時はハワイ空襲の時とは違い、「攻撃隊に加えて貰えなくて残念だ」という気持ちはありませんでした。というのも、今回は「ミッドウェーをやる」と民間人にまで知られているのだから、どうせ敵が攻めて来て戦う機会はあるだろうと思っていたからでした。

この日の私は、二番機に岡元高志君、三番機に長沢源造君を従えていました。小隊長の私と列機とは、日常の訓練を通じ一心同体で以心伝心でしたから、出撃前の訓示など必要としませんでした。いつものようにそのまま零戦に乗り込むと、我が小隊の三機は夜が明け始めたミッドウェーの空に向かって、蒼龍飛行隊の先陣を切って飛び上がって行きました。

米軍機の襲来を今か今かと待ちましたが、敵は現れず、受け持ち時間を無事に終え、一旦着艦しました。そして、艦橋の下で朝食に戦闘食のにぎりめしを食べ始めた時でした。敵機襲来を知らせる戦闘ラッパがけたたましく鳴り響いたのでした。水平線の彼方に目を凝らすと、海面を這うように敵雷撃機が、侵入して来るのが見えました。

上空哨戒の零戦隊が敵機に向かっているのを横目に、私もすぐさま飛び立つと、一目散に敵雷撃機にかかって行きました。

●第一航空艦隊「赤城」飛行隊長・淵田美津雄著『ミッドウェー』（出版共同社）より

そこへ友永指揮官から、「第二次攻撃の要あり」との意見と共に、第一次攻撃隊の攻撃成果を報告して来たのであった。私はこの攻撃成果の電報を聞きながら、村田少佐に話した。

「オイ、友永の奴は、随分何邊《なんべん》も支那で基地攻撃をやって来たくせに、なぜあの手（編註：爆弾の三分の一位を投下して帰投するように見せかけ、空中退避していた敵機が戻ったら再度爆撃する）を使わなかったんだろうかね？」（中略）

村田少佐は苦笑しながら言った。「奴《やっこ》サン、しばらく内地で垢を落していたもんだから、素直になったんでしょう。しかしこんど、第二次攻撃隊も、ミッドウェー基地の攻撃に向けるんだそうですから、私がうまくやって来ます。安心していらっしゃい。バサリと一網かけてやりますから」

私はオヤオヤと思った。

「第二次攻撃隊をミッドウェー基地に向けるって、もう命令が出たのか?」

「イヤ、今、司令部で話し合っているのを艦橋で聞いていました」

「だって、また印度洋作戦の時みたいに、出たあとで、偵察機から〝敵艦見ゆ〟と来るかも知れんぜ」

「イヤ、しかし偵察機は、もう全部、とうに索敵線の前端まで行きついた時刻なのに、報告がありませんから、攻撃圏内には敵艦隊はおらんと判断されていますよ」

「そうか、しかし魚雷を抱いているんじゃないか? 基地攻撃は一寸困るね」

「ええ、それで今から、陸用爆弾に積み換えろって命令が出るんですよ」

「いやあ、それは大変な騒ぎだ。それにもうそろそろ敵の陸上機が来るころだぜ!」(中略)

その中、前端の駆逐艦が、また黒煙を上げて、発砲を始めた。矢張り敵機だ。

それにしても、ひどくまた中途半端な中高度で突撃して来るものだな、と私は不思議に思った。雷撃にしては高いし、急降下にしては低い。つまり緩降下でつっこんでくるのである。

とや角、思っている間にも、この小型機群は飛籠に向って、緩降下で一直線に飛んでゆく。この編隊は全部で十六機であるが、ひどくバラバラである。ようやく味方の戦闘機十数機が、飛びかかって行った。アレヨと見るうちに、ポロポロと敵機は火を吐いて墜ちて行く。敵ながら悲壮で、面をそむけたい程である。しかし赤城の艦上では、眼前に展開されたこの活劇に、

米軍の雷撃機・TBF アベンジャー

ミッドウェー島（手前がイースタン島、奥がサンド島）。面積はわずか 6.2㎢

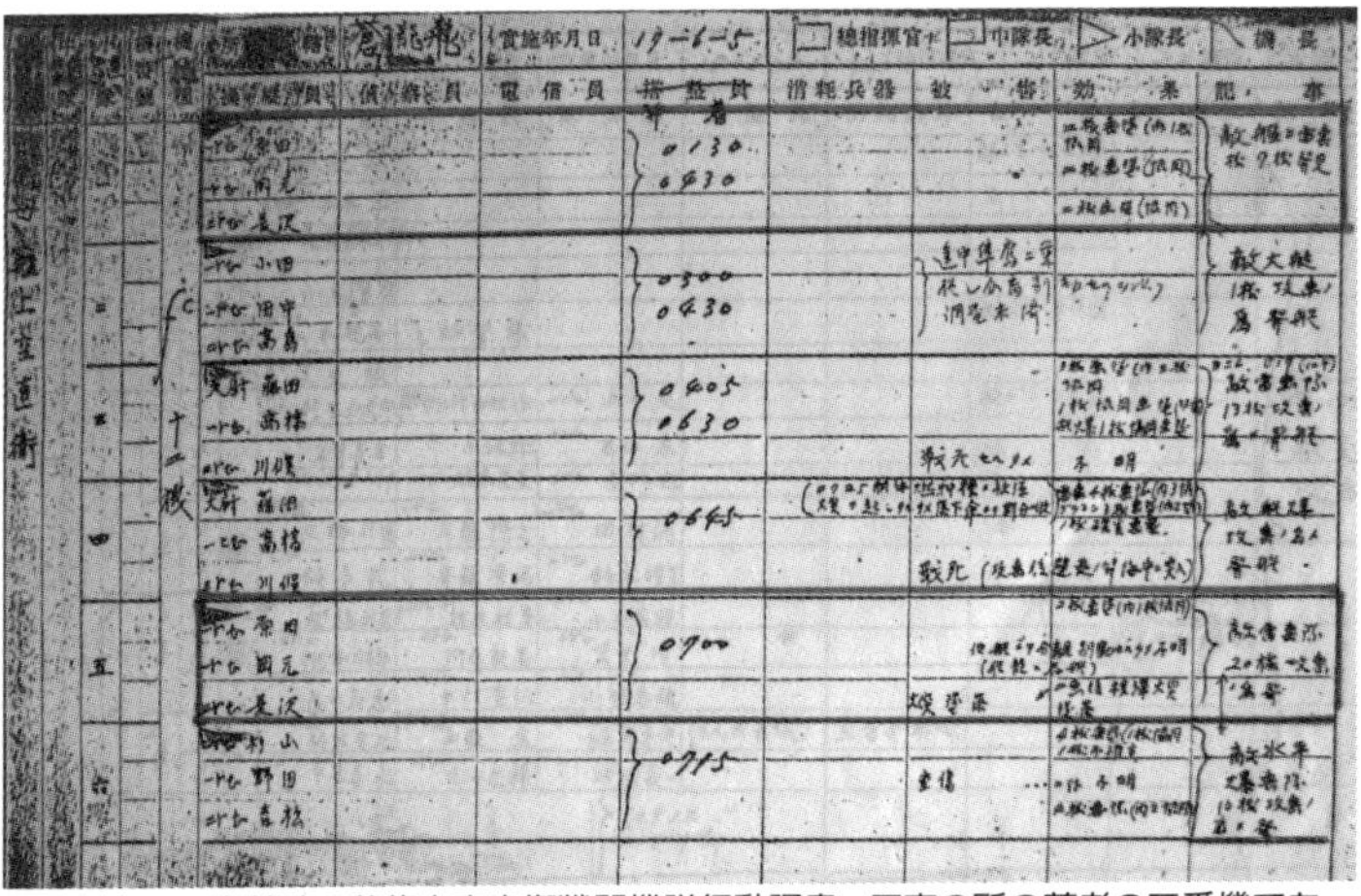

ミッドウェー海戦時の蒼龍上空直衛戦闘機隊行動調書。五直の所の著者の三番機であった長沢源造一飛（一等飛行兵）の欄には、「爆墜落、被弾火災墜落」とある

みんな見とれて、その都度、「ワーッ、ワーッ」の拍手と喝采で、みんなおどり上って喜んでいる。

敵雷撃機を次々と撃墜

私はコロンボ空襲時の空戦で得た貴重な教訓から、自分の危険を最小限に食い止めるために、機を滑らせて攻撃して行きました。滑らせると、こちらの弾丸の命中率が若干落ちますが、機首の方向と実航跡が違うため、敵は我が機の未来位置を見誤り、敵弾も受けにくくなるのです。墜とされないようにするためには、こうするのが一番でした。戦場では、スポーツと違い、負けることは「死」を意味しました。まずは己を死地に置かないことが重要なのです。

相手は後方に銃座がある雷撃機でしたから、撃たれ難いように戦闘機を相手にする時よりも多少角度を深めに取って降下して行きました。

ただ、敵雷撃機は、高度二百メートルくらいで接近して来て、魚雷を発射する時は高度十～二十メートルの超低空になるので、余り深い角度を取れませんでした。深過ぎる角度で突っ込むと、引き起こし切れずに海に突っ込んでしまうのです。

ですから、どうしても角度が浅くならざるを得ず、当然敵弾も受けました。私は翼の燃料タンクにさえ当たらなければ大丈夫と思って攻撃していきました。

より敵弾を受けないようにするためには、前上方からの攻撃方法もありましたが、射撃時間が短く、一瞬で敵機とすれ違ってしまうので、有効ではありませんでした。

機体を滑らせることは、訓練では教わりません。訓練ではひたすら真っ直ぐ飛ぶことを教わるのです。しかし、実戦で訓練のように真っ直ぐ飛んでいたら、いくら命があっても足りないのです。戦闘機パイロットは空戦の経験を積みながら、どうすれば生き残れるかを体で学び、それを貪欲に実行していくしか生き残る術はありませんでした。

我々の小隊は母艦に魚雷を放たれてはなるものかと、敵雷撃機を次々と撃墜していきました。敵の雷撃機の放つ魚雷で、まともに走ったものはそんなにありませんでした。魚雷を落とす時には針路をピタッと決めて、しかも、高くもなく低くもなく適当な高度で静かに落とさなければ、なかなか真っすぐには行かないのです。

ところが、敵の雷撃機の後ろには皆零戦がついて撃っており、彼らだって怖いから必ず逃げるのです。魚雷を落とす敵も死に物狂いでした。逃げながら落としても魚雷は真っすぐに進みません。大抵がクルクル回ってしまったり、海面に跳ね上がったり、海中に潜ってしまったりしていました。中には早々と高い所から魚雷を落としてしまうのもいました。

私の焦りから列機が火達磨に

敵雷撃機は約二百メートルの高度で侵入し、最後に魚雷を落とす時は海面スレスレまで降りて来るのですが、我々の攻撃から退避しながらの魚雷投下でしたので、幸い魚雷の命中弾はありませんでした。

どうやら第一波を撃退し終わった時、我々小隊の撃墜数は六機に達していました。給弾のために一旦着艦すると、私の零戦には多数の敵弾が当たっており、もう使えないからと躊躇なく海に投棄されてしまいました。

そうこうするうちに休む間もなく敵雷撃機の第二波がやってきました。

私は予備の零戦に乗り込むと急いで飛び立ちました。敵機は次から次へと、あらゆる方角から艦隊に迫って来ており、上空哨戒の零戦と共にいっせいにかかって行きました。第一波を撃退した時と違い、この時はだいぶ混戦になっており慌てましたが、我々零戦隊は艦隊の手前で次から次へと敵機を墜としていきました。

三機撃墜して周りを見渡すと、蒼龍に迫っている勇敢な敵機がいました。急いで接近し、先ず私が一撃を掛けました。ところが、敵機は既にその時点で蒼龍の至近距離まで迫っており、そのまま魚雷を落とされたら命中寸前の位置でした。焦った私は、思わず連続攻撃に入って行きました。ちょうどその時でした。

私を狙って飛んできた敵弾が流れ、私の後ろにピタッと付いてきた長沢君の操縦する三番機に当たってしまったのです。三番機は一瞬で火達磨になり墜ちていきました。私は二撃目をかけたものの二十ミリを撃ち尽くしており、七ミリ七では墜とせませんでした。そして、とうとう敵に魚雷発射を許してしまいました。私は、咄嗟に七ミリ七を魚雷の走って行く前方に撃ち込み、魚雷の航跡を母艦に知らせました。

すると、母艦の方でも分かってくれたらしく舵を切り、何とか魚雷の命中を避けることが出来ました。私が七ミリ七を銃撃したのは、自分で咄嗟に考えてやったのであって、特に決まりがあった訳ではありません。そんな決まりなど何も無かったのです。

私が墜とせなかった敵機は、二番機の岡本君が撃墜しました。

長沢君が墜とされてしまったのは、私の責任でした。いつもでしたら、私の一撃に続いて二番機、三番機の順で攻撃し、最後にまた私が止めを刺すというやり方なのですが、二番機、三番機に任せていると、蒼龍がやられてしまうと思い、私が連続攻撃をかけてしまったのです。三列機にやらせればよかったのです。自分の驕りからの行動で、今だに申し訳ないことをしたと思っています。

味方対空機銃員からの猛烈な射撃

敵機に対しては、零戦隊だけでなく味方の母艦の対空機銃員も撃ちまくっていました。対空機銃員たちは、敵機の後ろに零戦が付いている時は、零戦に弾が当たらないようにと撃つのを止めるのですが、敵味方が入り乱れての混戦になると、敵なのか味方なのか分からなくなることがあるようでした。

ただ、対空機銃員もやられてはいけないと思い血眼になってやっていますから、我々の機が敵機と間違われて撃たれることもありました。現に蒼龍で一緒だった藤田怡与蔵さんも、敵の雷撃機を追いかけていた時に味方の艦から射撃されたといいます。

私は敵が放った魚雷の航跡の前に向かって七ミリ七を銃撃し、味方に気づいて貰えました。ところが、藤田さんも同様に魚雷が向かっていることを教えようとして、バンク（左右の翼を交互に傾けること）を振ったそうですが、気づいてもらえなかったといいます。バンクじゃ駄目です。味方母艦の人たちに何のために接近しているのかをちゃんと分かるようにしてあげれば機銃員も撃たないのですが、ただ何となく接近すれば、彼らも魚雷を放たれまいと必死ですから、味方でも何でも撃ってしまうのです。

藤田さんの零戦は、味方の機関銃に胴体の燃料タンクの辺りを撃たれて火災を起こし、真っ赤な炎でいっぱいになったそうです。七ミリ七が弾倉内でパチパチと弾けていたそうですから、そうとうに燃えていたのでしょう。燃える操縦席から、藤田さんは命からがらパラシュートで脱出し、その後、四時間も海を漂流し、駆逐艦「野分」に発見されました。

藤田さんがホッとして野分に近づこうとすると、舷側の銃口が自分に向けられていたので、慌てて「ワレソウリュウシカン」と手旗信号を送って、事なきを得たとのことでした。米軍パイロットと間違えられていたのだそうです。

藤田さんという人は大陸育ちで、誠に鷹揚な少しのんびりした人でした。それでもミッドウェー海戦の時は、敵機を十機くらい落としたと言います。もちろん、小隊単位の共同撃墜だとは思いますが、とにかくあの時の戦闘機隊は皆、敵だけでなく味方からの銃弾も飛び交う中で、次から次へと休む間もなく敵機を落としていました。

各国の軍用機には翼の両面と胴体にその国固有のマークを入れる決まりになっており、日本軍の飛行機には日の丸が描かれていました。

ミッドウェー海戦の時は味方艦からの射撃が余りにも激しかったので、その戦訓から零戦には敵味方識別のために翼の前縁に黄色い帯を入れることになったといいます。（表紙写真参照）

空戦で乱戦になり敵味方が入り乱れている時に、正面から見ると日の丸が見えず、零戦も敵機に見えてしまうのです。しかし零戦は、真っすぐ前から見てもあの味方識別の黄色い色で、「あっ、味方だな」と分かるようになりました。黄色にしてあるのは、上空では一番目立つからです。黄色は白よりも目立ちました。

●第一航空艦隊航空参謀・源田實著『海軍航空隊始末記』（文春文庫）より

敵らしきもの十隻見ゆ、ミッドウェイよりの方位一〇度、二四〇カイリ、針路一五〇度、速力二〇ノット、〇四二八（四時二十八分）」との報告が、第四番索敵線利根機から届いた。（中略）この電報は赤城の艦橋に電撃的な衝撃を与えた。（中略）

折り返し、赤城司令部から「艦種知らせ」の指令が飛んだ。ところがその後しばらくは利根機からは敵付近の天候とか敵針敵速の報告はあったが艦種については何等の報告も届かなかった。五時九分に至って、「敵兵力は巡洋艦五隻、駆逐艦五隻なり」の返電が漸く来た。（中略）

果然五時三十分に至り、「敵はその後方に空母らしきもの一隻を伴う」という報告が利根機から入った。この報告によって、敵の機動部隊が我が近傍に行動していることは確実となった。我々は敵の航空母艦との決戦は望むところであったが、ミッドウェイの基地航空部隊と激闘を交えている最中に出現されることは望んで居なかった。言うまでもなく敵の航空母艦は我々の最大の敵である。一刻の猶予も許されない。（中略）

だがこの時機には、艦攻は陸用爆弾を搭載して居たし、戦闘機は相次ぐ敵機の来襲で殆ど空中にあった。即座に出せるものは二航戦の艦爆三六機のみであった。

飛龍に在る山口司令官から、「ただちに攻撃隊発進の要ありと認む」という意見具申もあった。今すぐに攻撃隊を出すとすれば、要するに二航戦の艦爆三六機を丸裸で送る以外に手はない。それも一応は考えた。三六機の艦爆があれば、敵の空母一隻を葬り去ることは易々たるものである。しかしこれには条件がある。印度洋作戦の場合と同じく敵戦闘機群の阻止を受けないことだ。敵戦闘機の群がる中に飛込んだ丸裸の攻撃隊が、どんな結末に陥るかは日華事変以来のたびたびの戦訓で骨の髄まで沁み込んでいる。

●第一航空艦隊参謀長・草鹿龍之介著『連合艦隊参謀長の回想』（光和堂）より

「敵兵力は巡洋艦五隻、駆逐艦五隻なり」といってきた。この辺に空母をともなわない敵がいるはずはない。かならず空母を伴っているであろうと一応は思ったが、何分にも所在不明のものに攻撃をかけることもできず、また「ミッドウェーは第二次攻撃の要あり」と第一波からいってきているし、それにもまして「ミッドウェー攻撃」という連合艦隊命令が胸底にこびりついて、依然ミッドウェーに第二撃を加えるということを変えることができなかった。（中略）

午前五時三十分ころ「利根」機から「敵はその後方に空母らしきもの一隻を伴う〇五二〇」

と打ってきた。想像しなかったわけではないが、さすがに愕然とした。

しかし、この際、山口少将が意見具申してきたとおり、あらゆることを放棄して、すなわち護衛戦闘機もつけられるだけ、爆弾も陸用爆弾で、かついっさいの人情を放棄して直ちに第二次攻撃隊を発進させることを決断しなければならないところであった。ところが戦闘機の護衛のない爆撃隊が、つぎつぎに食われていく状態を、いま目前にみたばかりである。それから陸用爆弾では心許ないという観念と、いままでの状況から米軍の腕前もたいしたことはないという考えも手伝って、至急また艦船攻撃に変更し、帰ったばかりの戦闘機をつけていくことに決心して命令した。

●連合艦隊主席参謀・黒島亀人の回想『戦史叢書 ミッドウェー海戦』（防衛庁防衛研修所戦史室編、朝雲新聞社）より
敵空母発見の報告があったとき私はいちころだと思った。（山本）長官が「どうだ、すぐやれと言わんでもよいか」と言われたが、私は「機動部隊に搭載機の半数を艦船攻撃に待機させるよう指導してあるし、参謀長口達でもこれをやかましく述べられているのですから、いまさら言わないでもよいと思います」と意見を申し上げた。長官の言われたとおり素直にやっていたならば、第一機動部隊ではすぐやったと思うが、これは終生忘れられない私のミスであつた。

痛恨の兵装転換

次々と迫り来る敵雷撃機を我々が撃退していた頃、母艦では、爆弾と魚雷の付け換えで大変な状況になっていたようです。敵の航空母艦攻撃用に魚雷を付けた攻撃機を待機させていたのですが、索敵が一段索敵だったこともあり、敵の航空母艦を見つけられませんでした。

やがて、ミッドウェー島を攻撃に行った友永大尉から、もう一回陸上爆撃をする必要があるという無電が入ったのです。そこで、折角つけていた魚雷を下ろして爆弾に付け換えていると、その最中に敵の母艦が見つかったという無電が入りました。そこで、今度は爆弾を下ろして魚雷を付けるようにと再度兵装転換の命令が南雲中将から下されました。何とも愚かな判断でした。この時は整備兵だけではとても手が足りず、搭乗員も総出だったそうです。加賀の艦攻乗りだった前田武君などはこの兵装転換作業を一生懸命手伝ったと言います。

飛龍の山口多聞司令官は、「折角つけた爆弾なのだから、爆弾だっていいから攻撃に出せ」と進言したそうです。ところが、それは南雲中将に聞き入れられなかったそうです。この切羽詰った時に余りに愚かな判断でした。南雲中将は魚雷の専門家だったので、魚雷攻撃にこだわってしまったのかもしれません。南雲中将の座乗していた赤城には、源田さんのような頭のいい航空参謀もいたのですが、結局戦闘機、爆撃機、雷撃機を揃えた正攻法を選びました。

本当は、爆弾を下ろしたら、すぐに爆弾庫にしまわなければいけないところを、飛行機の近くに置きっぱなしにしたまま付け換えをしていたようです。母艦の格納庫には魚雷や爆弾がゴロゴロとし、ガソリン満タンで爆弾や魚雷を搭載した飛行機が格納庫と飛行甲板上に多数あるという、非常に危険な状況でした。

私は上空哨戒で飛んでいたので、よもや母艦内が兵装転換でそのような大混乱に陥っているとは思ってもみないことでした。そのような状況の所に、計画通りであれば雷撃機より先に来る筈だった敵の急降下爆撃機ドーントレスが次々と襲い掛かって来たのでした。

敵雷撃機を追い回し、低空で戦っていた我々零戦隊が気づいた時には、その上空で既に爆撃態勢に入られていました。私も気づいて、すぐさま機首を急降下爆撃機に向け、撃ちましたが、とても弾が当たるような距離ではありませんでした。

急降下爆撃機の放った爆弾は、加賀、蒼龍、赤城に次々と命中しました。すると飛行機のガソリン、さらに爆弾や魚雷の誘爆の連続で、何れの空母もあっという間に大火災を起こしてしまいました。

虎の子と言われ、日本で一番実力があり自分が一番信頼していた機動部隊の三つの空母から上がる天を焦がすかのような炎と黒煙を見て、「えらいことになったなあ」と思いました。三つの空母が目の前でバンバンと爆発しているのを目の当たりにし、日本の戦闘機パイロットである以上、日本が負けたとは思いませんでしたが、戦う意欲が次第になくなっていくのを感じました。

武士の手本・「蒼龍」柳本柳作艦長

加賀の艦長は敵の爆撃で戦死してしまいました。また、赤城の艦長は南雲中将や参謀たちと共に赤城を降りました。そして、我が蒼龍の柳本柳作艦長（海兵四十四期）は、最後まで艦と運命を共にし、ミッドウェーの海に沈んだのでした。

柳本艦長という人は、毎日、艦橋で剣道の素振りをやっているような人でした。そして、我々下士官兵の中までしょっちゅう入って来ては、「どうだ、やっとるか！」などと心安く話し掛けてくれ、とても親しみやすい人でした。一兵卒の部下でも非常に大事にして、可愛がってくれていました。

少々下世話な話ではありますが、柳本艦長は、我々戦闘機隊が出撃する前にわざわざ来て、「金玉触ってみろ。縮こまってどこかへ行ってしまっているようじゃ駄目だぞ！」などと言って、気合いを入れてくれたこともありました。

柳本艦長は、蒼龍が敵の爆撃で大火災を起こすと、総員退艦命令を出したそうです。そして、自分の身を羅針盤へロープで縛り付けてしまったのだそうです。その艦長の姿を見ていた幹部の人たちが、なんとかして艦長を救い出せないかとあれこれ思案した末に、「誰か腕力の強い者が、艦長を無理矢理抱きかかえて下ろしてしまえないだろうか」ということになり、それを聞いた私の同年兵の阿部が「じゃあ、私が行ってきます」と名乗り出たのだそうです。

阿部は、相撲部の主将で相撲が一番強く、腕力がとても強い男でした。航空科の運用課勤務でしたが、私とは気心が通じ合う親友でした。

阿部は、燃え盛る炎の中を潜り抜けてなんとか艦橋に辿り着きました。そして、柳本艦長が自らを羅針盤へ縛り付けていたロープを解こうとした瞬間、「何するんだ！」と艦長から一喝され、両頬をバン、バンと殴られました。阿部はびっくりして手を引っ込めたそうです。

柳本艦長は立ちすくんでいる阿部に向かって、「俺はもうこれでいいからお前は降りろ。俺は天皇陛下の母艦を駄目にした責任をとって死ぬのだから心配するな。それよりお前は降りて、また色々な面で一生懸命働けよ」と諭すと、笑みを湛えて「さっきはお前を殴ったけれども痛くなかったか」と言ったそうです。部下にそこまで気を回してくれる優しい艦長でした。

私は阿部から直接その話を聞いて、「やはりそれだけ優しい思いやりのある人だったのか」と感動しました。柳本艦長を私は今でも尊敬しています。まるで武士の手本のような人でした。

●第一航空艦隊航空参謀・源田實著『海軍航空隊始末記』（文春文庫）より

赤城艦橋においては、この状況において尚望みを捨てず、鎮火の後には残った飛行機一機でも二機でも準備し、半分しか使えない飛行甲板であるが、それでも発艦だけは可能なので、攻撃を続けようと考えていたのであるが、所詮これは単なる泡沫的希望に過ぎなかった。午前八時を少し過ぎたと思う頃、艦橋下の操舵室から、「舵故障！」と来た。

今まで傷ついた母艦の操舵に懸命となっていた三浦航海長が、遂に、「ああ駄目だ」とつぶやいて腕組みしてしまった。後部に命中した爆弾による誘爆が、操舵系統の何処かに故障を生ぜしめたのであろう。（中略）

行動不能の赤城において指揮を執ることは出来ないが、他の艦に移乗するならば、指揮の継続は可能である。そこで草鹿参謀長が長官に進言した。「長官、将旗を長良に移しましょう」長官は言下に、「私は残ります」

お前達、他の艦に移りたいなら勝手に移れ、と言わんばかりの態度であった。長官としては、この傷ついた赤城、加賀、蒼龍を見捨てて他の艦に移るという気はなかったようである。燃える赤城と運命を共にしようと考えておられたようである。（編註：この場合の長官は南雲長官のこと）

ミッドウェー海戦　日米主要艦船と航空兵力比較

＜日本側兵力＞

第一航空戦隊　指揮官・南雲忠一中将
　空母赤城（戦闘機 21 機、艦爆機 21 機、雷撃機 21 機）
　空母加賀（戦闘機 21 機、艦爆機 21 機、雷撃機 30 機）
第二航空戦隊　指揮官・山口多聞少将
　空母飛龍（戦闘機 21 機、艦爆機 21 機、雷撃機 21 機）
　空母蒼龍（戦闘機 21 機、艦爆機 21 機、雷撃機 21 機、二式艦偵 2 機）
第六航空隊（戦闘機 24 機　※上記の空母に分けて搭載）

「赤城」
全長：260.67m
全幅：31.32m
最大速力：30.2 ノット
搭載機数：91 機
巡洋戦艦となるはずだったが、無理矢理空母に改造した

「加賀」
全長：238.5m
全幅：29.6m
最大速力：28.3 ノット
搭載機数：102 機
左写真は、上記の「赤城」のように単層甲板に改装する前の姿

「飛龍」
全長：227.3m
全幅：22.32m
最大速力：34.5 ノット
搭載機数：73 機

「蒼龍」
全長：227.5m
全幅：21.3m
最大速力：34.5 ノット
搭載機数：75 機

＜支援部隊＞重巡洋艦：利根、筑摩　　戦艦：霧島、榛名
＜警戒部隊＞軽巡洋艦：長良　　駆逐艦：秋雲、夕雲、巻雲、風雲、谷風、浦風、浜風、磯風、萩風、舞風、野分、嵐
＜補給部隊＞旭東丸、神国丸、東邦丸、日本丸、国洋丸、日朗丸、第二共栄丸、豊光丸
※日本側は上記以外に主力部隊、攻略部隊、先遣部隊、警戒部隊、南洋部隊、北方部隊（アリューシャン作戦従事）、基地航空隊などが展開したが、戦艦「大和」を擁する主力部隊はミッドウェー海域から 300 カイリも後方に止まり戦闘には参加しなかった。

<アメリカ側兵力>

第17機動部隊　指揮官・フランク・J・フレッチャー少将
　空母ヨークタウン（戦闘機25機、艦爆機37機、雷撃機14機）
第16機動部隊　指揮官・レイモンド・A・スプルーアンス少将
　空母エンタープライズ（戦闘機27機、艦爆機38機、雷撃機14機）
　空母ホーネット（戦闘機27機、艦爆機38機、雷撃機14機）
基地航空隊 指揮官・シリル・T・シマード大佐（戦闘機27機、
　艦爆機27機、雷撃機6機、B 26爆撃機4機、B 17爆撃機19機）

「ヨークタウン」
全長：247m
全幅：32.7m
最大速力：32.5ノット
搭載機数：80～90機

「ホーネット」
全長：247m
全幅：32.7m
最大速力：33ノット
搭載機数：90機

「エンタープライズ」
全長：247m　全幅：35m
最大速力：34.6ノット
搭載機数：90機

<第2群> 重巡洋艦：アストリア、ポートランド
<第4群> 駆逐艦：ハマン、ヒューズ、モーリス、アンダーソン、ラッセル、グウィン
<第2群> 重巡洋艦：ニューオーリンズ、ミネアポリス、ビンセンズ、ノーザンプトン、ペンサコラ
軽巡洋艦：アトランタ
<第4群> 駆逐艦：フェルプス、ウォーデン 、モナガン 、エイルウィン、バルク 、コニンハム 、ベンハム 、エレット、マウリー
<補給部隊> 油槽艦：シマロン、プレート　駆逐艦：デューイ、モンセン
<潜水艦部隊>　19隻
※アメリカ側は上記以外にハワイ陸軍部隊（第7航空隊）、第1任務部隊（戦艦基幹の艦隊）などが展開した。

悲惨だった敵雷撃機隊

これは私の想像ですが、敵とすれば、急降下爆撃機のドーントレスと戦闘機のグラマンを最初に行かせ、ある程度混乱している所へ、デヴァステイターなどの雷撃機を行かせれば、戦闘機の掩護は要らないのではないかと、混乱している時に行かせて止めを刺せばいいくらいに思っていたのではないかと思います。

そう考えて、敵の雷撃機は大したものだったなと私は後になって思いました。もしそれがアメリカの作戦で雷撃機だけで先陣を切って来たとすれば、日本の特攻隊と同じだと思いました。それどころか、デヴァステイターのような非常に速度が遅い飛行機で突っ込んできたのだから、日本の特攻隊以上だと私は思いました。ところが、実際はそうではなく、先に来るはずだった急降下爆撃隊が針路を誤り、遅れてしまったらしいです。

来襲した敵の雷撃機は、第一波、第二波合わせて五十機くらいだったのではないかと思いましたが、そのほとんど全てを我々零戦隊が墜としてしまい、帰ったのは一機だけだったという話を聞きました。アメリカ側の記録では、五、六機だけ帰ったようです。ドーントレスは、ほとんど無傷だったのではないでしょうか。

ところで、日本の雷撃機がいくら優秀だとはいえ、アメリカにだって上空哨戒機がいますから、魚雷を持って飛んでいけば攻撃されます。しかも、上から攻撃されれば誰だって逃げます。少しでも舵を取りながら落とせば真っすぐ行かないのだから、魚雷を落とすというのは至難の業なのです。ですから、母艦の方ではそんなに魚雷を怖がらなくても良かった筈なのです。

日本の魚雷はアメリカの魚雷より性能が良かったようです。日本の魚雷は「酸素魚雷」と言って、航跡が消えてしまうという当時画期的なものでした。我々はその酸素魚雷を基準に考えていたので、怖がったのも無理もない話ではあります。

飛龍に着艦、攻撃隊を見送る

私が唯一残っていた飛龍に降りようとした時、ミッドウェー島の陸上攻撃から帰って来た人たちが着艦していたので、私も一緒に降りました。飛龍では、戻って来た攻撃隊の飛行機をリフトで降ろし、準備してあった飛行機を甲板に出していました。

飛龍の飛行長の命令で、飛行機の発着艦の手伝いをしていると、私の友人で乙種飛行予科練四期生の大林行雄君が駆け寄ってきました。

そして「俺の隊長が片方のガソリンタンクがやられているのに行くと言っている。俺も一緒に行くからもう帰って来ないよ」と別れを告げました。私は「そんなこと言わずに頑張って、なるべく生きて帰って来いよ！」と励まし、送り出しました。

彼が隊長と呼んだのは、ミッドウェー島の攻撃隊の隊長を務めた友永丈市大尉で、友永大尉からの「第二次攻撃の要あり」との打電を受けて、南雲中将が兵装転換を決断したのでした。ミッドウェー島攻撃時に友永大尉の九七艦攻は、グラマンの襲撃を受けて右翼に被弾し、燃料を漏らしながら、辛くも帰って来たのでした。友永大尉は支那事変からのベテランでしたから、航空戦が一刻を争うことを十分に承知していたのでしょう。整備兵の右翼燃料タンクの交換の申し出を断り、応急処置だけをさせ、左翼だけの片道燃料で出撃したというのです。まさに生還を期さない出撃だったのです。このことを後で、整備兵が話しているのを耳にした私は、あれはまさに「特攻」と同じ出撃だったなと思いました。

友永大尉、大林君らの第二波攻撃隊（零戦六機、艦攻十機）の出撃を、私は無事を祈りつつ艦橋下で見送りました。

奇跡的に戻って来た者の報告では、米空母ヨークタウンを見つけた友永機は、敵の激しい弾幕をかいくぐり、見事魚雷をヨークタウン左舷に命中させると、そのまま甲板に突っ込んだということでした。

友永大尉らの第二波攻撃は、飛龍の第一波攻撃隊が攻撃したヨークタウンを再度攻撃する形になってしまいましたが、果敢な攻撃でヨークタウンを航行不能に陥れ、総員退去させる戦果を挙げました。この攻撃で生還したのは、零戦三機、艦攻五機だけで、大林君も友永大尉も帰って来ませんでした。

飛龍から命からがらの発艦

敵襲が続く中、第三波の攻撃計画が出来ていたからだと思いますが、飛龍の甲板にはそれほど沢山ではないですが攻撃隊の飛行機が並べられていました。私がその様子を見ていると、艦橋の脇のリフトで零戦が一機上げられて来たというのです。そして「原田、その零戦に乗ってお前上がれ！」と上空哨戒の命令が飛びました。

私はパラシュートも付けずに、拳銃も置いたまま慌てて甲板に飛び降りて、驚きました。これから乗り込む零戦が、艦橋の少し前にあり、飛び上がるまでの距離はわずか五十メートルくらいしかないのです。普段は艦橋よりも後ろから飛び上がっていたので「これは上がれるかな？」と心配になりました。

しかし、「これで駄目なら駄目でしょうがないじゃないか！」と、肚を決めました。そして、通常の滑走では到底上がれないと判断した私は、車輪止めを外す整備兵二人に加え、尾部押さえに四人、翼端押さえに四人、全部で十人を配置して貰いました。既に整備兵によってエンジンがかけられた零戦に乗り込み風防を閉じると、いつもより簡単ではありましたが念のためにと試運転をしました。

そして、機体に付いた整備兵たちに機尾が浮いてプロペラで甲板を叩かないように思いっきり押さえて貰い、赤ブーストまで目いっぱいエンジンをふかしました。プロペラはフラッターを起こし、唸りをあげました。そして、私が手を開いて腕を左右に振って合図すると、一斉に皆の押さえが外され、それまで離陸時に味わったことがない程のGを全身に受け、機は急発進して行きました。

機体が甲板から浮き上がると同時に、素早く脚収納操作をしました。そして、プロペラが甲板を叩かないように気をつけながら、飛び立ちました。零戦の脚は収納スイッチを押してから片脚ずつ折り畳まれて、両脚が収納されるまでには五秒くらいかかったと記憶していますが、甲板の先を離れた時には、二つ目の脚がある程度収納されかけていました。

ところが、機体はそのままスーッと沈んで行きました。私は「もう駄目だ！　終わった！」と思いました。しかし、幸運にも何とか脚が入るのが間に合い、海面スレスレにうねりを乗り越えて行きました。本当にギリギリでしたから怖かったです。

浮力がついてホッとしたのも束の間、とにかく早く高度を取って敵機を撃退しなければと気

米軍の急降下爆撃機・SBD。愛称の「ドーントレス（Dauntless）」には、勇敢な、恐れを知らないなどの意味がある

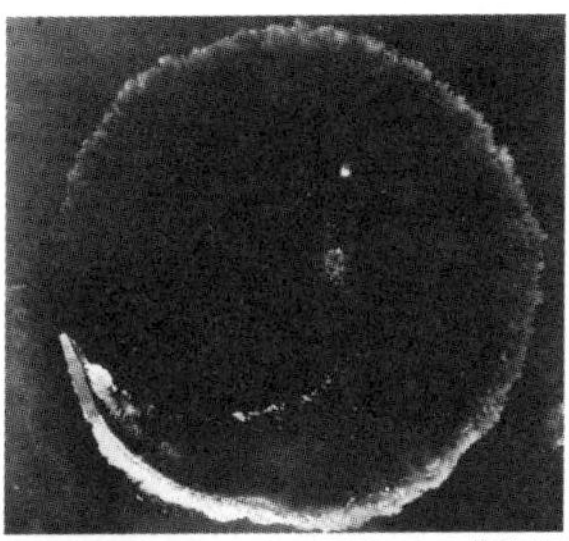
敵弾回避のため大回頭をする「蒼龍」

米空母上の雷撃機「TBD デヴァステイター」。ミッドウェー海戦時には、既に時代遅れの機体だった

急降下爆撃を受けて炎上する「飛龍」

は焦るばかりでした。やっと五百メートル程に達し、後ろを振り向くと、私が飛び立ったばかりの飛龍から大きな火柱が上がり、爆炎で艦影が見えない程にやられていました。私に続いて上がろうとしていた艦攻は飛び立つ寸前に吹っ飛ばされていました。信じられないような光景を目の当たりにし、戦意が急速に萎んでいきました。

たった一機で味方艦隊を守る

唯一の頼みの綱だった飛龍がやられた後も、私はたった一機で哨戒を続けました。頼みとした虎の子の四空母を失って意気消沈していた私でしたが、巡洋艦や駆逐艦などがやられてはいけないと、一機で必死に守っていました。

我が方の被害や残存艦数などを偵察に来たのでしょうか、遠くからB17が一機接近して来るのが見えたので、向かって行きましたが、B17はすぐに逃げてしまいました。

上空哨戒をすること約二時間、少しずつ夕暮れが迫って来ると、敵襲も途絶えました。燃料切れも目前に控えて、私は暗くなる前に駆逐艦に拾って貰おうと、駆逐艦の近くに着水しました。零戦は数分もしないうちに海に沈んで行きました。

コクピットから脱出した私が空を見ながら海に浮かんでいると、程なくして駆逐艦が近づいて来てくれました。「助かった！」と思ったのも束の間、運悪くB17の大編隊が爆撃に訪れ、駆逐艦は爆撃を避けてどこかに遠ざかって行ってしまいました。あちこちから黒煙が立ち上る空を眺めながら、「俺の命もこれまでか…」と思うようになりました。

次第に辺りは真っ暗闇となりました。海のうねりに揺られながら、生きる希望を失いかけている私の脳裏に浮かぶのは、不思議と家内の顔でした。

漂流し始めてからどの位経った頃だったでしょうか、私から五十メートル位離れた所に漂っていた蒼龍戦闘機隊の高島武雄さんが、「もう駄目だ。自決する」と言うのが聞こえました。私は力を振り絞って「やめろ！」と言いましたが、彼は自決してしまいました。

この時、彼の他にもだいぶ戦友たちが自決したと聞きました。彼らの頭の中には、生きていても終いには米軍の捕虜になってしまうかもしれないという懸念も十分あったと思います。日本の軍律では、捕虜を最低に軽蔑していました。日本軍に捕虜に対する理解があれば、自決する人も少なかったのではないかと思います。

私も自決したかったのですが、慌てて飛び乗ったのでピストルを置き忘れていたのが、幸いしました。もしこの時、いつものようにピストルを携帯していたら、自決してしまったかもしれません。

漂流すること約四時間、救助を諦めていた私を駆逐艦の探照灯が奇跡的に捉えたのでした。

身の毛が弥立つ地獄絵

私を救ってくれたのは、漂流者を救助していた駆逐艦の巻雲《まきぐも》でした。巻雲というのは、飛龍の随伴艦でした。だから、いつも飛龍の近くにいて、不時着した人や負傷者などを引き受けていたらしいです。

冷たい海に体力を奪われ、手足が自由に動かなくなっていた私を、巻雲の乗員が爪竿に引っ掛けて引っ張り上げてくれ、幸いに一命を取り留めたのでした。

駆逐艦の甲板には、手足が無くなった人や、顔や全身に大やけどを負い裸同然の重傷者たちが、足の踏み場も無いほどに折り重なってゴロゴロと寝かされていました。

今にも死にそうな人たちが、口々に「痛い、痛い…」「水をくれ…」などと呻《うめ》き声を上げる様は、まさに身の毛も弥立つ地獄絵のような光景でした。「これが最前線の実態か…」。私は、ただただ茫然と眺めるだけでした。

程なくして、中尉の軍医官が私の手当てをしてくれようとしたので、軍医官に向かって「私は何とか大丈夫ですから、苦しがっている人たちを先に診てあげて下さい」と伝えました。すると、「何言ってるんだ。君のようにちょっと手当をすれば飛べる人間を治すのが第一線なん

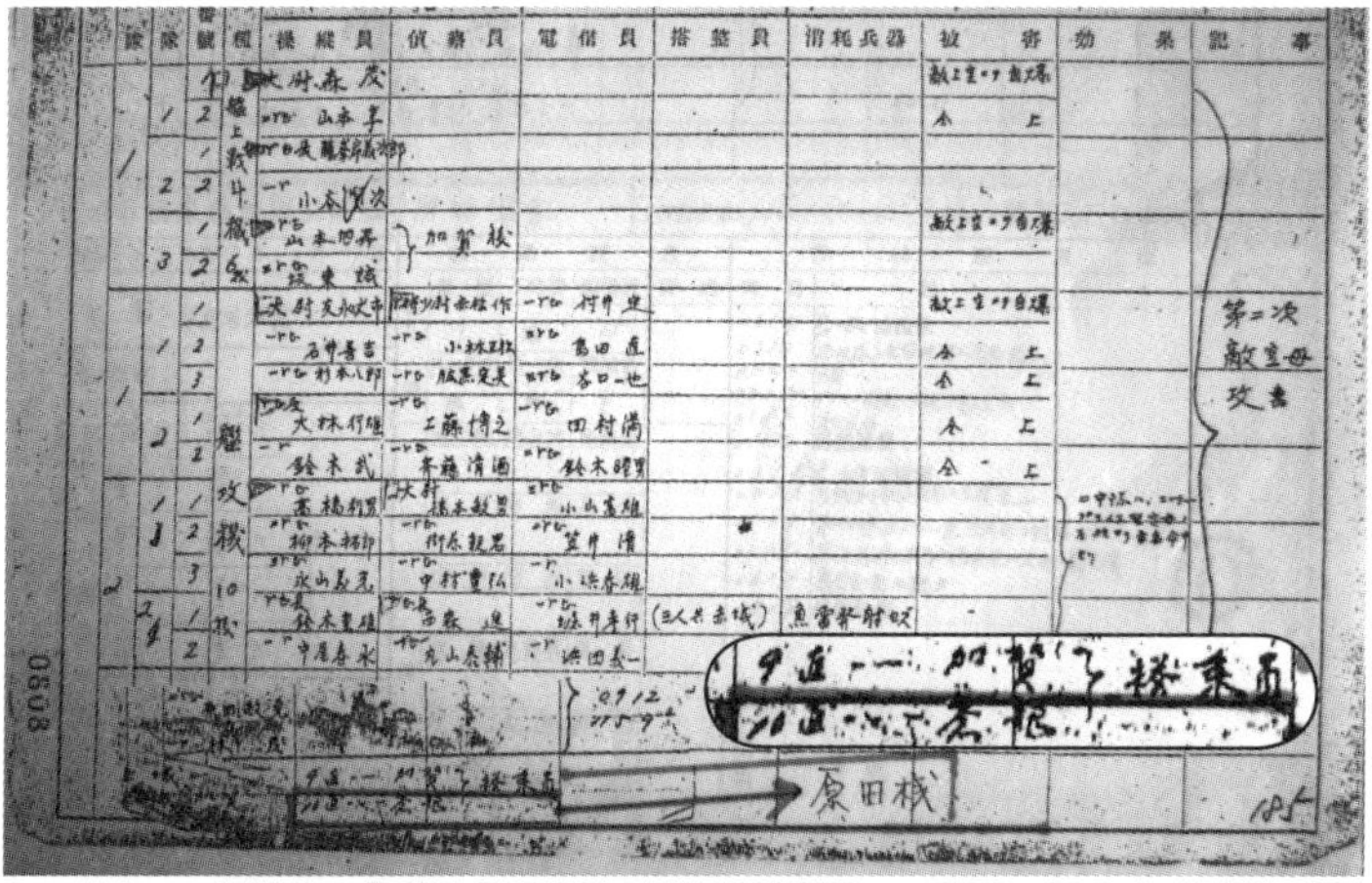

ミッドウェー海戦時の「飛龍」飛行機隊の戦闘行動調書。一番下に「10直 蒼龍搭乗員」と記されているのが著者（著者が自ら矢印を引き、原田機と記した）

「飛龍」攻撃隊を迎撃する米空母「ヨークタウン」

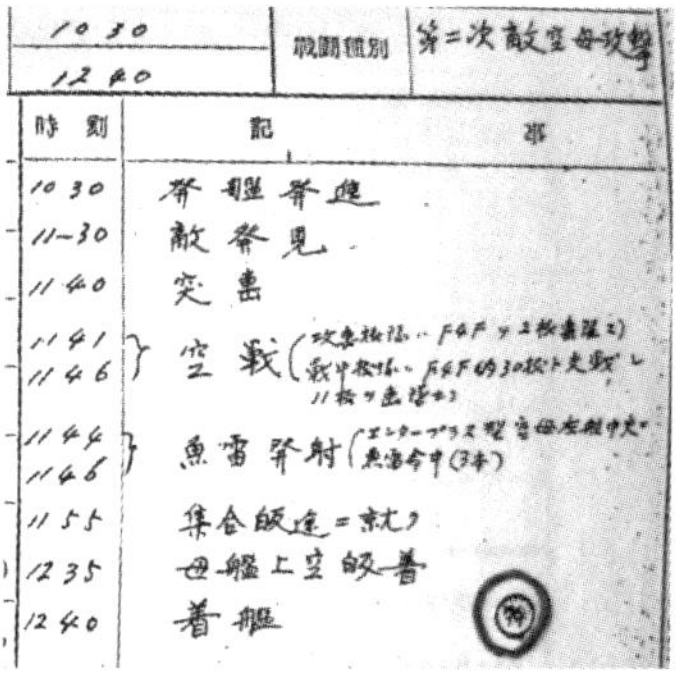

1030 1240	戦闘種別	第二次敵空母攻撃
時刻	記事	
1030	発艦発進	
11-30	敵発見	
1140	突撃	
1141 1146	空戦	
1144 1146	魚雷発射（エンタープライズ型空母左舷中央 魚雷命中（3本）	
1155	集合帰途ニ就ク	
1235	母艦上空帰着	
1240	着艦	

「飛龍」の第二次敵空母攻撃時の戦闘詳報の一部。評価が「特」と記されている

著者がミッドウェーの海に着水した時間で止まった時計（時間は日本時間）

だよ！」と言われ、愕然としました。軍医官は、手足がしびれて歩けない私を艦長室に連れて行くよう二人の看護兵に命じると、去って行きました。看護兵に担がれて艦長室に入れられ、ベッドの上に寝かされると、いつの間にか、深い眠りに落ちて行きました。

駆逐艦巻雲の藤田艦長の愛情

どのくらい寝ていたのでしょうか、夜中に目が覚めると、お腹が空いているし喉が渇くしで、大変でした。それもその筈、朝、艦橋脇で朝食を食べ始めたところに敵機が来たので何も食べずに飛び上がり、それから全く飲まず食わずだったのです。それでも不思議なもので、戦っている最中はお腹も空かないし喉も渇きませんでした。それ程、夢中だったのです。

何か口に入れられるものがないかと艦長室を見回すと、飲み残して三分の一くらい入った葡萄酒のビンが目に入りました。私はどうしても我慢出来ずに、飲んでしまいました。悪いことは分かっていながら、もうどうしようもなかったのです。葡萄酒を飲んだら、途端に元気になりました。

そこへ艦橋から艦長が降りて来て、何やら一生懸命探しだしました。私が飲んだ葡萄酒を探しているに違いないとピンと来ました。艦長も昼間からずっと艦橋で指揮していたでしょうから、きっと夜中に喉が渇いたのでしょう。

私は艦長に向かって正直に「申し訳ありません。葡萄酒を盗んで飲みました」と告げました。すると艦長は、怒るどころか「そうか。それは良かった良かった」と全く嫌な顔をしないのです。そして、「また早く元気になって飛ぶんだよ」と言うと、さっさと上がって行ってしまいました。怒られると思っていた私は、偉い艦長だなと思いました。地獄のような戦場にあって、今だに忘れられない温かい想い出です。

艦長は静岡の人で、名前は藤田勇さんといいました。藤田艦長はその後、やはり巻雲で南太平洋海戦に参戦するなどして活躍しましたが、最後は南方で戦死してしまいました。

戦後、お墓参りに行かなければいけないと思って藤田艦長のお墓がどこにあるか調べたことがありましたが、とうとう分かりませんでした。

山口多聞司令官・加来止男艦長の最期

ハワイ攻撃の時は、蒼龍が第二航空戦隊の旗艦であったため将官旗を揚げていました。ですから山口多聞司令官は最初は蒼龍に座乗していた筈です。筈というのは、私は蒼龍にいる時に山口司令官の姿を見たことがなかったのです。

その後、旗艦が飛龍に交代してからは、飛龍に座乗しました。きっと山口司令官は古武士然とした柳本艦長とは、気が合わなかったのだろうと思います。山口令官は柳本艦長の四期後輩でしたが、やはり、いくら海兵の先輩後輩であろうと、気が合う人と合わない人がいますから。その点、私がミッドウェー海戦の時に緊急着陸した飛龍の加来止男艦長と山口司令官は、全くぴったり呼吸が合っており、艦橋で本当に親しく会話をしていました。

ミッドウェー海戦に臨んだ日本の空母の中で、唯一飛龍だけが残っていたので、赤城、加賀、蒼龍の飛行機が次から次へと飛龍に降りて来ていました。降りて来た飛行機で、駄目なものは海中に捨て、飛べる飛行機を次の攻撃のために準備し発艦させるという大変な状況で、非常に混乱していました。

その最中、飛龍に着艦した私は、飛行長から助手を命じられ、飛行機の発着艦の指揮を執るのを飛行長と一緒に艦橋の下の方で作業をしていたので、山口司令官と加来艦長の会話が聞こえてきていました。二人がどんなことを話していたかまでは覚えていませんが、激戦の混乱した中での二人のやり取りを聞いていても、以心伝心でうまくいっているように見えました。混乱の中だから余計にそう見えたのかも知れません。加来艦長は柳本艦長とは違い、非常に穏やかな性格の人に見えました。

激戦の翌朝未明、私を拾ってくれた駆逐艦巻雲は飛龍の横に付き、飛龍の生存者を収容しました。私は、艦橋の脇で飛龍の最後を皆と共に見届けました。

飛龍の甲板では、山口司令官と加来艦長が、参謀や飛行長や砲術長や航海長などの幹部を集めていました。直接山口司令官の話を聞いた人たちによると、山口司令官は「お前たちは降りて、この仇《かたき》を必ずとりなさい。陛下の艦を駄目にした責任は俺と艦長と二人でとるから」と言われたそうです。参謀たちは「一緒に死なせて下さい」と言ったらしいのですが、残ることは許されなかったそうです。

遠くに、山口司令官と加来艦長が幹部と水杯を交わしているのが見えました。何やらただならぬ様子が窺えました。別れに際して、ある参謀が山口司令官に「何か形見を頂けますか」と申し出たところ、帽子を渡してくれたらしいです。

私は、山口司令官と加来艦長も、巻雲に乗り移って来るとばかり思っていたのですが、乗り移って来たのは、参謀たちだけでした。程なくして山口司令官と加来艦長が二人で艦橋に上がって行くのが見えました。しばらく経って、拳銃の音がパン、パンとしました。おそらく二人は自決したのだと思います。

その後、巻雲は飛龍を処分するために魚雷を撃ち込みました。戦場での長居は非常に危険なので、巻雲は飛龍の最後を見届けずに、すぐに戦場を後にしました。遠ざかる飛龍を見詰めながら、誰もが涙をこらえることが出来ませんでした。

上空哨戒機を統一指揮すべきだった

ミッドウェー海戦での惨敗の原因は色々あり、戦後も多くの人が論じていますが、実際にその場にいた人間として、思う所を綴ってみたいと思います。

先ず、我々上空を守っていた戦闘機隊には指揮官がいませんでした。そこで、各小隊長が自分の判断で空戦していたのですが、それも敵の急降下爆撃を防げなかった原因の一つでした。

理想を言えば、母艦の艦隊の方から我々戦闘機隊の統制を取ったり、戦闘機隊全体の指揮官が上空哨戒を指揮するのが良かったと思います。

しかし、無線機の性能の悪さから、それは望めないことでした。せめて、米軍のように上空哨戒機を予め上、中、下と高度を三段階に分けて飛ばしていれば、急降下爆撃を防げたかもしれません。

また、戦闘機隊が低空で雷撃機を落とすのに躍起になっていたのは、母艦にとって一番の致命傷になるのは魚雷だと教育されていたことも強く影響していました。それには先にもお話ししたように日本の魚雷の技術が非常に進歩していたことがあったと思います。しかし、アメリカのものは性能が低く、そこまで気にかける必要がないものだったのです。

航空母艦の弱点

しかし、よくよく考えると、航空母艦にとって怖いのは、魚雷よりもむしろ爆弾でした。航空母艦は飛行甲板が命です。航空母艦は脆弱で、小さな爆弾一個で飛行甲板をちょっとやられただけで、飛行機の発着が出来なくなり、航空母艦としての機能が失われてしまうという弱点がありました。その点が、戦艦や駆逐艦との大きな違いでした。駆逐艦であれば、砲塔の一つくらい飛ばされても、残りの砲塔で、まだある程度は戦えます。

ところが航空母艦は、大きさは駆逐艦の倍くらいあっても、一発の爆弾が飛行甲板に当たっただけで使えなくなってしまうのです。しかも、航空母艦には、爆弾を搭載しガソリンを満タンにした飛行機が沢山積まれているので、陸上の飛行場を爆撃されるのとは被害が全然違うのです。ですから、航空母艦というのは、使い方次第で物凄く攻撃力が出るし、一つ使い方を間違えば無用の長物ともなりました。

そういうことをもう少し上層部は考えて作戦を立てなければいけなかったと思います。おそらく、日本海軍上層部は、戦艦級の軍艦を沈めるには、魚雷が最適だと考え、そして、それが航空母艦にも当てはまると考えていたようでした。

そして、上層部も、日本の戦闘機、艦爆、艦攻のパイロットの腕は世界的に非常に優秀だと過信し、自信過剰になっていました。いくらパイロットが良くても、飛行機が発着艦する母艦が駄目になったらそれで終わりなのです。

あの状況を実際に見た者として言わせてもらうと、あの時兵装転換の必要はありませんでした。すぐに爆装で攻撃すべきだったと思います。自分の専門分野にこだわった南雲中将の決定的誤判断でした。

敵艦隊のさし迫る状況下で五十分もかかる兵装にこだわり、その最中に次々と敵機に空襲され壊滅させられた事実は、現場にいた者なら絶対にやってはならないことでした。この南雲中将の致命的こだわりによって日本国は敗戦を決定付けられたと言っても過言ではありません。

それにしても、ミッドウェー海戦は、アメリカが憑《つ》いていて、日本が憑いていなかったのか、作戦の拙さがああいう結果を生んでしまったのか、それは分からないけれども、いずれにしろ兵装をコロコロ換えさせるといった命令は、滅茶苦茶でした。

最悪の場合を考えて戦う必要があった

日本海軍が攻撃にばかり力を入れて、上空哨戒などの守りを疎かにしてしまったことが、ミッドウェー海戦でのあれだけの惨敗に繋がってしまいました。

ハワイ攻撃の時は、奇襲と言われるほどこっそりと攻撃していったから成功したけれども、あの時もし、ミッドウェー海戦の時のような攻撃を敵から仕掛けられたとしたら、あの時点で機動部隊は壊滅してしまったかもしれません。

真珠湾攻撃の事前の図上演習（兵棋《へいぎ》演習とも言う）では、もし真珠湾攻撃中に敵空母の攻撃を受けたら、航空母艦二隻が撃沈されるという結果になっていたらしいです。

ミッドウェー作戦の図上演習では、加賀が爆弾九発を受けて沈没という判定になったのを、日本側に都合が悪いので、宇垣纏《まとめ》連合艦隊参謀長が「九発命中は多すぎる」と命中三発に修正し加賀を復活させ、図上演習を続けたそうです。

計画を立てる段階で、こちらの被害を少なくしていること自体が、私は間違いだったと思います。戦争をする以上は、むしろ逆に被害を大きく見積もって戦って初めて戦争になるのであって、最初から、こちらの被害を少なくした計画には問題があったと思います。

最悪の場合を考えて戦う必要があったと思うのです。こちらは最高の力を発揮して、向こうの被害を大きく想定し、相手の力を低く見積もってこちらの被害を最小に想定するのだったら、戦争になどならないと思います。

索敵に三人乗りの攻撃機を出すべきだった

索敵機には、いつもでしたら三人乗りの艦攻を使っていました。ところが、ミッドウェーでは、重巡洋艦の利根、筑摩などから出した二人乗りの水上機が主でした。水上機はフロート付きで便利な点もありましたが、二人しか乗れず、長時間飛ぶことも出来ませんでした。

それに対して艦攻は、三人乗りで長時間飛行が可能でした。しかも、天測まで出来るような装置を持ち、重装備の見張りが出来ました。ですから、水上機を最初に出すより、多少攻撃機の数を減らしてもいいから、三人乗りの本当の索敵機をもっと出すべきだったと思います。

水上機を一段索敵で飛ばして、しかも、線をダブらせないで（隣の索敵機と索敵範囲が一部重複するくらいに線を密にせずに）飛ばしたということは、敵の発見を遅らせた致命的な失敗だったと思います。

ただ、その時には索敵が二段索敵（先ず夜明け前の暗いうちに第一段の索敵機を放ち、明るくなってから放つ二段目の索敵機で一段目が暗くて見えなかった所を索敵する）ではなく、一段索敵だったといったことは私たちには分かりませんでした。

ミッドウェー海戦の後に、赤城や加賀の艦攻乗りなどの人たちが、母艦が全部やられてしまった原因が索敵の失敗にあったことを教えてくれたのです。加賀の雷撃機隊の前田武君もそういった一人で、索敵の状況をよく知っていたらしく、負ける原因が一杯あったそうです。また、当時の索敵に詳しい人から聞いた話では、索敵の途中で敵の艦載機のドーントレスと遭遇したにもかかわらず、それを報告しなかったばかりか、その後雲上飛行を続けて敵艦の上を通り過ぎたそうです。ドーントレスは艦載機ですから、敵空母が近くにいることは普通に考えれば分かるはずで、すぐに報告しなければなりませんでした。

ただ、当時は索敵が重要であることを、我々は認識していませんでした。また、上層部もそれまでは予想以上に戦果が上がっていたので安心し、慢心していたのではないでしょうか。機動部隊全体が、自信過剰から驕りに陥っていたと言われても致し方ないことだと思います。

索敵軽視、しかし当時とすれば十分だった

索敵を軽視してしまったというのは、何もミッドウェーに始まったことではありませんでした。偵察・索敵が、一つの作戦で非常に重要に扱われたという話はあまり聞いたことがありませんでした。

ハワイ攻撃も、索敵などせずに真っすぐ行って攻撃しました。南方作戦でも、敵の様子を探ってから、それに応じた攻撃を展開したという話は余り聞きませんでした。

機動部隊は、まず戦闘機を飛ばして制空権を取り、そこへ攻撃をかけるという戦法をやっていました。ただ、ミッドウェー作戦の時には、上層部とすれば、ミッドウェー島の攻略に加え、敵の空母をおびき出して壊滅させるという二段作戦でしたから、それまでと比べて索敵に重点を置いたのではないかと思います。

ミッドウェー島だけの攻撃であれば、恐らく索敵など出さなかったでしょう。真っ先に攻撃に行った筈です。しかし、あの海域にハワイで撃ち漏らした空母が来ているのではないだろうかという読みがあったから、作戦本部でも索敵を出したのです。

確かに、ミッドウェー作戦の索敵は杜撰《ずさん》でした。しかし、それ以前の作戦と比べるとちゃんと出した方で、当時とすれば十分だったのです。また、今まで余り索敵に出たこともないのですから、慣れてもいませんでした。

ニミッツ司令長官を長とする米軍は、日本の暗号を解読し、日本の艦隊がミッドウェーを攻略することを知っていたそうです。日本軍の艦隊の位置までも分かっていたそうですから、日本の索敵機が飛行するところなど、出来るだけ避けるようにしたでしょう。だから、ああいう結果になったのも、そんなに不思議なことではないのです。

攻撃隊を収容してあげるのが常道

ミッドウェー海戦で、第一次攻撃隊の人たちが帰って来たので、その収容を先にしたために、すぐに攻撃隊を出せなかったらしいのですが、攻撃隊は海上に不時着させて、先に攻撃に出せば良かったのにという話もあるようです。確かに、海上に不時着すれば、飛行機は駄目になりますが、人命は助かります。しかしあの時は混乱してしまって、そのようなことまでは考えなかったのでしょう。

それに、やはり攻撃から帰って来た飛行機は、収容してあげるのが常道ではないでしょうか。ミッドウェー島の基地攻撃とはいえ、国のために命懸けで攻撃して帰って来たのですから、そうとうに疲れていますよ。それをみすみす海上に降りろというのは、人情として出来なかったと思います。その後の戦闘がどうなろうとも、あの時はまず収容を先にするしかしょうがなかったのではないかと思います。

航空専門外の南雲中将を司令長官にしたのが間違い

後で知ったところでは、南雲中将は魚雷の専門家ということもあってか、艦長を差し置いて自分で艦を動かす指示をして魚雷を避けたそうですが、そんな馬鹿なことをしていては駄目です。司令長官ともあろう人が、そういうことは艦長に任せておけばいいのです。

南雲中将が第一航空艦隊の司令長官になった人事については、年功序列にこだわったとも言われていますが、元々航空機のことをよく知らない人を航空艦隊の司令長官にしたことが、駄目だったのです。

航空畑出身の山口多聞司令官が航空艦隊の司令長官であれば、ミッドウェー海戦も戦況が少しは違ったでしょう。そういった意味では、海軍の組織の在り方というものがまずかったと言えるかもしれません。

山本司令長官が、「将来の海戦の主役は航空機だ」ということを当時初めて言いました。しかし、航空機というものの重要性を早くから分かっていた山本長官であっても、実際に体験したことのない飛行機のことは、よく分かっていなかったようです。

ただ、作戦上の機微については、私のような一下士官が発言することではないでしょう。真珠湾攻撃を成功させ名を揚げた南雲中将が、ミッドウェー海戦では惨敗しました。「人間万事塞翁が馬」という言葉がありますが、何が幸いし、何が災いするかは宿命だと思います。

巧遅より拙速を尊ぶ

作戦については、私たち一兵卒は考える必要もないことですし、考えたところで単なる想像に過ぎませんが、「巧遅より拙速を尊ぶ」ということをよく言われました。上手に色々慎重にやるよりも、まずくてもいいから早くやった方が勝ちだということです。いくら慎重に上手に計画しても、時機を逸してしまえば何にもならないのです。ミッドウェー海戦がその典型的な例で、我々はそれを身をもって体験させられました。

わざわざ魚雷に積みなおして敵艦を沈めることよりも、爆弾を抱いたまますぐに攻撃機を飛び立たせればよかったのです。航空母艦は飛行甲板に爆弾が一つ当たれば全然使えなくなるのです。積み換えなどしているから全滅してしまいました。

「巧遅より拙速を尊ぶ」ということは海軍の教育として教わりましたが、航空作戦では特に大事なことだとパイロットは教育されていました。

また、「巧遅より拙速を尊ぶ」は、あらゆる場面で当てはまりました。私は戦闘機パイロットとして、特にその教えが役に立ったと思っています。

戦争に絶対勝つは無い

アメリカが日本の攻撃隊収容のタイミングを狙って攻撃してきたという話もありますが、私は、そこまではいくらアメリカといえども、ちょっと無理ではなかったかと思います。

戦争はスポーツとは違いますが、やはり「ツキ」というものがあるのです。スポーツでは、ちょっとしたことが非常にプラスになり勝利に繋がることもあるし、ちょっとしたミスが敗北に繋がることもあります。個人にもこういったツキのあるなしがありますが、これは自然の法則で、しょうがないのではないでしょうか。

だから、中国の兵法書『孫子』の中の言葉に「彼（敵）を知り己を知れば百戦殆《あや》うからず」というものがありますが、敵を知って自分の力をそれと比較したら、それで絶対に勝つとは言っていないのです。あくまでも「殆うからず」です。勝てないかもしれないのです。つまり、戦争、競争にはこうやれば絶対に勝つんだということはないのです。

ミッドウェー海戦の時に、この『孫子』の言葉のように、敵を知ろうとすることをきちんとやっていれば、あそこまでの惨敗にはなっていなかったのではないかと思います。

米軍は、日本側の無線を傍受し、暗号を解読することによって、日本の機動部隊の動きをある程度把握していながら、さらに日本側の何倍もの索敵機を飛ばしていたといいますから、勝負にかける執念があったと言えるでしょう。

対する我々日本側には、連戦連勝から生じた慢心があったのですから、戦う以前の問題だったのかも知れません。

作戦の情報の秘匿という点からも、ミッドウェー作戦の時は全くの無防備でした。真珠湾攻撃の時と同じくらい徹底した情報統制をしていれば、もう少しまともな戦いが出来たかも知れません。そう考えると、あの時の我々は、やはり負けるべくして負けたと見るべきだと思います。

（編註：連合艦隊と南雲機動部隊幹部によって行なわれた第一回目「ミッドウェー作戦」作戦会議で、宇垣連合艦隊参謀長が南雲中将に「ミッドウェー基地に空襲をかけている時、敵基地空軍が不意に襲い掛かってくるかもしれない。その時の対策はどうするか」と尋ねると、南雲中将に代わって航空参謀の源田實が「わが戦闘機をもってすれば、鎧袖一触《がいしゅういっしょく》（弱い敵を容易《たやす》く打ち負かす）である」と発言。それを聞いた山本五十六司令長官が「鎧袖一触などという言葉は不用心極まる。実際に不意に横槍を突っ込まれた場合にはどう応じるか十分に研究しておかなくてはならぬ」と厳しい表情で叱ったと言われている）

コラム9　米軍太平洋艦隊指揮官の横顔

大東亜戦争中、太平洋上で日本海軍と激闘を繰り広げ、日本人の胸にも深くその名を刻まれた、米太平洋艦隊の指揮官たちの横顔を紹介する。

■チェスター・W・ニミッツ

真珠湾攻撃後に職を解かれたハズバンド・E・キンメルの後を継いで、米太平洋艦隊司令長官に就任したのがチェスター・W・ニミッツである。

当時、幕僚たちは空襲のショックで打ちのめされていたが、ニミッツは就任式で、幕僚たちの能力を信じ、誰も交代させるつもりはないと告げ、指揮官や幕僚たちの士気を高めたという。

ミッドウェー海戦では、米太平洋艦隊の稼働可能な全空母をミッドウェー海域に集中配備する大胆な作戦をとった。また、同海戦直前に皮膚病にかかったハルゼーの後任として、航空作戦の指揮経験の無かったスプルーアンスを、機動部隊の指揮官としたのも周囲を驚かせるに充分だった。

ニミッツはいったん熟慮して決めると、疑ったり迷うことはなかったという。だからこそ大抜擢した部下の力量を十分発揮させることが出来た。

日本海海戦でロシアのバルチック艦隊を破った東郷平八郎元帥をニミッツが尊敬していたのは有名な話である。当時少尉候補生だったニミッツは明治三十八年（一九〇五年）に日本を訪問し東郷元帥と会って親しく会話をしたと伝えられている。冷静に戦況を分析し、合理的に勇敢に戦うことで勝利を手にしたという点において、ニミッツこそが東郷元帥の弟子だったといえるのかもしれない。

日本海軍は昭和二十年（一九四五年）、八月十五日に終戦を迎えるまで、ニミッツの太平洋艦隊と死闘を繰り広げた。戦後、ニミッツは、東郷元帥の旗艦だった戦艦三笠の保存に尽力し、東郷神社復興奉賛会にも寄付を行なっている。神社が復興した際には、それを大変に喜び、署名入りの写真と祝賀のメッセージを寄せている。

■レイモンド・A・スプルーアンス

スプルーアンスは第十六機動部隊の司令官としてミッドウェー海戦勝利の立役者とされている。スプルーアンスが第十六機動部隊司令官に就任したのは、ミッドウェー海戦のため真珠湾を出航する二日前のことだった。前任のハルゼーは、「スプルーアンス少将は、冷静沈着、かつその判断はきわめて的確であって、常に卓越した能力を発揮した」として自分の後任に推薦している。

ミッドウェー海戦でスプルーアンスは、フレッチャーの第十七機動部隊と合流してミッドウェー島北東で待機した。ミッドウェー作戦は暗号解析により米側に知られていたが、この時点では日本の機動部隊の正確な位置は確認されておらず、またパイロットの練度も米機動部隊は日本に劣っており、決して勝利を確信出来る状態ではなかった。

しかし慎重な索敵により日本の機動部隊は発見され、米側が先手を取った。空母エンタープライズとホーネットから発進した航空部隊は日本の空母に対して同時に攻撃を加える予定であったが、実際には雷撃隊と急降下爆撃隊がばらばらに攻撃する形となった。日本の空母を護衛していた零戦が低空で雷撃機と戦闘している間に、遅れて到着した急降下爆撃機が上空から攻撃する結果となり、日本側が空母四隻を失う大敗北につながった。

ミッドウェー海戦後、米太平洋艦隊は大きく攻勢に転じ、ギルバート諸島、マーシャル群島、マリアナ諸島、フィリピン、硫黄島を攻略し、沖縄へと迫った。そのほとんどの海戦において、第五艦隊司令官として大部隊を率いて日本海軍と戦ったのがスプルーアンスなのである。沖縄戦では、スプルーアンスが身心共に限界であると判断したニミッツが、彼をハルゼーと交代させている。

スプルーアンスも、かつて日本を訪問した際に東郷元帥と会っており、日本国民に対する敬愛の念を抱いていた軍人の一人であった。

■フランク・J・フレッチャー

フレッチャーは、スプルーアンスの第十六機動部隊と共にミッドウェー海戦を戦った第十七機動部隊指揮官として、その名を留めている。

ミッドウェー海戦前、南太平洋の珊瑚海海戦では、空母ヨークタウンとレキシントンを率いて、原忠一少将率いる第五航空戦隊の瑞鶴と翔鶴との間で、史上初の空母対空母の海戦を戦っている。

ミッドウェー海戦では、フレッチャーがスプルーアンスの先任だったため、艦隊の指揮はフレッチャーがとることとなった。しかし、フレッチャーが座乗する空母ヨークタウンが、山口多聞少将率いる空母飛龍から発進した攻撃隊の攻撃によって航行不能となったために、フレッチャーは巡洋艦アストリアに移乗し、第十六機動部隊指揮官のスプルーアンスに、全艦隊の指揮権が委ねられた。

中期型の「赤城」。上段飛行甲板が特異な形状だった。甲板上には一三式艦上攻撃機が並ぶ

改造する前の三段式飛行甲板を備える「赤城」。上から2段目の甲板にある20センチ連装砲の間から小型機が発艦する計画になっていたが、砲塔の間からの発艦は実用に適さないとのことで、建造途中で塞がれた

最終型の「赤城」。左舷（写真右側）にある艦橋で司令長官以下の幹部が指揮を執った

戦艦「長門」と並んで停泊している「赤城」。大きさは全長224.94mの長門を遥かに凌ぐ

第六章　攻守所を変えた戦い

笠之原基地での軟禁生活

ミッドウェーの戦場から帰る途中、駆逐艦の巻雲から榛名だったか何か戦艦に乗り移らされました。戦艦なら色々な治療設備もありましたが、駆逐艦ではおそらく病人や苦しんでいる人を看られなかったのだと思います。

どこで、どのように艦から降ろされたか分かりませんでしたが、気が付くと、私は鹿児島の笠之原《かさのはら》基地にいました。笠之原基地というのは、山の中にあり、射撃訓練などで泊まるためのバラックがあっただけで、飛行機などありませんでした。

上陸してからの細かい足取りは、今、思い出そうとしても、どうしても思い出せません。別に、その時に失神していた訳ではないのですが、惨敗の混乱から色々なことが滅茶苦茶になっていたからだと思います。

気がついて見たら、大勢の戦闘機パイロットたちと一緒に収容されていました。一緒に収容されていた人は皆ミッドウェー帰りの人で、「酷い目に遭った」というような人たちが四、五十人いました。笠之原基地だけでは収容出来ず、あちこち他の基地も使われていたようです。皆、私と同様に多少の怪我はしていましたが、基本的には元気な人たちでした。

笠之原基地での毎日の日課は、朝、起きると体操をさせられ、ご飯を食べる。そしてお昼になると食事をし、また体操をさせられるといったような繰り返しで、何も仕事がありませんでした。また、外部の人は一切基地の中に入れず、中にいる人も外に出さない、非常に窮屈な生活でした。

たまにお酒がちょっと出るのですが、そんなものを飲んでも酔いもしませんでした。最初の頃は、酷い目に遭ったことをお互いにこぼしていたのですが、それがどんどん高じて来て、相手の批判が始まってしまうのです。そのうちに、仲間同士で喧嘩になるのが落ちでした。

とにかく、負け戦で収容されて、皆やけになっていました。皆、日本が勝つの負けるのということよりも、「これから俺たちは一体どうなるんだ？」という不安の方が先に立ってしまっていました。

私は下士官としては先任搭乗員という立場でしたから、喧嘩を抑えるのも仕事でした。自分の言うことを皆が多少でも聞いてくれる立場にいたので、常に喧嘩をしている人たちをなだめ穏やかにさせることを考えなければならず、私には却ってそれが良かったのかも知れません。あの時に自分も一緒になって喧嘩をしていたら、終いにはどうなっていたか分かりませんでした。

我々が軟禁状態に置かれたのは、結局、我々のような喋れて動ける人間を外に出せばミッドウェーの敗戦が一般国民に分かってしまうという理由だったと思います。ただ、自暴自棄になっているとはいえ、皆歴戦の戦闘機パイロットたちでしたから、仇討の念に燃えて、早く戦場に復帰したいという思いを当然ながら強く持っていました。日本の最有力空母「赤城」「加賀」「蒼龍」「飛龍」の四隻を失う敗戦は、以後の作戦に少なからず影響を及ぼすことは必至で、彼我の攻守逆転は明らかであると我々兵員にも判ることでした。しかし、私は日本が戦争に負けるとは思っていませんでした。

籠の鳥生活も約一カ月となった頃、我々に吉報が届きました。第二航空戦隊の航空母艦として商船改造の「飛鷹《ひよう》」が出来たので、それに載せる零戦を群馬県の太田に工場がある中島飛行機から受け取り、戦えるよう準備をするようにとの命令を受けたのでした。

一カ月に及ぶ籠の鳥生活から解き放たれた解放感と共に、再びとあの零戦の操縦桿を握れることを思い、胸がときめくのを覚えました。

嘘の大本営発表

ミッドウェー海戦後、大本営海軍部は海戦の惨敗をあたかも勝ち戦だったかのような発表をしました。国民に真実を知らせることが良いことか悪いことかは、士気に関わる問題です。惨敗であったことを知らせれば、国民の士気が落ちてしまう訳です。かといって、いくら国家とはいえ、実際は負けたのに勝ったと嘘を言うことが、果して良いことなのか悪いことなのか。

アメリカの場合は、真珠湾攻撃をされた時に、国民の世論を「騙し討ちをしたのだ」と沸き立たせるために、明らかに日本からの攻撃を知っていたのにわざと日本に最初の一撃をさせましたが、それも一つの嘘には違いありません。

しかし、そうした嘘をついたからこそ「何だ日本め！　あんなもの」とアメリカ人皆が沸き立って、世界中がそれに乗ったわけですから、アメリカにとっては良いことだったと言えるでしょう。

もし、そういったやり方が戦争の常道であるとすれば、いけないことはないのだろうけれども、しかし、人を騙すことが根本的に私は嫌なのです。だから、何とか正直に国民に知らせて、国民の世論が沸騰するような方法があれば、それが一番いいのですが、それが難しいのです。

勝っている時には、戦果を正直に伝えればいいけれども、負けた時に正直に言ってしまったら皆がっかりして士気が下がってしまいます。

そうかと言って、負けてしまったのに「勝った勝った」と嘘を言ったところで、後になればいずれは分かることです。そうすると、「なぜあの時に嘘を言ったのだ」ということになってしまうでしょう。だから、良いのか悪いのかということは、私は未だに分からないのです。

ガダルカナルは「日本海軍機の墓場」

昭和十七年（一九四二年）八月、海軍は米軍とオーストラリア軍の遮断を目的として飛行場を建設していたガダルカナル島（通称：ガ島）を米軍に奪われてしまい、以来ガダルカナル島を巡って日米間で泥沼の戦いが続いていました。

海軍はニューブリテン島のラバウル基地から、連日のようにガ島に攻撃隊を飛ばしていましたが、行っては墜とされることを繰り返す大消耗戦の様相を呈しており、ガダルカナルは「日本海軍機の墓場」とまで言われていました。

何しろラバウルからガダルカナルまでは片道一千キロもあるのです。いかに零戦が長距離を飛べるといっても、往復二千キロも飛んで、待ち構える敵機を相手に空戦もして来るというのは、並大抵のことではありません。

しかも、当時米軍の前線勤務は何週間かの交代制だったようですが、日本は交代要員がいませんから、毎日のように飛ばなければならないのです。暑さだけでも参ってしまうような南方のラバウルで、毎日敵と命のやり取りをするという緊張感は、相当なものだったと思います。

相生中尉や坂井君、岩本君、角田和男君、西澤君などは、ラバウルで本当によく戦っていたと思います。

私が戦闘機の延長教育で受け持った奥村武雄君もラバウルで戦っていた一人で、彼は一日に十機撃墜という武勲を打ち立てたほどのずば抜けた操縦技術を持っていました。

当時、パイロットたちは連日の出撃で相当に弱っており、栄養剤の注射を打ってから出撃したそうですが、栄養剤が足りないのだそうです。部下思いだった奥村君は、「俺はいいからお前たち打て」と部下に注射を譲っていたそうです。奥村君のように我が身を顧みずに戦っていた人たちがたくさんいましたが、その多くが無理な出撃から帰らぬ人となっていました。

そのような状況の時に、ガ島奪回作戦の一つとして、我々第二航空戦隊の航空母艦飛鷹と隼《じゅん》鷹《よう》にガ島の米軍基地爆撃の命令が下ったのでした。

私が乗り組んでいた飛鷹も隼鷹もパイロットの大半がミッドウェー海戦の生き残りでした。

私は飛鷹戦闘機隊長の兼子正隊長から、「ミッドウェーの生存者がほとんどで、士気が心配だから高揚に努めるように」と言われていました。自分にそんな役が務まるだろうかと思いましたが、ミッドウェーの生き残り組を見ると、「どうせ日本に帰ることは出来ないんだ。皆思い切り暴れまわろうじゃないか！」と、誰もが死を覚悟しており、士気が非常に旺盛なことを頼もしく思いました。それに加えて、皆が熱心に敵情を研究している姿に安心もしました。

見破られた零戦の弱点　米軍の戦法変更

この頃になると、米軍も零戦に対する戦法を大きく変えており、当然我々もその対抗措置を研究していました。

米軍は、日本海軍がミッドウェー作戦と同時に行なった「アリューシャン作戦」の際に、湿地に不時着したほとんど無傷の零戦を鹵獲《ろかく》（敵の兵器・軍用品などを奪うこと）し、零戦の弱点を徹底的に調べたことを戦後に知りました。米軍は、零戦に全く防弾設備が施されていないことに、驚いたと言います。

零戦が米軍の手に渡ったことは、米戦闘機の対零戦戦法を一撃離脱に変えた大きな原因だとは思いますが、それまでの零戦との空戦の体験からも十分に戦法変更が立案されていたと思います。

一撃離脱の敵機に対して、我々は七ミリ七を敵機の離脱する前方に発射し、敵機を蛇行をさせることを繰り返し、どんどん距離を縮めて行き、接近し有効弾で仕留めるのが有効だと結論付けていました。

零戦は、本来、両立させるのは難しいとされたスピードと格闘性能の両方を兼ね備えた素晴らしい戦闘機でした。零戦の開発段階で、源田さん（当時横須賀海軍航空隊飛行隊長）は格闘性能を優先させるべきと主張し、柴田武雄さん（同海軍航空廠《しょう》飛行実験部戦闘機主務）は、スピードと航続力を優先すべきで、格闘性能は搭乗員の技術と戦法で補えばよいと主張し、設計者の堀越二郎技師を困らせたという話があったそうです。零戦開発に到るまでには、次のような経緯がありました。

支那事変で、蒋介石の国民党軍が中国奥地に逃れたので、日本軍は長距離爆撃をしなければならなくなりました。ところが、九六戦の航続力では爆撃機に途中までしかついて行けず、爆撃機だけになったところを、敵戦闘機に狙われて被害が多く出るようになってしまったのです。

この被害を食い止めるためには、爆撃機に付いて行って、しかも空戦をして帰って来るだけの航続力を有し、さらに空戦性能が敵の戦闘機に勝る戦闘機を開発する必要がありました。

そこで、海軍は試作機を「十二試艦上戦闘機」として、その計画要求を九六戦で成功していた三菱（堀越技師は三菱重工業株式会社名古屋航空機製作所に勤務）に出したのです。十二試というのは、昭和十二年試作という意味です。

堀越二郎の凄い所

海軍の要求は、九六戦や列強の戦闘機の性能を遥かに凌ぐもので、堀越技師は海軍に無理ですと言ったそうです。ところが、ほどなくして海軍から届いた計画書では、さらに要求が厳しくなっていました。海軍の要求は、時速五百キロ、航続距離は巡航で六時間となっていました。

戦闘機の性能というのは、大きく分けると速度、航続力、格闘性能、武装、防御力に分けられますが、どれかを高めると他が犠牲になるという矛盾を孕《はら》んでいました。

例えば、格闘性能を高めようとすれば、速度が犠牲になりますし、重武装にして機体が重くなれば速度と航続力が犠牲になってしまいます。

海軍は、防御を除いた全ての面で、列強の戦闘機に勝る戦闘機の開発を要求したのです。三菱の競争相手の中島飛行機は、試作段階で諦めてしまい、堀越技師に開発が委ねられたのです。

そこで、海軍の性能要求の中での優先順位を聞こうとした際に、先の源田さんと柴田さんが、それぞれの主張が正しいと激論を交わし、話は平行線のまま答が得られなかったのだそうです。

堀越技師の凄い所は、そういった海軍の無理な要求に積極的に応えようとし、実際に成し遂げたところだと思います。

ただ、戦闘機の能力を高めるために出来得ることは、既に九六戦で全てやっていたと言いますから、日本の低馬力のエンジンで、九六戦以上の性能を実現しようというのですから、堀越技師をはじめ開発陣営の苦労は並大抵のものではなかったと思います。

とにかく機体を軽くするために「一グラムでも減らせ」と、不要と思われる骨組をくり抜いたり、削ったりして強度のギリギリまで軽くしたのだそうです。零戦を開発した人たちのこの努力は、当時の弱肉強食の世界で日本が列強に伍していくためにと注がれたもので、大きく評価されるべきだと私は思っています。

私は数々の実戦経験から、柴田さんの説が正しいと思っていました。源田さんの説も間違ってはいませんが、米英の戦闘機に対しては、特にスピードとそのスピードに耐え得る機体の強度が必要で、それらを優先して次期戦闘機を開発すべきと考えていました。

危機一髪、グラマンとの一騎討ち

同年の十月十七日、ガダルカナル島まで約三百キロメートルの地点から、私は第三小隊長として二番機に吉松要君を従え、飛鷹を飛び立ちました。

この時の戦闘機隊の任務は八百キロの陸用爆弾を抱いた艦上攻撃機の掩護でした。スピードの速い艦爆ならまだしも、ただでさえスピードの遅い艦攻に八百キロの爆弾を抱かせての陸上攻撃は無理があり、それを掩護しなければならない戦闘機隊にとっては非常に難しい任務でした。

飛鷹の零戦隊九機が、隼鷹の艦攻隊九機を、隼鷹の零戦隊九機が飛鷹の艦攻隊九機を掩護して進撃しました。私たちの小隊はしんがりに位置したので、特に後方の見張りを厳重にし、敵機の襲撃に備えていました。零戦が、艦攻隊を追い越してしまわないように、上空をジグザグに飛びながら掩護して行きました。艦攻隊にとっては、我々戦闘機隊の守りだけが頼りですから、私は何としても敵機から艦攻隊を守ると、気を引き締めていました。

艦攻隊が、いよいよ爆撃進路に入った頃、進行方向の左前、約五百メートル上空の断雲が目に入りました。私は、今までの空戦の経験から、その雲に何とも言えない不吉なものを感じました。

予感は的中し、その断雲の真下にさしかかった時、キラッと敵の機影が見えたと思った次の瞬間、十数機のグラマンがいっせいに降ってきました。直掩隊が爆撃隊から離れることは絶対にありませんでしたが、いかんせんジグザグ飛行をする我々零戦隊が艦攻隊から一番離れた時を見計らっての攻撃のため、グラマンの動きを制することが出来ませんでした。

敵機は我々の零戦には目もくれず、艦攻隊に襲いかかって行きました。「艦攻隊よ、何とか最初の一撃を避けてくれ！」と念じましたが、あっという間に二機が炎に包まれてしまったのです。艦攻隊は我々の目前で次々と銃撃され、白煙を引き始めました。

零戦隊は急降下でグラマンを追いかけましたが、一撃を終えた敵機は既に急上昇中でした。するとその中の一機が急反転して、有利な高度から我々の後方へと回り込もうとして来たのです。私は咄嗟に、「このへなちょこに舐めた真似されてたまるか！」と一気に急反転しました。

ところが、あまりにも急激に操縦桿を引いたために、強いGが掛かり目の前が真っ暗になってしまいました。

「しまった！」と思いましたが、やむを得ず操縦桿を少し緩めると、何とか少しずつ目が見えてきました。敵機は絶対優位な位置から軸線を私の機に定めると、高度差を利用してまっしぐらに向かって来ました。その距離は約四百メートルでした。敵機の翼の前縁が一瞬真っ赤な火を噴きました。グラマンの合計六挺もの十三ミリ機銃が放たれたのでした。

私は相撃ちを覚悟して下腹に力を入れると、照準器に敵機の中心を捉え、二十ミリ機関砲と七ミリ七を撃ちっ放しで突っ込んで行きました。その時は「必勝の信念」があるだけで、恐怖心など微塵も湧きませんでした。

奇跡的不時着

零戦とグラマン、双方の有効弾が交錯した瞬間、左腕にハンマーで殴られたような激痛が走りました。敵機とギリギリ五十メートル程ですれ違うと、機体が一瞬グラッと傾き、異様な金属音がし始めました。風防や計器盤には血しぶきが飛び真っ赤に染まっています。

左腕を見ると、上腕に卵大の穴が開き、血が止めどなく流れていました。一瞬操縦桿から右手を放し、右手と口で急いで止血帯を巻きました。不気味な金属音は、どうやらエンジンの被弾が原因のようでした。「このままでは失速して墜落する」私は機首を突っ込み降下して行きました。

すると、突然ガソリンの匂いがフワッとコクピットに入って来たので、ガソリンに引火してはいけないと、咄嗟にエンジンスイッチを切りました。

滑空しながら敵機を探すと、遥か下方を白煙を引き急角度で降下していたので、撃墜を確信しました。

当時、米軍は「雷雲と零戦に遭った時はすぐ退避せよ」と通達していたそうですから、零戦に単機で向かって来たグラマンパイロットの攻撃精神は敵ながら天晴《あっぱ》れでした。

グラマンＦ４Ｆ。愛称は「ワイルドキャット」　（写真提供・雑誌「丸」編集部）

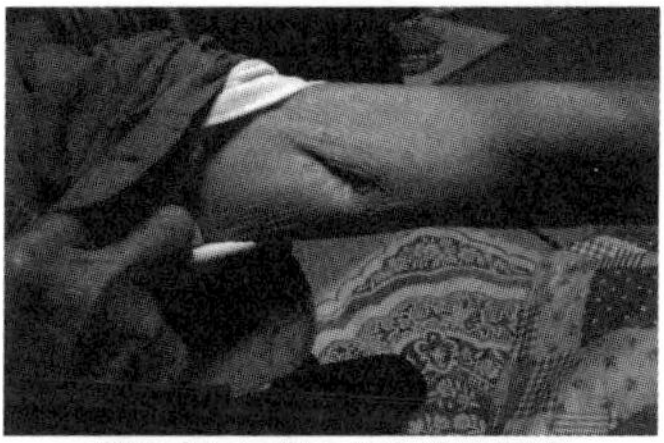

撃ち合いで負った左腕の傷跡

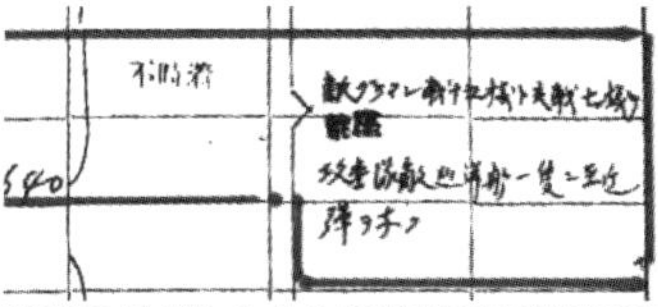

著者のガダルカナル島敵艦船攻撃時の戦闘調書の一部。著者の被害欄には「不時着」とある。また、攻撃の効果として「敵グラマン戦闘機ト交戦七機撃墜」「攻撃隊敵巡洋艦一隻ニ至近弾ヲ与フ」と記録されている

不時着した著者の零戦の残骸。著者は不時着時を振り返り「あの時、咄嗟の判断でヤシの木に左翼をぶつけて飛散させなければ命はなかっただろう」と語る

ガダルカナルのカンボ海岸から著者が不時着した地点を望む

私は不時着に備え右手のみでフラップを下げ、座席も目いっぱい下げました。墜落の一歩手前のスピードでしたから、とにかく機首を下げて浮力を失わないように気を付けながら降下して行きました。

そして、不時着地点をヤシ林上と決め、時速百三十キロくらいで突っ込んで行きました。ヤシの葉が眼前に迫ってきたので操縦桿を力一杯引いた瞬間、私は意識を失ってしまいました。

潰れたコクピットから死に物狂いで脱出

気がつくと、私はひっくり返った座席に宙づりになり、頭の上の風防は潰れ、コクピットの中に閉じ込められていました。流れ落ちるガソリンでずぶ濡れで、そのガソリンが気化しコクピットに充満しており、息が詰まり死にそうでした。

息苦しさに耐えかねて右手で死にもの狂いで風防の下の地面に穴を掘り、なんとか脱出しました。風防のガラスで頭がズタズタに切れ、穴を掘った右手の爪も全部剥がれていましたが、不思議と痛みは感じませんでした。この時は負傷した左腕の痛みも感じませんでした。外に出て「やった、助かった」とホッとした瞬間、私はその場で意識を失ってしまいました。

やがて、気がつくと、無性に喉が渇いてどうしようもなく、水溜まりを探して這って行きました。見つけたのは、ボウフラがうようよ浮いているどす黒い水でしたが、一気に飲み干していました。その水の美味かったことは今でも忘れません。水を飲んでホッとした途端、負傷していた左腕が気も狂わんばかりに痛み出しました。

左手を上げると多少痛みが和らぐことが分かったので、拳銃の紐で左手を頭に縛り付け、だいぶ楽になりました。私は無残な姿となった零戦にじっと目を落としました。私は小隊長でしたので、指定の小隊長マーク機に時々巡り会う機会はありましたが、特別私専用の愛機というものはありませんでした。私にとって零戦そのものが愛機でした。その愛機「零戦」に最期の別れを告げると、とにかく現在地を確認しなければと、海岸と思しき方向にトボトボと歩き出しました。

若い偵察員の最期を看取る

程なくして、不時着している九七艦攻を発見すると、その傍らから、顔中血だらけになったパイロットが歩いて来るのを発見しました。私は「おーい」と言って走り寄って行きました。私の頭からもかなりの出血があり、お互いに血だらけの顔を見合わせると、「おー!」と言った切り驚きでしばし言葉が出ませんでした。彼はなんと、筑波航空隊で一緒に教官をしていたことがあった佐藤寿雄さんだったのです。彼は我々飛鷹の零戦隊が掩護してきた隼鷹艦攻隊の一員だったのです。

佐藤さんも私だと分かるととても驚いていました。佐藤さんが「俺の飛行機の若い偵察員が足が挟まって取れないんだ」と言うので行ってみると、艦攻の中間席には頭部を撃ち抜かれた機長が息絶えていました。

艦攻の胴体はヤシの木にぶつかって折れて巻きつき、若い偵察員が大腿部を挟まれ機内に閉じ込められてしまっており、呻き声を上げげて、とても苦しそうでした。佐藤さんと力を合わせて助けようと試みましたが、道具もなく、只々気ばかり焦るのですが、全く助け出せる見込みがありませんでした。私は、少しでも楽になればと、右手でヤシの実に穴を開け、若い偵察員に飲ませてあげました。

「もう駄目だから、もういいよ」と言う若い偵察員に、どうにも出来ないもどかしさの中、「頑張れ！　頑張れ！」と励まし続けました。

そうこうするうちに、自分の最期が分かったのでしょう、若い偵察員は「髪と爪を家族に渡して下さい」と言ったかと思うと、静かに息を引き取ってしまいました。私と佐藤さんは、戦死した二人にヤシの実と草花を供え、悲しいジャングルでのお通夜となりました。

後日、若い偵察員は丸山忠雄君（当時二十歳）という長野中学の後輩ということが分かり、私はご遺族を訪問し、丸山君の立派な最期をお伝えしました。

特殊潜航艇先遣隊基地で命拾い

その後、佐藤さんと共に、数日間友軍の基地を探し、海岸やジャングルの中を彷徨《さまよ》い歩いた末、奇跡的に辿り着いたのが特殊潜航艇の先遣隊基地でした。そこは基地とは名ばかりで、天幕二張りと、兵隊が十五、六人だけしかいませんでした。彼らは、基地設営の命令で来ていたようでした。その基地は、学徒兵の少尉が指揮官をしていました。ガダルカナルのような非常に危険な所には、兵学校出身者ではなく、学徒出身の人が使われていました。

彼らは、私の左腕の重傷に貴重な薬を惜しげもなく使って、手当てをしてくれました。どうやら傷は、敵の十三ミリの弾の破片かエンジンの破片が貫通して出来たようでした。

せっかくの手当ても虚しく、傷口は化膿し、そのうち蛆が湧き、一向に良くなりませんでした。二、三日で薬も底をついてしまい、仕方がないので私は海岸に行き海水で傷口を洗いました。しかし、傷口の奥の方にいる蛆がなかなか取れず、悪化の一途を辿って行きました。

そうこうするうちに、私はデング熱とマラリアにも罹り、連日四十度以上の高熱にうなされ、意識が朦朧《もうろう》としていきました。

皆「おっかさん」と言って息を引き取った

私を救ってくれた基地には、米軍に追い回されてジャングルを彷徨って逃げて来た日本兵が毎日のように一人、二人とやって来ました。その人たちは、皆痩せ衰えて、極度の栄養失調になっていました。テントの仲間たちは彼らを見ると、可哀想だからとご飯などを食べさせてあげるのですが、急に食べたことが却って悪く、皆程なく亡くなってしまいました。

これは戦後に知った、戦時中メレヨン島にいた人の話ですが、メレヨン島にまだ食べ物が豊富にあった頃から、残飯をせっせと集め、ご飯などを天日干しにして保存食作りに懸命になっている一団があったそうなのですが、その人たちは皆ガダルカナルの生き残りの兵隊だったそうです。ガ島は「餓島《が》」と呼ばれたように、戦闘よりも飢餓で亡くなった人が多かったのです。そのような島の生き残りの人たちでしたから、補給が切れた時の大変さを身をもって知っていたのでしょう。

その後そのメレヨン島でも、米軍によって味方の補給路を断たれ、将兵が飢餓に陥ってしまうのですが、その時に、食事の量を少しでも増やそうとお米を重湯のように水増しして薄めて食べていた人たちは、次々と亡くなってしまったそうです。一方、少量でも普通のご飯をよく噛んで食べていた人たちの多くは生き残ったそうです。極限の状況を生き残った人の話ですから、耳を傾ける価値はあるのではと思っています。（編註：たぶんよく噛む事で精神の安定が得られ、免疫力を持つ大量の唾液を摂取することが出来た差だと思われる）

基地付近まで来て、息を引き取る兵隊たちは皆、亡くなる前に必ずと言っていい程「おっかさん！」と言いました。その光景を見て、私はつくづく母親というものの偉大さを実感しました。この時に限らず、私が戦争中に数多く見た亡くなる兵隊たちは、皆「おっかさん！」と言っていました。

こういった体験と、後に幼稚園をやった体験から、母親が子供におっぱいを飲ませる時の愛情に満ちた眼差しと、その母親の顔をじーっと見ている子供の姿、それこそが平和の原点で、また世の中で一番美しいものではないかと私は思っているのです。

ガダルカナル島からの脱出

基地では、パイロットの二人を保護していることを連絡したようでした。二週間程過ぎた日に、突然指揮官から、明日、特殊潜航艇の基地の周りに集まっている栄養失調の兵隊を引き揚げさせるために救出艦をエスペランス岬に接岸させるから、それに我々パイロット二人も何とかして乗せろという指令があったということでした。こういう点一つを取っても、パイロットというのは大事にされていました。

私と佐藤さんは、特殊潜航艇基地を指定されていた日の早朝に出発しましたが、意識が朦朧としていた私を心配した指揮官が、私に兵隊を二人も付けてくれました。

兵隊に肩を貸して貰いながら、目的地を目指しました。意識が朦朧としていたので、この時はっきりとした記憶がありませんが、海岸線沿いを歩いたり、敵の哨戒機からの執拗な銃撃を避けてジャングルに逃げ込んだりしながら、ようやく日暮れ前に目的地に着きました。

私は余りの疲れから、そのままその場に倒れ込んでしまいました。気が付くと夜になっていました。佐藤さんと付き添ってくれた二人の兵隊の手を借りて、大勢の兵隊と共に上陸用舟艇に乗ったところで、私は気を失ってしまいました。

あの時に助けてくれた指揮官や兵隊たちは、名前も何も分かりませんでしたが、その後生きて日本に帰れたのだろうかと今も思います。本当に命の恩人でした。

最前線に勝ち負け無し

日本が掲げていた「大東亜共栄圏」という理想は素晴らしかったと思うのですが、理想と現実はなかなか一致しません。

私がやったことは戦争での人殺しなので、それは確かにしょうがないことでした。しょうがないことなのですけれど、私は「零戦」という非常に強い戦闘機に乗り、零戦の強さを知っていて逃げる相手を追いかけて行って最後に止めを刺しました。そういうことを何回も何回も繰り返したので、余計にいけませんでした。未だに夜寝ていてもその時のシーンが目に浮かぶのです。

遠くの敵の船を大砲で沈めるのも、人を殺すということでは同じなのですが、顔が見えてない分、まだましなのです。

私は、戦争の最前線には勝ち負けは無いのだなとつくづく思うようになりました。

最近は、平重盛の心境が少し分かるような気がしてきました。天皇陛下に忠義を尽くそうと思えば父親の清盛に不忠になるし、父親に孝行を尽くそうと思えば天皇陛下に不忠になってしまうと。それよりももっと私の場合は酷かったと思います。国のためにやろうと思えば、どんどん相手を殺《あや》めなければならない。

自分が人間としての誇りを持とうとすれば、そういうことを一切してはいけないと私は思うのです。しかも、私たちが置かれていたのは、敵を倒さなければ自分たちが殺されるという極限の状態でした。そういった状況で、私はどうすべきだったのか。考えれば考えるほど、精神が滅茶苦茶になってしまうのです。

パラシュート降下する敵兵を撃つか撃たないか

ですから、逃げるのを追いかけて行くのに比べて、敵が攻めて来た時には、割合にやりやすかったです。当時、我々の間で特に問題になったのは、パラシュートで脱出した敵を撃つか撃たないかでした。

ある時、我々の仲間がパラシュートで飛び出した敵兵を撃ち殺したのですが、それを聞いた上官に「パラシュートで飛び出したのを撃つなんて『武士の情け』に悖《もと》る。人間として恥ずかしいじゃないか！」と叱られました。

そうかと思うと、反対に撃たなかった人に対し、「なぜ撃たなかったんだ！　そいつがまた今度はさらに強くなって攻めてくるぞ」と言う上官もいました。上官たちの考えが二つに分かれていたのですが、私はそういう上官たちに対して、両方とも言い分があると思っていました。

ただ、同じように撃った場合でも、「俺を撃ちやがって、今度は撃ってやる」と次回はもっと強い意志を持って攻めて来る人がいる一方、撃たれたことで、「もうこんな戦争なんて嫌だ」と嫌気がさしてしまう人もいると考えられました。これは、敵兵の性格にもよるのでしょうが、そこまで考えると、一体助けた方が良いのか、撃った方が良いのか迷ってしまうのです。ですから、撃った方がよいとか悪いとかは、一概には言えない問題でした。

上官たちの話を聞いた私は、「敵地上空でパラシュートで飛び出したら撃ってもいい。しかし、こちらに攻めて来て、やられてパラシュートで飛び出した奴は撃っては可哀そうだ」という一応の結論に達しました。

なぜかというと、攻めて来て、撃墜されてパラシュートで飛び出した人は捕虜になってしまうので、どの道まともに帰れないわけです。ですから、「捕虜になる人間を撃たなくてもいいじゃないか」と。それは「武士の情け」「窮鳥懐に入れば猟師も殺さず」の心情からでした。

私はそのように解釈しました。当時、誰にもそのようなことは言いませんでしたけれども、今思うと、自分の解釈で良かったのかなと思います。

これは戦後に、四国の松山にいる藤本速雄君という元零戦パイロットの後輩との話ですが、彼がＢ29をどんどん攻撃したら機体が火達磨になり、パラシュートで出た敵兵を殺そうと思って撃ったのだそうです。ところが、彼の弾が当たらなくて敵兵はパラシュートで地上まで降りてしまった。そこで戦後、彼がアメリカへ行った時に、そのパラシュートで降りた敵兵が日本で捕虜になって、戦後アメリカに帰っている筈だからと探したけれども、見つからなかったといいます。

その話を聞いた私は藤本君に「そういうのは撃っては駄目なんだよ」と言うと、「でも、あの時は、撃てと言われたから撃ってしまったんです」とのことでした。

「誰でも捕虜にはなりたくてなるのではないんだよ。捕虜になるような人を何も殺すことはないじゃないか。我々が敵地に攻撃しに行った時に飛び出した奴は撃ってしまっていい。その証拠に自分で攻めて行く時はパラシュートをつけるか?」と私が聞くと、「つけない」と言います。

我々は味方上空での戦闘時には、万が一やられた時にパラシュートで飛び出せるようにパラシュートバンドを体につけていました。

ところが、敵地に攻撃に行く時には、パラシュートは座布団代わりに敷いているだけでバンドを付けないんです。飛び出したところで、捕虜になるのが嫌だから。敵地上空と味方上空では、敵兵の扱いはそれだけ違うのだよと言って聞かせました。

攻撃に行く時に、私が小隊長なので後輩たちから「小隊長、バンド付けますか?」と聞かれることもありました。私は「君の考えでどちらでもいいけれども、俺は付けない。捕虜になると却って『罪過の汚名を残すこと勿れ』と味方から責められるから、いっそ死んでしまった方がいい」と答えていました。だから、私と一緒に攻撃に行く人は、だいたいパラシュートを付けませんでした。日本のパイロットの多くは付けていませんでした。

最高と最低とが入り乱れて

全然知らない相手の人が、「やめてくれやめてくれ」と逃げて行くのを追って行って殺してしまう。「それが戦争だからしょうがない」と言われれば、確かにその通りなんです。その敵を逃がしてしまえば、今度はその敵がこっちをやりに来るのですから。

もちろん、向こうから攻めて来たのを撃ち合って墜とすのは、当たり前の話で別に良いのですが、殺されたくなくて逃げる相手が苦しむのを見るのは、非常に辛いのです。非情に徹することが出来ず、人間というものの弱さが出て来てしまうのです。しかし、それが本当の人間だと思います。

ですから、「そんなにいつまでもくよくよしていなくても良いじゃないか」と言われるのだけれども、私はつい、くよくよしてしまう。自分のやったことが、人間とすれば最悪のことです。しかし、国のためには最高のことなのです。最高と最低が入り乱れてしまっているから…。苦しい…。

私に「祖国のために命を懸けて戦って下さった」という感謝の思いを伝えてくれる人も沢山います。そのように、当時多くの若者たちが国のために戦ったということを理解してくれる人が増えるように、私は戦争の話をするわけです。ところが、中には私の話を逆に取る人もいるんです。「あの野郎、何だ。自分から軍人を選んで行ったんじゃないか」と言う人や「そんな所に行かなければ良かったんだ」とか、思う人もいる筈です。

死に場所を求めた山本五十六司令長官

ガダルカナル島から内地に戻り療養した後に、私は教官として霞ケ浦航空隊に勤務することになりました。しかし当時の私は、ガダルカナルの不時着時に胸を強く打ったことで、胸膜が癒着してしまい、呼吸が苦しくて、歩くことすらままならないような状態でした。体調はなかなか良くならず、一時は郷里に戻って休養していたこともありました。

何とか体調が戻り、霞ケ浦航空隊にいた昭和十八年（一九四三年）四月十八日、山本五十六連合艦隊司令長官が戦死したとの報せが入り、隊内は騒然となりました。最高指揮官の死に、私は腰の抜けるような思いでした。

後になって、長官が乗った一式陸攻に掩護でついた零戦が僅か六機だったことを知り、私は「長官は死に場所を求めていたのではないか」と感じました。長官自身が六機で良いと言い、側近の人たちの中には心配していた人もいたようです。実際は、三十機くらいの戦闘機で上空を覆い隠す程の護衛をしないと、守り切るのは難しいのです。

山本長官が連合艦隊司令長官に就任したのは、昭和十四年（一九三九年）、長官が中将の時で、確か私がパネー号事件で内地に戻された後、筑波航空隊で教員をしていた時でした。

山本長官については、長官が海軍航空本部技術部長になった時に初めてどのような人物かを聞かされていました。山本長官は、日露戦争に下層指揮官として出陣していました。その戦闘中に負傷して、左手の人差し指と中指が無かったようです。

また、山本長官は海軍内部が「大艦巨砲主義」だった当時にあって、「将来の戦争は航空戦になる」ということを、海軍航空本部技術部長になった時に発表していました。

そういうことを聞いていた我々、特に飛行機に関係している人は、これは素晴らしい人が長官になったと思いました。

まだ「大艦巨砲主義」の考えの人が多数を占めていた海軍の中にあって、一人航空というものの重要性を打ち出しており、そういう人が連合艦隊の司令長官になるというのですから、これは大したことだと非常に喜んだのでした。我々航空隊の人たちだけでなく、日本海軍は勿論、日本国民全員が喜び、勇気づけられたのでした。

そのような人物だった山本長官の死は、戦争が攻守の状勢が逆転しつつある時だっただけに、少なからぬ不安を航空隊の全員に抱かせていたと思います。

特攻第一号の関行男さんを指導

霞ヶ浦に教官として着任し初めて指導したのが、後に海軍の特攻隊の第一号となる関行男さんでした。関さんは海兵学校の出身でしたが、一兵卒上がりで階級では下の私に対してもとても礼儀正しく、誠に素晴らしい青年でした。

関さんと共に海兵出の蔵田脩《おさむ》さん、機関学校を出た鈴木さんの三人の担任となり、交代交代に同乗し、ずっとつきっきりで指導しました。離着陸から始めて、編隊飛行などの初歩的な訓練から、実用機になってからは、射撃、空戦、定着などの全てを教えました。三人とも私を教官として立ててくれ、技術教官として尊敬してくれていました。

一通りの訓練を終えると、関さんは艦爆、蔵田さんは戦闘機に振り分けられて巣立って行きました。ただ、鈴木さんは海軍機関学校という兵学校と並ぶエリートコースを出た優秀な人でしたが、肺結核に罹ってしまいました。私も時々呼吸の具合が悪くなり、霞ヶ浦海軍病院に入退院を繰り返していたのですが、病院のベッドで鈴木さんと隣同士で寝ていたこともありました。鈴木さんは大空への夢も虚しく、飛行学校卒業前に残念ながら亡くなってしまいました。

ミッドウェー海戦を境に攻守が入れ替わり、毎日の戦況報道も心苦しいことばかりになっていた頃、「神風特別攻撃隊」の先頭に立って、関さんが敵艦に突入されたということを聞きました。私は、将来大指揮官になるに違いないと期待していた人を失って、愕然として力が抜ける思いでした。

元々艦爆のパイロットだった関さんは、敵艦に爆弾を命中させる自信はだいぶ持っていたようです。それでも、特攻のために艦爆から戦闘機に機種変更をし、零戦に二百五十キロの爆弾を抱いて突っ込んだのでした。関さんは、自分が教官だった時の教え子たちに「教え子よ　散れ山桜　此の如くに」と辞世を残して、二十三歳でこの世を去りました。

最初の特攻隊は、関さんを含めた二十四人で編成され、関さんが隊長を務めた「敷島隊」に加えて「大和隊」「朝日隊」「山桜隊」がありました。これらの隊の名前は、本居宣長の詠んだ「敷島の大和心を人問はば　朝日に匂ふ山桜花」から取られたそうです。

ところで、関さんの敷島隊の直掩を務めたのが、私と同県人で撃墜王の西澤廣義君でした。西澤君はグラマンF６Fを二機撃墜し、敷島隊の戦果を確認し、無事に帰還し報告しました。しかし、翌日、輸送機での移動中に宿敵のグラマンF６Fに墜とされてしまいました。

当時、私がいた霞ケ浦には三機の零戦があり、もし米軍の攻撃があった場合、私が指揮官となって飛び立つことになっていました。当時の米軍の戦闘機は、私が戦ったグラマンF４Fから、対零戦用に改造されたF６Fに変わっており、零戦も苦戦を強いられていると聞いていました。兵器の進歩は日進月歩で著しく、名機「零戦」といえども永久ではなかったのです。

零戦が弱くなった理由として、ベテラン搭乗員が度重なる出撃のため疲労困憊した状態で戦い、未帰還が多くなったことがありました。さらに、機体の材質が低下したこと、整備の質が落ちたこと、部品や燃料の補給がままならなくなったことなど、様々な要因がありました。

栄光を背負って飛び立った零戦でしたが、悲しいかな最後は特攻という悲劇に終わってしまいました。十九、二十歳の若い人たちや、大学出の将来有望な学生たちが、皆お国のためにと、零戦に二百五十キロ爆弾をつけて、十中十死、絶対帰れない特攻で出撃して亡くなりました。

悲劇に終わった零戦でしたが、あの特攻で亡くなった方々がいたからこそ、今のこうした平和な有難い世の中が来たのではないかというふうに私は感謝をしています。

予科練の少年たちをグライダーのパイロットとして養成

ミッドウェー海戦での勝利から米軍の反攻は勢いを増して、昭和十九年（一九四四年）の終わり頃になると、とうとう日本の領土であった台湾も米軍の制空の下になってしまいました。

そこで、窮余の策として考え出されたのが、大きなグライダーに陸軍の兵隊を三十〜四十人も乗せて、九六陸攻や一式陸攻で台湾まで曳航するというものでした。

昭和 20 年（1945 年）5 月 11 日、2 機の特攻機に攻撃され黒煙を上げる米空母「バンカー・ヒル」

昭和 20 年(1945 年)5 月 14 日、菊水六号作戦で米空母「エンタープライズ」に突入する爆装（250 キロ爆弾を装着）した零戦

親機の一式陸攻（上）から切り離されて特攻する「桜花」

昭和 19 年（1944 年）、茨城県石岡の滑空専門学校で教員をしていた時の著者。ガダルカナル島での不時着時の衝撃で胸膜が癒着し、歩くのもやっとのような状態だったという

「敷島隊」の特攻攻撃で炎上する米海軍の護衛空母「セントロー」

親機から離れたグライダーが台湾に着陸したら、パイロットは陸軍の兵隊と共に戦闘に加わるという作戦です。飛行機の操縦はまだ出来ないような予科練の子供たちでも、グライダーならすぐに出来るようになるからということで、私がその養成を命じられたのです。

そこで、茨城県の石岡にある民間の滑空専門学校という高等グライダー学校に予科練の乙飛十期生を連れて行き、私が責任者となって、そこの職員を使い訓練を施すことになったのです。

練習生は血気盛んな十五、六歳の少年たちでした。

その少年たちが、夜になると毎晩のように私の部屋に押しかけて来るのです。そして「早く我々を戦地にやって下さい！」と嘆願するのでした。当時の日本人の国を守るという気持ち、お国のためにという思いは、今の若者たちには分からないかもしれませんね。当時の戦況からいって、彼らが一旦台湾に行ってしまったら、生きて帰って来られないことは十分に分かっていました。

だから、なるべく彼らを戦地にやりたくないので「まだ早い」と言い聞かせていました。もっとも、当時は生産力もだいぶ落ちてしまっており、肝心なグライダー自体がまだ完成してはいませんでした。

石岡で訓練を始めてから二、三カ月後、とうとう銚子沖にまでアメリカの航空母艦が出没するようになり、日本全土が頻繁に空襲されるようになってしまいました。これでは訓練もまま

コラム10　人間魚雷「回天」

人間魚雷とは、酸素魚雷を改造し、中央に乗員一名が入れる操縦室を設けた特攻兵器で、一撃で戦艦を撃沈することも可能と言われた。日本海軍ではこの兵器に「回天」と名付けたが、その由来は「天業を既倒に挽回する」から取ったという説と、幕府の軍艦「回天」がたった一隻で新政府軍の八隻の船に立ち向かったことにあやかったという説がある。

元々、海軍機関学校出身の黒木博司中尉と海軍兵学校出身の仁科関夫少尉が発案し、昭和十八年（一九四三年）十二月、海軍軍務局に提案したが、生還出来ない兵器であることから退けられてしまった。二人は諦めずに、その後再び血書で嘆願し、脱出装置を付けることを条件に試作が決定した。

ところが、兵器の性能を犠牲にするので脱出装置は不要との黒木中尉らの進言から脱出装置は廃止された。試作段階の事故で、黒木中尉と樋口孝大尉が殉職してしまったが、その時、二人は亡くなるまでに、沈没原因と改善点、遺書を書き残した。回天は敗戦までに約四百二十機が生産され、百人前後が散華したと言われている。

ならず、肝心な大型グライダーが未完成であったこともあり、上層部はグライダー教育に見切りをつけたようで、急遽訓練は中止となりました。私は、単身北海道の千歳航空隊に移ることになりました。

戦時中でも勝ち戦だった頃は、割合に余裕があったのですが、ミッドウェー海戦の後は、やることなすことが後手後手に回っており、特に敗戦の色が濃くなっていたこの頃は、色々なことが混乱していました。

そのため、私は世話になった人にお礼を言う時間も与えられず、教え子たちに別れの言葉も告げられずに、霞ケ浦航空隊を後にしなければなりませんでした。それが私にとって一番の心残りでした。

血気にはやる教え子たちに、「自分の命を大事にして貰いたい。それが結局はお国のためなんだ」と一言だけでも伝えたかったのですが、叶いませんでした。私が教育している間に一人も戦地に送ることがなかったことが、せめてもの慰めになっています。

あの予科練の少年たちは、恐らくあの後は他の同期生たちと同じように「人間魚雷」や特攻機の「桜花」の人員として連れて行かれたのではないかと思います。

気性が荒かった朝鮮の人

この滑空専門学校の教官の中に、北朝鮮出身の宮本先生という人がいました。年齢は三十五歳くらいで、とても近代的なスタイルの人でした。聞くところによると北朝鮮の財閥の息子さんだという話でした。自家用飛行機まで持っており、休日にはその飛行機で石岡から朝鮮まで飛んで行っていました。割合に穏やかな人で、本当に日本人になり切ったようなつもりで一生懸命やってくれていました。

私はその頃、一般の朝鮮人と呼ばれる人たちとも石岡の街で何人もお付き合いをしていました。その朝鮮の人たちは、皆気性が荒かったです。

私はそういう彼らと付き合って、日本にいた朝鮮の人たちは芯から気が短いのではないだろうけれど、日本に併合されたということや、十六世紀に朝鮮出兵をした加藤清正の時代からの歴史が彼らの中のどこかに残っていて、つい日本人に対して暴力的で爆発しやすい性格になっているのではないかと思いました。朝鮮人・韓国人のそういった気性の荒さは、今でもまだ同じだと思います。

昔の朝鮮は陶磁器や磁器の技術がだいぶ進んでおり、日本が朝鮮から学んだ時代もありました。そうしたことを含めて日本と韓国はお互いに持ちつ持たれつなのだから、韓国ともうまくいって貰いたいですし、北朝鮮の問題も早く解決し、なんとか関係が改善されないかなと、日々自宅の神仏にお参りをしています。私は、今でも外出時に他所の神社の前を通ったりする時にも、立ち止まって拝礼し、平和の来ることを祈っています。

当時は朝鮮人も台湾人も日本人だった

朝鮮を日本が統治していた時は、朝鮮の人は日本国民と同じような扱いでした。日本人と同じように徴兵検査をやって、一緒に戦争をさせられました。戦争に行かなかった朝鮮の人は、松代辺りのトンネル掘りの使役に就かされたりしたようですが、あれは良くないと思いました。

当時我々は台湾の人を「高砂族」と呼んでいましたが、日本の台湾政策が割合に穏やかだったようで、台湾の人からは日本時代のことを非常に感謝されていたようです。ただ、台湾の人も内心は切なかったのではないでしょうか。

台湾と朝鮮は、日清・日露戦争を通して日本が国際的に認められて領土にしたわけです。ですから、それはいいのですけれども、本当に台湾の人や朝鮮の人が芯から日本の国民になったことを喜んでいたのだろうかと考えると、私は多少疑問を持っていました。

だいたい日本人が、朝鮮の人を日本人と呼ばず「朝鮮人朝鮮人」と呼んでおり、朝鮮の人を日本人よりも一段下に見てしまっていたのではないでしょうか。

私は、パネー号事件で内地に戻って最初に勤務した大村航空隊にいた時に、朝鮮の元山の飛行場まで「場外飛行」と呼ぶ遠距離飛行の訓練で飛んで行き一晩泊って来ることがありました。そういう時に、若いから色街に一杯飲みに出かけるのです。飲み屋では接客婦のような人がお酌に来るのですが、それが朝鮮の女性だと一段低く見てしまっていました。別に相手の人に直接「朝鮮ピー」などとは言わないけれども、仲間同士で「今日は朝鮮ピーで綺麗なのいたよ」などと言っており、そのことを今は深く反省しています。

台湾の人たちについても「高砂族」と呼んで、純粋な大和民族ではないような見方をしていました。台湾の人たちは、元々は南方などから移った人たちがほとんどです。そういった意味では、日本人だって純粋な大和民族ではないかも知れません。元々はアイヌの人が土着していたのですから。ただ、そこまで遡って言うのは、言い過ぎかもしれませんが。

ハワイがそうです。ハワイの土着の人たちは、白人に皆山奥に追いやられてしまい、一番住みやすい所に白人が住んでいます。ただ、「弱肉強食」という観点から言えば、そうなってしまうのが自然なのではないでしょうか。だから、日本人も「大和民族」と殊更に威張ることはないのです。

しかし、そうは言ってもやはり自分の国には誇りを持たなければいけません。自分の所を見下げてはいけないと思います。自分にプライドを持っていれば悪いことは出来ないのです。要は他の民族も皆同等だということです。

コラム11　従軍慰安婦問題

■左翼や朝日新聞が捏造した従軍慰安婦

いわゆる「従軍慰安婦」問題は、日本の左翼や反日の朝鮮系日本人や朝日新聞などが捏造した虚偽である。戦前や戦中に「従軍慰安婦」という言葉はなく、昭和四十八年（一九七三年）に元毎日新聞の記者・千田夏光が出版した『従軍慰安婦―〝声なき女〟八万人の告発』（双葉社）で初めて使われた言葉だ。また、昭和五十八年（一九八三年）、吉田清治が書いた『私の戦争犯罪・朝鮮人強制連行』（三一書房）が、慰安婦問題が国際問題にまで発展するきっかけとなった。同書の内容は「日本軍は韓国・済州島で慰安婦狩りを行なった」というもので、韓国でも翻訳された。しかし、これを読んだ韓国・済州新聞の許栄善記者が現地調査をしたところ、島民たちは「でたらめだ」と一蹴した。

吉田は著書の内容が虚偽であったことを認め、「事実を隠し自分の主張を混ぜて書くなんていうのは、新聞だってやるじゃないか」と開き直った。

平成元年（一九八九年）には、大分県の主婦、青柳敦子が韓国を訪れ元慰安婦に日本を相手に裁判を起こすよう「原告募集」をし、金学順という女性が名乗り出た。平成三年（一九九一年）、金学順らが日本政府に補償を求めて提訴。訴状には「親に四十円でキーセン（朝鮮の芸妓を兼業とする娼婦）に売られた」とあった。当時は貧しい親が本人にも黙って業者に売り渡すことが多かったと言われていたが、この訴状もそれを示すものだった。

■強制連行は無く、日本は売春婦を護ろうとした

また、朝鮮半島では売春婦をピーと言い、女衒《ぜげん》が全土から女性を集めていたが、日本統治時代は警察が暴力的連行を再三取り締まり、売春婦たちの衛生にも注意を払っており、売春婦たちが安心して稼げた時代でもあった。売春業はお金になることから、自らその職に身を投じており、軍による強制連行など全く必要なかった。日本軍の近くの慰安所で採用されると、親戚一同でその女性を祝い送り出したという。戦後作られた従軍慰安婦という概念そのものは全くの嘘でたらめである。

強制連行ではないにも拘らず、朝日新聞は「女子挺身隊の名で戦場に連行され、日本軍人相手に売春行為を強いられた『朝鮮人従軍慰安婦』のうち、一人が名乗り出た」という捏造記事を載せた。これを書いた植村隆記者の妻は韓国人で、妻の母は

訴訟原告団団長だった。原告が親に売られて娼婦になった事実を知りながら、訴訟を有利にするため、強制連行という虚構を作り上げたのである。

平成四年（一九九二年）一月十一日、宮沢首相（以下役職は全て当時）の訪韓直前、朝日新聞は「慰安所への軍関与示す資料」と題し資料を紹介。同資料は軍の名を使い人さらい紛いのことをしていた業者に関して、社会問題を起こしたり誤解を与えることのないよう警察との連携を密にすべしという内容だったが、朝日は「軍が朝鮮人女性を強制連行した」と強弁し、日本政府に謝罪を求めた。

■許せない日本の政治家の恥辱外交

一月十三日、加藤紘一官房長官は事実確認もないままに、「お詫びと反省」を発表。同月十七日に訪韓した宮沢首相も盧泰愚大統領に謝罪した。

平成五年（一九九三年）には河野洋平官房長官が、日本軍による慰安婦の強制募集の証拠がないにも拘らず、官憲が慰安婦を強制連行したことを認める「河野談話」を発表。また平成七年（一九九五年）に村山内閣の主導で「アジア女性基金」が発足し、慰安婦に見舞金が支払われた。この基金には多額の使途不明金など多くの疑問点が指摘されている。

■中韓が裏で糸を引き問題を複雑化

さらに、「性奴隷（sex slave）」という言葉が、意図的に使われ従軍慰安婦問題を複雑にしていった。性奴隷とは戸塚悦朗という弁護士による造語で、平成四年（一九九二年）頃に世界中に広められた。「性奴隷」という言葉が広まると、強制連行の有無という問題から離れ、「性交渉を強いられ不払いで働かされた女性」という印象から日本が非難される事態となった。平成十九年（二〇〇七年）には、マイク・ホンダら米民主党下院議員が従軍慰安婦問題の対日謝罪要求決議案を提出し可決された。ホンダ議員の選挙区にはアジア系住民が多く、ホンダは反日傾向の強い中国系団体から政治献金を受け、韓国ロビーとも深く繋がっていた。

■〝慰安婦〟は日本軍に付随した売春婦

昭和十九年（一九四四年）にビルマを占領した米軍が朝鮮人慰安婦などの尋問をまとめた『日本軍の捕虜尋問レポート第四九号』には「慰安婦は単に日本軍に付随した売春婦、あるいは〝プロの非戦闘従事者〟以外の何物でもない」とある。慰安婦は月収平均七百五十円で当時の軍曹の給料の二十五倍だった。これが「性奴隷」である訳がない。

米軍の波状攻撃の威力を思い知る

私が千歳航空隊に移ってからの話ですが、三沢基地に司令官が来るから迎えに行って来るようにとの命令を受け、白菊で千歳から飛んで行ったことがありました。

白菊という飛行機は、航法や通信などの訓練を行なう機上作業練習機で、四～五人乗せることが可能で、輸送機としても使えました。ただ、武装は訓練用の旋回銃くらいしかありませんでした。白菊が千歳には沢山あり、その白菊で私は三沢基地に飛びました。

三沢基地に着いて目を見張ったのが「連山《れんざん》」でした。連山は、四発のエンジンを持つ日本では非常に珍しい大型の攻撃機でした。それが三沢基地の格納庫に一機だけありました。

一泊して、これから司令官を乗せて千歳に戻ろうという時に、米軍の襲撃を受けました。爆弾を抱いたドーントレスのような飛行機が次々と爆撃して行きました。その時は、とにかくただ逃げるしかなく、防空壕の中に逃げ込みました。これで爆撃が終わりかなと思っていると、次から次へと来るのです。火災が起きたので、消火隊が消火を始めると、次の攻撃が来るという具合で、一向に火を消すことが出来ませんでした。

全く反撃も出来ず、むざむざとやられるのを見て私は、戦闘機パイロットの意地から「零戦さえあれば！」と残念至極な思いでした。

私が「酷いもんだな」と呟くのを飛龍の艦攻パイロットだった角野《かどの》博治さんが聞いて「原田君、あれはな、『波状攻撃』と言って彼らの戦法なんだよ」と教えてくれました。私は角野さんとはこれが初対面でしたが、以前から「片足を国に捧げた隊長」と言われて、非常に部下から慕われていると噂に聞いていました。

波状攻撃というのは、米軍の戦術の一つなのだそうですが、日本は戦術の面でも遅れていました。結局、消火が出来ずに基地の飛行機から建物まで全て綺麗に燃やされ、三沢の航空隊は全滅してしまいました。連山も綺麗に燃やされていました。

陸軍に撃たれないようにと夜間飛行

私の白菊も当然やられただろうなと思っていたのですが、掩体壕《えんたいごう》の中に入れてくれてあり、運よく無傷で残っていました。

そこでその日のうちに飛びたい私と司令官で次のようなやり取りがありました。

「司令官乗って下さい。飛びます」

「駄目だ。昼間に飛んだら陸軍に落とされるから、まあ待て。夜になるのを待って飛べ」

「夜に飛べと言いましても、偵察員を乗せて来てないですよ」

「それはまあ何とかなるだろう」

「ええ、まあ何とかやりますけれども、出来れば昼間飛びたいんです」

「今は陸軍が何でも撃ってしまうから、落とされてしまうからやめてくれ」

私は仕方なく夜になるのを待つことにしました。当時は、米軍に何回も続けて攻撃されていたので、陸軍が飛行機と見れば何だって撃ってしまうのだそうでした。それだけ陸軍も必死だったのだと思います。

仕方がないので夜に飛びました。夜飛んで行ったのはいいのですが、千歳で降りる所が分からず、なかなか降りられませんでした。夜間着陸のためのカンテラと指導灯を並べて貰うまで、基地の上空をぐるぐると回りながら待っている間は、やきもきしました。ただ、私は千歳航空隊の時は少尉になっており、パイロットとしても一番のベテランだったので、司令官も安心して乗っていたのではないかと思います。

この時操縦したのは白菊でしたが、私は零戦をはじめとして、海軍のほとんどの機種に乗りました。九六陸攻まで乗りました。ですから、やろうと思えば陸攻で攻撃にも行けたと思います。乗らなかったのは、フロート付きの水上機くらいでした。操縦の仕方は、海軍の飛行機であれば、だいたい同じに作ってあり、問題ありませんでした。

片足を国に捧げた隊長

この時に乗せたのは、司令官と角野さんでした。角野さんが片足を国に捧げたと言われていたのは、ミッドウェー海戦の時に左足を飛ばされる程の負傷をし、左足が義足になっていたからでした。そのため、飛行機の操縦が出来なくなってしまっており、副官のような任務に就いていました。兵学校出の角野さんは、当時少佐くらいになっていたのではないでしょうか。

角野さんは、ミッドウェー海戦で艦攻隊の隊長を務め進撃しましたが、攻撃前にグラマンの襲撃に遭い、十三ミリの銃弾に左足首を貫かれてしまったそうです。それでも、おびただしく流れる血を何とか止めると、片足での操縦でミッドウエー攻撃を敢行しました。

攻撃後は、自爆も考えたようですが、偵察員二人と列機に励まされながら一時間以上も片足で機を操り飛龍に辿り着きました。そして、何回か着艦をやり直した後に、無事着艦したのだそうです。

五体が全て満足であっても着陸、特に母艦への着艦は至難の業でした。それをやってのけた角野さんの精神力には敬服の外ありません。また、同乗の偵察員二人と列機の励ましも立派で、彼らの置かれた状況を想像すると、万雷の拍手を贈りたいほどです。

三沢基地で敵の空襲から逃げ回った時は、角野さんのことを守るのに必死でした。私が角野さんに手を貸し、防空壕に入れてあげました。

防空壕というのは、入口をやられると、中も全部やられてしまうので私は嫌いでした。ですから、私は防空壕には入らずに、なるべく側溝に隠れました。角野さんのような人は、防空壕に入ると安心するので、防空壕に入れてあげたのです。その後私は出てしまい、側溝の中で寝ていたのです。実は、その方が安全なのです。

ただ、私も時々防空壕に入ったまま、角野さんと枕を並べて寝ました。それにしても気の毒でした。兵学校出のとても立派な人でした。角野さんとは、生死を共にした時間は僅かでしたが、その人柄は痛いほど肌で感じました。その後、角野さんはどうなってしまったか…。

「秋水」のパイロット養成

千歳航空隊では、「秋水」のパイロットを養成しました。秋水というのは、B29攻撃用としてドイツのメッサーシュミット「コメート」を基に開発されたロケットエンジンの戦闘機です。

B29は、高度一万メートルくらいで爆撃に来るのですが、零戦や日本の戦闘機では、一万メートル以上にはなかなか上昇出来ませんでした。

陸海軍が共同で開発研究をした「秋水」の復元。三菱重工名古屋航空宇宙システム製作所の「小牧南工場資料室」に展示されている。

著者（左）と共にガダルカナル島を彷徨った佐藤寿雄氏（右）。昭和 18 年（1943 年）頃

准士官に任官し将校用の第二種軍装（夏服）を着用し記念撮影する著者

私は、零戦で一万六百メートルまで上がったのが最高でした。一万メートルも上がるとエンジンがガタガタと回るだけで、上に上れなくなるのです。

また当時は、五千メートル上がったら酸素ボンベを付けることに決まっていましたが、私は六千メートルになった時に付けていました。呼吸器がだいぶ他の人よりも強かったようで、肺活量のテストをしても、メモリが一番上まで振り切れても、まだ息が残っていました。

私は高度が高くなるに従って低くなる気圧に対しても強かったです。富士山など高い山に登ったことがある人でしたら分かると思いますが、高い所に行くだけで、全身の能力が落ちてしまいます。当然思考力も落ちるのですが、私の場合は地上にいる時から低かったので、高空に上っても余り変わりませんでした。パイロットは、色々な身体能力の高さを要求されていました。

秋水は、開発が成功すれば一万二千メートルまでも上がれることになっており、離陸後は車輪を切り離して上昇し、急角度で下降しながら敵機を攻撃し、そのまま急角度で離脱し、滑空で着陸するという計画でした。

ところが、テストパイロットの犬塚豊彦大尉が秋水のテスト飛行で亡くなり、結局、実戦に投入されることはありませんでした。私は、もし秋水がB29を攻撃した場合、恐らく秋水も墜とされてしまったのではないかと思います。しかし、秋水一機とB29一機が刺し違えれば良いと考えていました。

当時は、戦局が差し迫った状況で、私が飛行訓練を受けた時のような、時間をかけた懇切丁寧な教育は到底出来ない状況で、とにかくすぐに実戦に使えるように指導しました。そのため我々は、B29からは照準がしにくく、こちらの命中率は高まるように、垂直に近い急角度で突っ込んでいく攻撃法だけを徹底的に訓練生たちに要求しました。

しかし、急角度での降下は難しく、自分では四十五度くらいで突っ込んでいると感じていても、実際には三十五、六度にしかならないのです。四十五度でも操縦者からすると、ほとんどフットバーに立っているような感じになるので、未熟な訓練生に垂直に近い角度を求めるのは、非常に酷なことではありました。

「深く深く！」と急角度を要求されることで、訓練生たちは機体を引き起こせず、地面に突っ込み、殉職する事故が続出しました。

そういった訓練を最初は零戦でやっていましたが、零戦が特攻機として持ち去られ、そのうちに九三中練になり、最後は機上作業練習機の白菊まで使って練習をするようになりました。

飛行機がなくなっただけでなく、燃料もまともなものがなくなっており、松の根っこから取った「松根油《しょうこんゆ》」などというものまで使われるようになっていました。燃料の質というのは非常に大事でした。米軍が鹵獲《ろかく》した零戦をアメリカのガソリンで飛ばしたところ、優秀な性能を示したという話もある程、飛行機の性能は燃料に左右されました。

もうこの頃になると、我々の間でも「戦争はもう駄目だな」という雰囲気になってしまっていました。

妻子を置いて特攻したベテラン佐藤寿雄飛曹長

霞ヶ浦航空隊にいた時に、海軍のお偉方が来て、特攻に志願して欲しいということを我々ベテランパイロットにまで遠回しに要求したことがありました。もう、その頃は特攻がほとんど成功していないことは我々は分かっていました。

霞ケ浦では、ガダルカナルで不時着し、一緒にジャングルを彷徨い、生きて帰った佐藤寿雄さんも一緒に教員をしていました。佐藤さんは私より二歳位年上でしたが、苦労を共にしたことから仲がよくなり、気安く何でも話せる間柄でした。

とても真面目だった佐藤さんは、「こうなったらしょうがない。もう俺は志願するよ」と言って、配られた志願の用紙に、行ってもいいと書いて提出してしまったのです。佐藤さんは既に妻帯しており、まだ小さな男の子が一人いました。

佐藤さんから、私も志願するようにと勧められましたが、私は志願しませんでした。私はそれまで、数々の死線を越えて来ていましたから、別に死ぬのが怖いということではありませんでした。ただ、操縦には絶対的な自信を持っており、ベテラン戦闘機パイロットとしての意地がありました。敵機と空戦しろと言われれば、いつでも喜んで行きますが、爆弾を抱いて行くのは、私の本望ではありませんでした。

ベテラン艦攻パイロットだった佐藤さんは、昭和十九年（一九四四年）十月十七日、台湾沖で特攻戦死しました。

生死の葛藤を超え笑顔で征った特攻隊員たち

特攻初期の頃の学徒たちは、まだまともな操縦が出来ました。ところが、終戦間際の頃の学徒は、離陸すらまともに出来ないような未熟な人たちでした。しかも飛行機が粗製乱造で質が悪く、整備も悪く、さらに燃料も悪いというような惨憺《さんたん》たる状況でした。そのような状況ですから、若い学徒の人たちが特攻に行くのを見るのは、余計に胸が痛みました。

私は、海軍の特攻第一号の関行男さんを指導したことはありましたが、特攻基地に勤務したことはなかったので、特攻隊員を見送る場面に遭遇したことはありませんでした。

私の戦友で『修羅の翼　零戦特攻隊員の真情』（光人社刊）の著書がある元零戦パイロット

の角田和男君は、何度も特攻隊の直掩をし、自らも特攻命令を受けたような人です。特攻隊の人たちが、どのように敵艦に突っ込んで行ったのかを実際にその目で見た角田君が、先の著書に認《したた》めていますので、その一部を引用させて貰います。

「中型空母に向かった一番機は、その前甲板に見事命中、大きな爆炎が上がった。二番機は戦艦の中央煙突の後ろ十メートルばかりに突入。この頃になってようやく防御砲火が猛烈となり、一番機の開けた穴を狙った三番機は、千五百メートルくらいまで突っ込んだ時、突然火を吐いた。やられたか、と瞬間胸が締め付けられたが、完全に大きな火の玉となりながら、確実に急降下を続け、一条の尾を引きながら空母甲板の中央に命中し、黒煙の中にさらに大きく爆発の火炎を上げた。

実に人間技とは思えない凄い気力である。緒戦時、被弾して着陸した操縦者がすでに何分か前に死んでいたはずだった、というような話を聞いたことがあり、これはだいぶ誇張された話だと思っていたが、この時、私は初めて真実に精神力の物凄さを見せつけられた。

米空母の乗員はどんなに感じただろう。私は南方に避退、高度四千メートルで太陽を背にして経過を見る。」

角田君のような人が生き残って、こうして特攻隊の真実を残してくれたことは、非常に意義深いことだと思います。その角田君が言うには、特攻隊員が特攻する前の晩は、ギラギラと異様に目を輝かせながら鬼気迫るような様子でいつまでも起きているのだそうです。眠くなるまで虚空を見詰め、ずっと座っていたという話でした。

ところが、翌朝になると、彼らはそうした弱みを一切見せずに、水杯を交して、皆明るく手を振って笑顔で飛び立って行ったのだそうです。角田君は、自分の弱い心に打ち克って、国のためにと笑って殉じた彼らを「俳優であれば最高の俳優ではないか」と讃えていました。

その角田君も今年（平成二十五年）の二月、亡くなってしまいました。戦後、角田君は、特攻隊員の遺族を全国に訪ね歩き、お参りするという慰霊の旅を続けていました。また、自ら世話人となり遺族を故人の戦跡に案内するなどの活動も積極的にしていました。

角田君は寝る前に、百何十人もの戦死者を一人一人思い浮かべながら、手を合わせて冥福を祈っていたといいます。誠に惜しい人を亡くしました。

コラム12　連合艦隊司令長官の横顔

連合艦隊は日清戦争時に、当時の第一艦隊、第二艦隊、警備艦隊を同時に統率するために編成されたのが最初である。日清戦争後に解散した後、日露戦争において再度編成・解散され大正十二年度以降は常設となった。日清・日露・大東亜戦争開戦時の連合艦隊司令長官の横顔を紹介する。

■伊東祐亨《すけゆき》（初代）在任：一八九四年七月十九日～一八九五年五月十一日

天保十四年（一八四三年）、薩摩藩（鹿児島県）に生まれる。元服後、父から武士として切腹の作法を伝授されたという。薩英戦争、戊辰戦争、西南戦争を歴戦している。

日清戦争開戦直前、初めて編成された連合艦隊の初代司令長官として伊東は旗艦「松島」（巡洋艦）に座乗。連合艦隊を率いて、清国の誇るドイツ製大型戦艦「定遠」「鎮遠」と戦った。明治二十七年（一八九四年）九月十七日の黄海海戦で、丁汝昌率いる北洋艦隊を撃破し、黄海の制海権を確保した。伊東は、かねてより肝胆相照らす仲であった敵将・丁に降伏と日本への亡命をすすめる親書を送っている。明治二十八年（一八九五年）二月十三日、北洋艦隊は遂に降伏。その前日、丁は伊東への返信をしたためた後、北京の空を拝して毒をあおいで自決していた。清国が丁の棺をジャンク船（帆船）で運ぼうとするのを、「智・仁・勇を重んじる大和武士の端くれとして看過いたすに忍びざるものがあり」といって、清から没収する予定だった商船「康済号」で移送させた。また康済号に向けて弔砲を撃ち、登舷礼式をもって最大の弔意を示した。

■東郷平八郎（第三代・第四代）在任：一九〇三年十二月二十八日～一九〇五年十二月二十日

弘化四年（一八四七年）、薩摩藩に生まれる。日清戦争で伊東の指揮下、巡洋艦「浪速」艦長として戦った。豊島沖海戦の際、清国兵千百人を移送中の英大型汽船「高陞号」を撃沈する事件が発生し、イギリスのマスコミから非難を浴びたが、イギリスの国際法専門家から、東郷のとった行為は国際法に則った正当な行為と認められている。

日露戦争開戦を控えた明治三十六年（一九〇三年）十二月二十八日に連合艦隊が再編され、東郷が連合艦隊司令長官となった。明治天皇に理由を尋ねられた山本権兵衛海軍大臣が、「東郷は運のいい男ですから」と答えたという逸話が残っている。

有名な日本海海戦で、東郷率いる連合艦隊は、バルト海から遠征してくるロシア大艦隊（バルチック艦隊）を迎え撃つこととなった。明治三十八年（一九〇五年）五月二十七日、旗艦「三笠」にZ旗が掲げられ、全艦隊に「皇国ノ興廃、コノ一戦ニアリ。各員一層奮励努力セヨ」と伝えられた。東郷は砲弾に晒される艦橋最上部で指揮を執った。

バルチック艦隊が八千メートルまで近づいた時、東郷は右手を高く掲げ、左回りにまわした。敵前で左に急旋回した三笠には、バルチック艦隊から一斉に砲撃が集中した。しかし、大回頭を終えた連合艦隊が攻撃を開始すると砲撃戦は日本の圧勝に終わり、翌日、バルチック艦隊は降伏した。

日本勝利の報は世界の人々を驚嘆させ、ロシアの圧政下にあった国や欧米に植民地化されていた国の人々は日本と東郷を称賛した。後に日本海軍と戦った米太平洋艦隊司令長官チェスター・W・ニミッツも、東郷を尊敬し続けた一人である。

■山本五十六（第二十六代・第二十七代）在任：一九三九年八月三十日～一九四三年四月十八日
明治十七年（一八八四年）、越後長岡（新潟県）に生まれる。日本海海戦では少尉候補生として巡洋艦「日進」に乗艦。戦闘で左手の指を失っている。

大東亜戦争開戦時には連合艦隊司令長官として、自ら構想した真珠湾攻撃を実行している。空母を集中運用し、大編隊の航空部隊で奇襲をかけるという作戦は世界的にも画期的なものだった。

山本は航空主兵論者で、海軍航空本部技術部長、海軍航空本部長を歴任し、その間、日本海軍航空兵力の技術開発・強化に取り組んでおり、それが緒戦での日本の連勝につながっている。

山本は駐米武官時代に、アメリカの圧倒的な国力を身をもって痛感しており、開戦直前まで対米戦回避を願っていた。また、米内光正、井上茂美と共に日独伊三国同盟にも強く反対している。山本はアメリカでも開戦に反対した悲劇の提督として知られている。近衛文麿首相に日米戦の勝算を問われた際に山本は、「半年や一年はずいぶんと暴れてご覧に入れますが、後はいけません」と答えたという。結果はその言葉通りのものとなった。

昭和十八年（一九四三年）四月十八日、ラバウルから前線視察に向かった山本は、暗号解読によって動きを掴んでいた米軍機によりブーゲンビル島上空で撃墜され、同年、国葬が執り行なわれた。

コラム13　特攻隊員たちが遺した言の葉

特攻による戦死者は五八四五名（海軍四一五六名、陸軍一六八九名）とされる。若くして散った彼らの心の内を知るには、彼らが自ら残したものを手掛かりとするのが、一番ではないかと思われる。茲に彼らの残した辞世の歌などを紹介する。

捧げたる生命にあれど尚しかも
　惜しみて遂に究め得ざりき
　　陸軍大尉　小林敏男（二十三歳）

皇国の弥栄祈り玉と散る
　心のうちぞたのしかりける
　　陸軍大尉　若杉潤二郎（二十四歳）

召され来て空の護りに花と散る
　今日の佳き日に逢うぞうれしき
　　陸軍大尉　長澤徳治（二十四歳）

己が身は九段に馨る桜花
　今日を名残と空母にぞ散る
　　陸軍少尉　熱田稔夫（二十歳）

神々の雲居にかへる嬉しさよ
　君に捧げし命なりせば
　　陸軍少尉　清原鼎實（二十歳）

一誠の捨身の気魂今ぞ知れ
　武士の道に清く散るらん
　　陸軍大尉　相川清司（二十一歳）

いきしにをこえてつらぬく一すぢの
　道すすむのみ大和男子は
　　海軍少尉　寺尾博之（二十四歳）

おやさしき我か祖母様よお先にて
　三途の川の浅瀬知らせむ
　　陸軍少尉　高田豊志（十九歳）

みくにいまただならんときつはものと
　召されて出でゆく何ぞうれしき
海軍七期兵器整備予備学生　和多山儀平（二十一歳）

吹くごとに散りて行くらむ桜花
　積りつもりて国は動かじ
海軍十三期飛行予備学生　梶尾久男（二十四歳）

春されば祖国のさくらに魁けて
　咲いて笑つて散る吾身かな
海軍十三期飛行予備学生　遠藤益司（二十三歳）

国の為世の為捨つる命こそ
　尊かるべし理はなく
海軍十三期飛行予備学生　宅島徳光（二十四歳）

うつそみはよし砕くともはらからの
　なさけ忘れじ常世ゆくまで
海軍十四期飛行予備学生　松吉正資（二十一歳）

人混みに笑みつつ送る妻よ子よ
　切なさすぎて吾も笑みつつ
海軍十三期飛行予備学生　石川延雄（二十三歳）

かへらじと思ふこころ乃ひとすじに
　玉と砕けて御国まもらん
陸軍大尉　菊池誠（二十二歳）

大君に仕えまつれと吾を生みにし
　吾たらちねぞ尊かりけり
陸軍少尉　今西修（十八歳）

「没我轟沈」　　陸軍大尉　森興彦（二十一歳）

「偶感」
語れば万言を費しても、
また語らざれば一言の要もなし
俺はその後者を選んだ
南の風が誘うように吹いてくる
海軍十三期飛行予備学生　安藤俊成（二十五歳）

「随想」　出発の朝（入隊に際して）
二十二年の生　全て個人の力にあらず
母の恩偉大なり　しかもその母の恩の中に
また亡き父の魂魄は宿せり
我が平安の二十二年　祖国の無形の力に依る
今にして国家の危機に殉ぜざれば
我が愛する平和はくることはなし
我はこのうえもなく平和を愛するなり
平和を愛するが故に　戦いの切実を知る也
戦争を憎むが故に　戦争に参加せんとする
我等若き者の純真なる気持を知る人の多きを祈る
二十二年の生　ただ感謝の一言に尽きる
全ては自然のままに動く　全ては必然なり
海軍十三期飛行予備学生　古川正崇（二十三歳）

著者がミッドウェー海戦後に乗り組んでいた空母「飛鷹」。飛鷹は客船「出雲丸」を建造中に改造した空母のため、住環境がゆったりとして快適だったという

建造中の貨客船「橿原丸」（かしはらまる）から改造された「隼鷹」。姉妹艦の「隼鷹」と「飛鷹」は「蒼龍」なみの航空機搭載量があった

著者が三沢基地から千歳航空隊に飛んだ時に使用した機上作業練習機「白菊」。戦争末期には特攻機としても使われた。しかし、250キロ爆弾を両翼に1つずつ下げ、航続距離を増やすために燃料を増設タンクに余計に積むと、スピードが185キロとなり、昼間の特攻では到底目的を達せられないため、特攻は主に夜間に敢行された

第七章　敗戦と戦後

玉音放送と徹底抗戦を唱えた小園安名司令

昭和二十年（一九四五年）八月六日に広島に、九日には長崎に原爆が落とされました。広島、長崎の惨状を聞き、いよいよ大変な事態になったとは思いましたが、軍人として日本が負けるとは思っていませんでした。

そして来る八月十五日、司令部から重大な放送があるからと言われて聞いたのが、玉音放送でした。よく聞き取れませんでしたが、日本が負けたことは理解出来ました。戦争が終わり、ホッとしたというのが、その時の私の正直な思いでした。ただ、これから国民がアメリカからどのような扱いを受けるのかと考えると、それだけが気がかりでした。

玉音放送を受けて、一部に徹底抗戦をしようとした人たちがいました。私が佐伯航空隊の時に隊長をされていた小園安名《こぞのやすな》さんもその一人でした。

終戦当時、厚木航空隊で司令をしていた小園さんは、玉音放送を聞くと総員を集合させると、「皇軍に降伏の文字はない！」と言って、自分と共に戦う者は隊に留まれ、そうでない者は故郷に帰れと訓示をしたそうです。そうしたところ、一人として立ち去る兵隊はいなかったといい、小園さんの人柄をよく現していると思います。

小園さんは、海軍のみならず、陸軍や国民に対しても徹底抗戦の檄《げき》を飛ばしました。私がいた千歳航空隊にも、檄文を携えた若い予備士官が零戦で飛来し檄を飛ばすという一幕がありましたが、司令の和田大佐に説得され事なきを得ました。

「俺一人でも戦う！」と言っていた小園さんは、結局軍法会議にかけられ、抗命罪で捕まってしまいました。とても部下思いの優しい人で、下士官兵も大切にしてくれ、私は非常に尊敬していました。徹底抗戦も国への想いが人一倍強く、真に純粋な思いからだったと思います。私には、小園さんの気持ちが痛いほど分かりました。

釈放後は、故郷で静かに余生を送ったようですが、名誉が回復された時には、既に亡くなっていましたので、本当に可愛そうなことをしたと思います。

ソ連軍相手のゲリラ戦準備

秩序を保っていた千歳航空隊でしたが、誰が言い出したのか「米軍が来たら、兵隊は全員去勢されて、南方に送られてしまう」といった噂が実《まこと》しやかに流れ始めると、俄《にわ》かに騒然とし始めました。

特に連合軍に被害を与えている我々零戦パイロットや航空関係者は、ただでは済まされないと言われて、証拠隠滅のために軍の機密書類をどんどん燃やしていきました。

それから二、三日後、今度は「ソ連が落下傘部隊で降下して北海道を占領する」という噂が流れてきました。ソ連は、日本が負けると分かった八月九日、日本との不可侵条約を破って突然満州に攻め入って来ていました。卑怯なやり方でした。

ソ連軍の満州での残虐非道ぶりを聞いて、米軍の去勢などよりももっと酷いことをされてしまうだろうと話がどんどんエスカレートしていきました。

戦後、満鉄にいた弟に聞いたのですが、弟が終戦で引き揚げた時の混乱は、ソ連兵の暴力から身を護るため女性が男装するなど筆舌に尽くし難く、一歩間違えばソ連軍に殺されていたかもしれないとのことでした。弟が抑留されずに帰れたことは幸運でした。

私はゲリラ戦をしてソ連軍を冥途《めいど》の道連れにすることを決意し、皆に声を掛けました。そして、賛同してくれた十五、六人の兵隊と一緒に食料や弾薬をトラックに積み込み、山に隠れる準備をしました。

家内と今生の別れの水杯

自宅に帰れたのは　終戦後一週間程経ってからでした。帰宅してからは、家内と共に軍関係の書類を必死に燃やしました。書類だけでなく、私も家内も幼少期からの写真まで全て燃やしてしまいました。

後になって考えると、せめて飛行記録だけでも残しておけば、約八千時間の飛行時間を証明できたのにと悔しい思いもありますが、当時とすれば、そうするしか選択肢がありませんでした。アメリカではなくソ連が攻めて来るという噂が、どんな些細な証拠でも残しては不味いという心理状態に我々を追い込んでいました。

書類などの焼却を終えた私は、一緒に居たいという家内を郷里に帰るようにと諭しました。ところが、家内はなかなか言うことを聞いてくれず、最後は涙ながらに説得しました。そして、今生の別れと水杯を交わし、家内に私の髪の毛と爪を形見として預けると、隊に戻って行きました。

そうこうするうちに、進駐して来るのは米軍ということが判明し、しかも穏健な占領政策を取っているらしいという情報も入り、我々は落ち着きを取り戻し、ゲリラ戦も取りやめることになりました。

八月三十日、連合国軍最高司令官のマッカーサーが厚木に到着し、ＧＨＱの日本占領統治が始まりました。そして、我々軍人も復員することになりました。

温かく迎えてくれた故郷の人々

復員するに当たり、海軍が我々に支給したのは、汚い毛布一枚だけでした。それでも当時は物の無い時代でしたので、兵隊たちは大切に持ち帰っていました。私は「中尉」としての誇りがありましたので、汚い毛布は帰る途中に捨てました。

私は、日本海周りの列車で帰る部隊の指揮官を命じられ、大先輩の小林大尉、一年先輩の橋本中尉と私が指揮官となり、部隊を三つに分けました。一つの隊が七、八十人いました。

列車が駅で停車する度にバラバラと何人かの兵隊が降りて行くのですが、その兵隊たちに向けられる一般人からの視線が非常に冷たいのです。私はとても心が痛みました。

もっとも敗残兵となった兵隊たちの格好がまるで汚い乞食のようで、蔑《さげす》まれても仕方がなかったのです。ポケットというポケットには、米など色々なものを入れて、その上、体に色々なものをいっぱい括りつけていました。復員後の生活が少しでも困らないようにと、皆格好など気にしていられなかったのです。

皆に注がれる視線を見ながら、自分はどんな目で見られるのかと心配しました。

ところが、地元の吉田駅に着いて、ドキドキしながら辺りを見回すと、我々に気付いた人たちが「ご苦労さん、ご苦労さん」と温かい声をかけてくれたのです。自宅が近づくにつれ、声を掛けてくれる人も増え、「ご苦労さん、ご苦労さん」と皆懐かしそうに声を掛けてくれたのです。村中の人がそうやって皆温かく迎えてくれました。

敗戦直後から、一般の人たちから急に白い目で見られるようになり、日本人に裏切られたと感じ、「我々が命を懸けて戦ったのは一体なんだったのだろう?」と自問自答をすることすらあった私にとって「ご苦労さん」の言葉は、何よりも心に響きました。「『国破れて山河あり』という言葉はきっとこのことを言うんだな。これが故郷というものなんだな」と、しみじみと感じました。

ＧＨＱのジープに緊張する日々

戦争が終わり、私は家族を養うために仕事を探さなければなりませんでした。ところが、ＧＨＱ（連合国軍最高司令官総司令部）の政策で、私のような職業軍人は公職追放を受け、公共施設では働けませんでした。民間の会社でも良い顔はされず、雇ってくれませんでした。そこで、仕方がなく慣れない実家の農業をすることにしました。

ＧＨＱからは「戦歴を書いて提出せよ」と言われ和文と英文の両方で書いて提出させられた

り、「二日以上家を空ける時には、行き先と目的を報告するように」と命じられたりもしました。畑仕事中に、ＧＨＱのジープが通る度に、「戦犯として捕えられるのではないか?」と緊張する日々が数年間も続きました。

ＧＨＱのこのような扱いに、私はただ黙って従いました。ＧＨＱが日本が二度と歯向かわないようにする政策を取っていることはある意味当然と言えば当然と思いました。しかし、それはしょうがないとしても、当の日本が、戦争に負けた途端に、命懸けで国を守ってきた者たちを守ろうともしませんでした。

また、日本人自身が、戦争に負ける前は、あれ程我々兵隊を「兵隊さん！ 兵隊さん！」と尊敬していたのに、負けた途端に冷たい眼になり、我々兵隊を嘲るような目で見るようになり、がっかりしました。そういう日本人を見て、私は、日本人にはもう少し大和民族としての誇りを持って欲しい、もう少し何とかならないかなと、正直思いました。

そうした日本人の仕打ちに対して、私は終戦時に既に二十九歳になっていましたので、まだ自分を抑えることが出来ました。しかし、若い予科練の人たちはだいぶぐれてしまい、予科練をもじって「与太練」とあだ名されていた程でした。

私は、子供の頃から日本は「神国」で日本の方針は常に正しいとずっと信じていましたが、戦後の体験から、「日本という国もあまり立派な国ではないのではないか」と感じるようになってしまいました。

戦後十年程、私は毎晩のように、敵機との空戦の夢を見てはうなされました。それが不思議なことに、実戦では一度も敵機に後ろに回られたことなどないのですが、夢の中ではいつも私が追われているのです。逃げても逃げても敵機はどこまでも追いかけて来て、追い詰められて「うわーっ！」と悲鳴を上げたところで、家内が心配した様子で起こしてくれるのでした。

お国のためにと戦った戦友たちが、国民から忘れ去られ、尊い死を無にされていることを思えば、私のこのような苦しみなど、当然であると思うようになりました。そして、これから先、命が続く限り、戦友の霊と志を背負って生きることを心に誓いました。

東京裁判への不信感

日本は戦争に負けたのだから、もっと悪くなってもおかしくはなかったと私は思っています。進駐して来たのがアメリカだったことは、非常に恵まれていたと思います。私は、「もしソ連が進駐して来たら、日本が二つに分断されてしまう」と心配していました。

ただし、アメリカが中心となって行なった「東京裁判（正式名称は極東国際軍事裁判）」については、ただ勝った国が負けた国をいじめているだけのものだと思いました。裁判と言う限り、公平でなければいけません。しかし、東京裁判は全く公平ではありませんでした。

裁かれたのは日本の戦争行為だけで、アメリカが行なった広島、長崎への原爆投下による大量虐殺や、東京大空襲に代表される一般市民の無差別大量殺戮など、戦勝国側が行なったことは全て不問にされていました。ですから私は、東京裁判には強い不信感を持っています。

そのような中で、裁判官の中でただ一人国際法の専門家だったインドのパール判事が、被告人全員の無罪を主張したのは、唯一の救いでした。

ただ、当時のアメリカ政府の取った態度や、その後のアメリカの一般人との交流を通して、アメリカという国は、まあまあいい国だと思っています。アメリカもイギリスも親しみある国民性だと思います。

ガダルカナルで撃墜した米軍パイロットとの再会

戦後もずいぶん経ってから、空戦で戦った敵の二人と劇的な再会を果たしました。

一人目は、ガダルカナルで一騎打ちをしたアメリカ人のジョー・フォス氏です。平成三年（一九九一年）にアメリカ・テキサス州のミッドランドで催された「日米開戦五十周年記念式典」に、私を含む日本のパイロットたちが招かれた時の出来事でした。日米の歴戦の勇士たちが集

ガダルカナルで撃ち合ったジョー・フォス氏と

若き日のフォス氏

まった席で、私がガダルカナルでのグラマンＦ４Ｆとの一騎打ちの話をしたところ、フォス氏が「その相手は僕だ！」と叫んだのでした。殺したと思っていた相手が、生きて笑顔で私の前に立っていることに、只々「よかった！」と喜びが込み上げてきました。

この日が初の空戦だったというフォス氏は、運よく真下にあった味方の飛行場に降りることが出来たのだそうです。彼のグラマンには、私が撃った二百五十発以上もの弾痕があったとのことでした。

フォス氏は、私と戦った後も戦い続け、撃墜を重ね、米海兵隊では二位となる二十六機を撃墜したとのことでした。格闘性能では零戦に劣るグラマンＦ４Ｆで、零戦を相手によく戦い続けたと感心しました。

彼は、朝鮮戦争にも空軍大佐として従軍し、その後は、出身地のサウスダコタ州の知事を勤めたとのことで、堂々として立派な人物でした。我々は、かつての敵との奇跡的な再会を、互いに喜び合いました。

余談ですが、このアメリカ滞在中、私たちはどこに行っても「ゼロファイター、ゼロファイター」とまるで英雄のように扱われ、驚きました。嘗ての敵国のパイロットに対して敵意ではなく、羨望の眼差しを送ってくれる様に、お国柄もあるのでしょうが、強いものは理屈抜きに認めるというアメリカ人の素晴らしさを感じました。

かつての敵イギリス軍パイロットと涙の握手

二人目は、コロンボ空襲の際に追いかけ回して、田んぼに突っ込ませたイギリス人のジョン・サイクス氏です。イギリス人のジャーナリストからサイクス氏が生きていることを知り、彼の尽力で平成十三年（二〇〇一年）にサイクス氏を訪ねました。

私は、彼が苦しみながら田んぼに突っ込んだのを見ていたので、まさか生きているとは思っていませんでした。サイクス氏の方では、私が生きていることを知り、田んぼの中に突っ込んだ自分に止《とど》めを刺さずに引き上げた零戦パイロットが一体どんな人物なのか、是非会ってみたいと思っていたそうです。

ところが、サイクス氏の友人の元軍人たちの間には反日感情が強く、彼らは「零戦パイロッ

ABOVE Kaname Harada
(left) at Yeovilton with
Cdr John Sykes (right)

著者が撃ち墜としたジョン・サイクス氏との再会

著者の飛行メガネと飛行帽。飛行メガネは、サイクス氏に贈呈された後にイギリス国立太平洋戦争博物館に寄贈された。飛行帽は、アメリカ太平洋戦争博物館に寄贈されている。

サイクス氏より著者に送られた楯。若き日のサイクス氏の写真があしらってある

トは人殺しロボットだ」「人殺しを喜んでやる日本人とは一生口を聞くのも嫌だ」などと言って、私と会うのに強く反対していたそうです。それでもサイクス氏は、私との再会を希望しました。サイクス氏が心臓病で車椅子の生活だということで、私が家内と共にイギリスの自宅に訪問しました。

かつての「敵」は、とても優しい目で我々夫婦を迎えてくれました。そして、片手で自由が利かない脚を支え、「ヨウコソ」と、もう片方の手を差し出したのでした。私は、彼の手を固く握り締めると、私の目からは涙がとめどなく溢れてきました。

「止めを刺さないでよかった!」私はしばらく言葉が出ませんでした。

空戦の当日の四月五日は、復活祭というキリスト教徒にとって重要な祭日だったそうです。彼は朝食中に「零戦襲来!」との報せを受け、すぐ飛び立ったとのことでした。

サイクス氏は「そんな昔に撃墜されたことは、全く問題ではない。それより朝食の途中に緊急出動させられたのには参った」と言って、その場の雰囲気を和ませてくれました。その後は、お茶を飲みながら、当時の話に花を咲かせました。

私は、同じ戦闘機パイロットとして、どうしても聞きたかった事を彼に尋ねました。それは、彼が機体を巧みに滑らせて私の執拗な攻撃を悉く避けた技術についてでした。サイクス氏の答は「あれは避けていたのではなく、君の攻撃で操縦が利かなくなっていただけだよ」という予想外のものでした。私は彼と目を合わせ、しばらく笑いが止まりませんでした。その当時、イギリス軍では機体を滑らせる技は、無かったようです。

サイクス氏も私と同様、人と人が殺し合うという極限の体験をした者同士が生きているのならば、仲直りをするべきだと思っていたようでした。彼の奥さんも、関係者の皆も温かく我々夫妻を歓迎してくれました。嘗ては敵だった我々でしたが、この時、心の底から再会を喜び合い、「世界平和と不戦の思い」を共有することが出来、本当に素晴らしい出会いとなりました。

捕虜という心の負い目を背負った零戦パイロット

戦後、ロサンゼルスのチノの航空博物館に招待された時に、航空博物館の職員にドイツで捕虜になったという人が二、三人いました。私は、「よく捕虜になって航空博物館のような所の要職につけたものだ」と感心しましたが、アメリカでは捕虜について日本のようにやかましく言わないのだそうです。それどころか、捕虜を人事を尽くして天命を待った人たちと捉えており、却って捕虜になった人の努力を大いに認めているということでした。

もし日本が戦争に勝っていたとしたら、敵国の捕虜になった人たちは日本国籍を永久に復活出来なかったのではないかと思います。日本人は、余りにも命を軽く扱い過ぎたと思います。

誰だって捕虜になりたくてなっているのではないのです。

私の戦友で米軍の捕虜になり、生きて日本に帰って来て靖国神社に行ったところ、既に自分が神様として祀られてしまっていたという人がいます。

その人は中島三教《なかしまみつのり》さんという元零戦パイロットです。中島さんと私は大分航空隊で一緒に教員をしており、特に親しかった一人で、家も隣同士で家族ぐるみの付き合いをしていました。

中島さんは、ガダルカナル空襲の際にエンジン不調で無人島のような島に不時着しました。不時着したのを味方が見ていたので、迎えに来てくれるだろうと思ったそうです。

ところが、無人島だと思っていた島には原住民がおり、彼らが近寄って来たので中島さんが慌ててピストルを向けたところ、「ヘイタイサン、ヘイタイサン」と言うので、親日の人たちかと思いすっかり気を許してしまったのだそうです。その隙をつかれてピストルを取り上げられ、イギリス軍に身柄を売り渡されてしまいました。

その後、中島さんはガダルカナル島の収容所に連れて行かれたのですが、そこにはガリガリに痩せた日本の陸軍の兵隊が数十人捕えられていました。飛行機乗りで元気だった中島さんを見た陸軍の兵隊から、「貴様、人間食ってたんじゃないか?」と言われたそうですが、最初はピンと来なかったと言います。

彼が捕虜になりガ島に居たのは、昭和十八年（一九四三年）の初めの頃だったので、私がガ

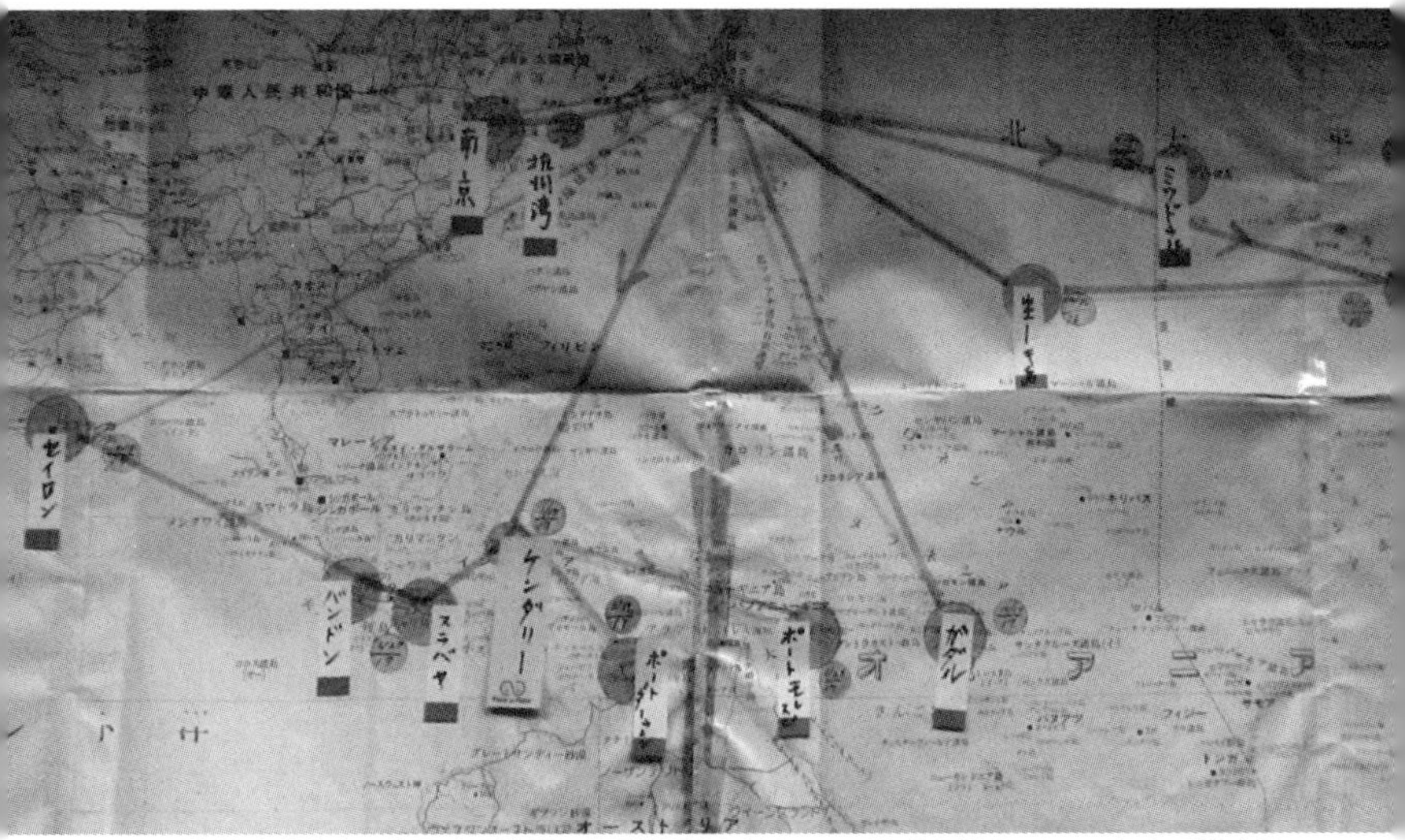

著者が講演時に使用する地図。行動範囲は東はハワイから西はセイロン島まで達する

自らの体験を語り平和の大切さを訴える。平成 25 年（2013 年）5月、長野市鬼無里公民館にて

平成 10 年（1998 年）頃。預かっている幼稚園の園児に囲まれて笑顔の著者

島で死闘を演じ脱出してから数カ月経っており、ガ島の日本軍の状況は益々悪くなっていたのではないかと思います。

中島さんは、最終的にはアメリカに連れて行かれたのですが、日本からアメリカ本土に飛んで来る「風船爆弾」が山火事を起こすので、防火用の道路を作るために木を伐ったりさせられたと言います。しかし、敵のアメリカ人の言うことなど、まともに聞かなかったそうです。

それでも、米軍の待遇は悪くなかったそうで、食事でも一週間に一度はご飯が出て、時々ビールまで出たと言います。また、決まった人数で、決まった時間内で、多少の監視はついたそうですが、集団での外出も許してくれたそうです。

中島さんは、終戦で日本に帰れることになった時に、嬉しさよりも、捕虜になった自分がどう扱われるのか、気が気でなかったと言います。人様から「捕虜」と見られることをとても心配し、恐る恐る日本に帰って来てみると皆が歓迎してくれたので、驚くと共に、本心なのだろうかと初めの頃は素直に取れなかったそうです。

また、日本に帰って来て、もし長男が捕虜の息子といじめられるようなことがあったら、「子供を殺して自分も死のう」とまで思い詰めていたのだそうです。いざこざが無くて本当に良かったと思います。

中島さんは、戦後は八百屋をやったのですが、損得勘定抜きで皆に喜ばれる八百屋を目指して商売をしているうちに、周りの人たちからも認められ、青果組合の会長を任されるまでになりました。中島さんは、「戦死した人がいっぱいいる中で、俺は命を永らえたのだから、生きていることに感謝しなければならない」と思い、善光寺にお参りをしようと思い立ち、組合員を誘って、私の地元の善光寺に来たのでした。たまたま私も生きていたので、私を訪ねてくれ、互いに久しぶりの再会を喜びました。

中島さんは捕虜になったことを「恥」と思っており、「零戦搭乗員会」などの集まりに出ていませんでした。私が出るように誘うと、「俺は捕虜だからね…」と力ない返事が返ってきました。私は「捕虜でも、今こうして生かして貰っているんだもの、いいじゃないか。皆しっかりした扱いをしてくれるから大丈夫だよ」などと一生懸命誘いました。そして、ようやく彼も顔を出すようになったのです。

そして、零戦搭乗員会で一緒になった折に中島さんと靖国神社にお参りに行ったのですが、彼としては自分が祀られている所へのお参りは、こそばゆい感じがしたようです。その時、中島さんと私は連れ立って社務所に行き、中島さんが祀られているのを除籍をしてくれるようにお願いしました。ところが、一旦神籍に入った人は除籍出来ないと堅苦しいことを言われ、断念せざるを得ませんでした。

敵前逃亡と捕虜は違います。勇敢に戦って、結果として捕えられてしまったのが捕虜なのです。ところが、軍人は「生きて虜囚《りょしゅう》の辱《はずかしめ》を受けず、死して罪禍《ざいか》の汚名を残すこと勿《なか》れ」という言葉で有名な「戦陣訓」というものに強く縛られており、捕虜になることは恥だと思われていました。それでも我々海軍の方はまだましでしたが、陸軍では戦陣訓を金科玉条の如くに思われていました。

日本人も捕虜というものに対する理解があれば、あれほど多くの人が死なずに済んだのにと悔やまれます。しかし、残念ながら、平和の中に生まれて、平和の中で育った今の若い人たちには、私のこういった話は余りピンと来ないようです。

戦後も「艦攻精神」を堅持した戦友

戦後、だいぶ経ってからになりますが、蒼龍で一緒だった森拾三《じゅうぞう》君が経営するお店を訪ねたことがありました。森君は兵隊では二年、操練では三期私の後輩で、坂井君と同期の三十五期でした。森君とは、戦闘機乗りと艦攻乗りという守る守られるの関係だったこともあり、互いに親しく信頼し合っていました。普段は誠に真面目で温順《おとな》しい性格でしたが、戦闘に臨んでの度胸は据わっており、まさに艦攻パイロットになるために生まれて来たような男でした。

パイロットを目指す若者たちは、機種が決定される前に、一応希望の順位を提出し、選定の参考とされたのですが、多くの者が戦闘機や艦爆という一見華々しい機種を選びたがるのに対して、森君は第一希望、第二希望、第三希望とも全て「艦攻」と書いたそうです。

真珠湾攻撃の時は、雷撃隊として出撃し、指揮官が目標艦を誤ったのに魚雷発射直前で気づき、高角砲が炸裂する中で雷撃をやり直し、敵戦艦に見事に魚雷を命中させていました。

その森君が、東京で「馬車屋」という飲み屋を営業し、戦友たちを慰めているというので、私も顔を出してみたのです。お店はかつての戦友たちで賑わい、とても繁盛していました。

森君は、手首から先が無かったのですが、それは私が負傷したガダルカナルでの戦闘の時に負ったものでした。森君は、我々飛鷹の零戦隊に掩護された隼鷹艦攻隊の一員でしたが、先に記したように、艦攻隊は爆撃直前にグラマンからの奇襲を受けてしまったのです。

我々の零戦が付いていたとはいえ、艦攻とのスピード差は如何ともし難く、ジグザグ飛行をする零戦は、どうしても艦攻隊から離れる時が出来てしまうのです。

この時、戦闘機隊の指揮官だった志賀淑雄《よしお》さん（海兵六十二期）は、この時のことを振り返って、指揮官としての責任を感じつつも、「一撃だけはどうしても守り切れないことがあるんだよ。しょうがないじゃないか」と、自分に言い聞かせるように話していたことがありました。

森君は、グラマンからの攻撃を受け、コクピット内に血しぶきが飛び散ったそうです。それと同時に、操縦が利かなくなったことをおかしいと思って手を見ると、右の手首から先がグラマンの機銃で吹っ飛ばされてしまっていたのです。私の左腕も機銃弾の直撃だったら、その先が取れてしまっていたでしょう。

自爆しようとした森君は、後席の人に思い止まるように説得されて、何とか左手一本でガ島に不時着したのです。そして、運良く友軍の野戦病院で手術が出来、一命を取り留めたのでした。その時、やはりガ島に不時着して私と行動を共にした佐藤寿雄さんの艦攻を除いて、他の七機の艦攻は全てやられてしまいました。襲って来た敵のグラマン二十八機は、戦闘機隊が全て叩き落とし、私が不時着した以外は、全員無事に帰っていました。

私がガダルカナルから内地に戻り呉海軍病院に入院していた時、森君も一緒に入院していました。当時彼は上飛曹で、私は准士官で部屋は別々でしたが、時々彼の病室を見舞いました。失った右手の代わりに左手を使えるようにするため、毎日一生懸命に左手で習字の練習に励んでいた森君を私は激励し、共に将来についての希望を語り合いました。

森君は、片足を国に捧げた隊長と言われていた角野さんと共に療養していたこともあったそうで、その時に角野さんから「たとえ身体は不具になったとしても、精神的不具者にはなるな！」と励まされたと言います。

久しぶりに再会したお店での森君は、軍隊の時の雰囲気がまだ残っていました。当時はまだ、元軍人が荒れていたこともあり、私が飲んでいると、飲みながら人の嫌がるような不遜な態度をとっている元軍人がいたのですが、その人に向かって「そんなこと言っているなら帰れ！金なんか要らないから、帰れ！」と怒っていました。

戦時中、特攻隊の人たちのように、自分の命を国のためにと死んで行った人たちを見てきた森君は、自分勝手なことやわがままを言う人を見ると、我慢出来なかったのです。元軍人が一般の人たちの模範となるような飲み方をするなら良いけれども、そうでない人は、たとえお客さんであっても許せなかったのです。

正義感に溢れる森君は、相手が一般人であっても、他人に迷惑を掛けるような人には、損得を考えずに対応したと言います。また、彼のその対応から却って有名になり、繁盛したようです。森拾三という男は、そのように純粋で昔のパイロット気質で生一本な人でした。

私も当時商売をやっていたこともあり、商売の視点から「商売をすると嫌な思いもするけれど、お客さんはお客さんだから我慢しなさい」と先輩として助言をしましたが、そういう私自身も商売には向いていないと人から言われたことがありました。森君も私も、自分が生きた過去に対して誇りを持っていました。誇りを持っているので、戦後の世の中では、気に入らないこともだいぶ出て来るのです。

確かに「郷に入っては郷に従え」ということは大事だと思います。しかし、自分の誇りを持ち続けることの方が大事だと私は思います。誇りがあれば、その誇りを傷つけるようなことはしまいと思うし、人の嫌がることはしないようにと歯止めになります。

森君は、失った右手について「お国のために捧げたのだから、決して後悔していない」と言っていました。やれるだけのことをやったということが、誇りになっていたのです。

そして、生き永らえた償いのため、居酒屋をやり、特に後輩たちの面倒を見て、後輩たちが「さすが海軍パイロットだ」と言われる人物へと導くことに余生を使いたいと言っていました。晩年までお店をやっていたようですが、最後まで「艦攻精神」を持ち続けた素晴らしい男でした。

ミッドウェー慰霊の旅

戦後私は、各地に祀られている戦死した先輩・後輩に鎮魂の祈りを捧げてきました。振り返れば、私の罪悪感はずいぶんと慰められ、関係者には感謝の気持ちでいっぱいです。

しかしながら、一つだけ心に残ることがありました。それは、私の目の前で火達磨となって墜ちて行った長沢源造君への慰霊の祈りでした。私の誘導のまずさから、長沢君を海の藻屑としてしまったことは、悔やまれるばかりで、私にとって痛恨の極みとなっていました。

それまでもミッドウェー海戦の日米合同の慰霊祭やシンポジウムに二回参加したことがありましたが、長沢君をはじめ、多くの戦友（ミッドウェー海戦の日本側死者数は約三千人と言われている）に慰霊の誠を捧げたいと、ずっと願い続けてきました。

その願いが、平成二十二年（二〇一〇年）六月一日から七日までの「日米ミッドウェー海戦の戦死者合同慰霊祭並びにシンポジウム」に参加し、主催者である太平洋航空博物館（ハワイ、オアフ島）の好意で実現することとなり、私は多くの関係者の尽力で、ミッドウェーまで行くことが出来ました。

先ず、ハワイのホノルルから飛行機でミッドウェー島に渡りました。日本から参加した二十一名の中で、私が最高齢でした。

初めてこの足でミッドウェー島を踏みしめた私は、六十八年前にこんな小さな島の争奪のために、日米の多くの若者たちが血みどろの戦いをしたことを思うと、何とも言えない複雑な気持ちになりました。所狭しと軍事施設が立ち並んでいたというミッドウェー島も、今では海鳥たちの格好の棲み家となっていました。

ミッドウェー島の慰霊碑前で日米の元兵士とその遺族約二百人が参列し、慰霊祭はしめやかに挙行されました。我々は、敵味方を問わず、戦争犠牲者の慰霊、特にミッドウェー海戦に尊い命を捧げられた将兵の武勲顕彰を行ないました。

その後、船でサンド島沖に出港し、私は洋上にて「慰霊の辞」を海底深く眠る英霊の皆さんに届きますようにとの思いで、涙声で奉じました。

老体に鞭打って、何とかミッドウェー洋上に来て、三番機の長沢君をはじめ多くの戦友たちの御霊《みたま》に、やっと哀悼の意を表し、安らかにお眠り下さいと祈ることが出来、私は感動に震える思いでした。

あの日から六十八年という歳月が経過していましたが、矍鑠《かくしゃく》としてここまで来た老兵を英霊たちはきっと許してくれたでしょう。投下した滄海の波間に漂う鎮魂の花輪を眺めながら深く頭を垂れると、洋上を渡る風がスーッと吹き抜けたような気がしました。

その後のシンポジウムでは、ミッドウェー海戦でかつては敵だった元兵士と交流を持つことも出来ました。彼らとは、互いに不戦の誓いをし、恒久平和の尊さを次の世代に語り継ぐことを話し合いました。整備員をしていたという彼らの話によると、ミッドウェー海戦を戦ったパイロットたちは、もう誰一人生きていないということで、一抹の寂しさを覚えました。

非人道の極みであった極限の戦場で、日本の将兵もアメリカの将兵も、只ひたすらに祖国の安泰と愛する家族を護る一念で戦い、散華して行きました。戦後の日米の相互信頼の絆は、とりもなおさず英霊の皆さんが残された尊い犠牲の賜物であり、末永く受け継がれ、益々顕彰されることを確信し、念願しています。

ミッドウェーの海と空は六十八年前と同様に蒼く、まるで時が経ったのを忘れさせるかのようでした。このミッドウェー行きは、私にとって最後の祈りの旅となりました。

平成 22 年（2010 年）6月2日、ミッドウェー洋上で「慰霊の辞」を奉じる著者

海鳥が飛び交うミッドウェーの海に著者らは花輪を捧げた

戦闘機と雷撃機の整備員だったというアメリカ人の元兵士と交流した著者（左）

著者ら元日本兵がハワイ・オアフ島の太平洋航空博物館に訪問したことを報じた 2010 年 6 月 5 日付けの「The Honolulu Advertiser」紙

コラム14　戦後のＧＨＱによる占領政策

昭和二十年（一九四五年）八月十五日、日本はポツダム宣言を受け入れ、連合国に降伏した。八月三十日、連合国軍最高司令官ダグラス・マッカーサーが、神奈川県厚木飛行場に降り立った。そこは二週間前まで特攻隊の訓練基地だった。マッカーサーの命令により、厚木に残っていた零戦のプロペラは全て外されていた。この日から、昭和二十六年（一九五一年）四月十一日に日本を離れるまで、マッカーサーは日本の占領政策を統括した。日本は九月八日、サンフランシスコ平和条約に調印し、翌年四月二十八日、主権を回復した。

マッカーサーは当初、次のような占領プランを描いていた。第一に軍事力の破壊、戦犯の処罰、代議制の確立、憲法改正、普通選挙制の導入、婦人参政権の導入、政治犯の釈放、小作農の解放、自由労働運動の確立、自由経済の促進、警察による弾圧の廃止、報道の自由の推進、教育の民主化、政治権力の分散化、宗教と国家の分離。軍国主義日本に自由と民主主義をもたらす施策のように見えるが、最も重要な目的は、「日本が二度とアメリカにとって脅威とならないようにすること」だった（初期対日政策）。そのために、日本の国のあり方を根本的に変え、自国の歴史に対する罪悪感を植え付け、日本人の精神を徹底的に弱体化する政策が実行された。それがいまなお日本人の心を蝕み続けている。

■公職追放

昭和二十一年（一九四六年）と昭和二十二年（一九四七年）、二回に亘って公職追放令が出された。戦時中の指導層を公職から追放し、政治的影響力を断つことが目的だった。約二十一万人が対象となった。最も多かったのは旧軍人（約八割）で、次いで政治家、大政翼賛会地方支部長（町村長）であった。

■航空機生産の禁止

日本は、「零戦」を生み出すなど優れた航空機技術を誇っていたが、敗戦直後、日本国籍の航空機の飛行は禁止され、航空機の生産・研究・実験など一切の活動を禁止させられた。昭和二十七年（一九五二年）四月になって、ようやく「兵器・航空機の生産禁止令」が解除された。

■憲法改正

昭和二十年（一九四五年）十月、マッカーサーは日本政府に憲法改正の検討に入るよう示唆した。

しかし、改正案が保守的な内容だったため、マッカーサーは「天皇制存続、自衛権を含む完全な戦争放棄、封建制の廃止」という基本方針を示し、民政局に新憲法草案の作成を命じた。ホイットニー民政局長は、民政局員がたった六日間で作成した草案を日本政府に提示し、受諾を求めた。日本政府は、三月六日に「憲法改正草案要綱」を発表。十一月三日に公布された。こうして、占領軍の手で作成されたものが、国の基本的なあり方を示す最高法規となり現在に到っている。

■極東国際軍事裁判

昭和二十年（一九四五年）九月十一日、戦犯容疑者逮捕令が発せられた。百名を超える容疑者の中から、A級戦犯容疑者が絞り込まれ、二十八名が起訴された。「極東国際軍事裁判（東京裁判）」は昭和二十一年（一九四六年）五月三日に開廷され、昭和二十三年（一九四八年）十一月十二日に判決が申し渡された。これは根拠法のない裁判で、連合国による一方的な復讐劇であった。東條英機ら七名が絞首刑となったが、十一名の判事の中で、ただ一人国際法の専門家であったインドのパール判事は全員無罪の判決を下した。この裁判で、日本人は初めて「南京大虐殺」なるものを耳にするが、検察側・弁護側の主張・立証を精査すれば、大虐殺が捏造されたものであることは明白である。

■言論統制・検閲

昭和二十年（一九四五年）九月二十一日に「プレスコード」が発令され、情報の統制・検閲が始まった。翌日「ラジオコード」が発令され、日本放送協会（ＮＨＫ）はＧＨＱの完全支配下に置かれた。検閲は「ウォー・ギルト・インフォーメーション・プログラム（戦争についての罪悪感を日本人の心に植えつけるための宣伝計画）」に従って行なわれ、戦前に発行された図書も徹底的に焚書処分された。ＧＨＱによって都合よく描かれた大東亜戦争の姿が、ＮＨＫのラジオ番組『眞相はかうだ』『眞相箱』を通じて放送され、日本軍による残虐行為が語られ、日本は軍国主義国と断罪され、日本人には罪悪感が植え付けられた。

■教育改革

昭和二十年（一九四五年）十二月三十一日、「修身、日本歴史及ビ地理停止ニ関スル件」が発令された。昭和二十三年（一九四八年）六月十九日、明治以来、日本人の道徳観を涵養してきた「教育勅語」が両議院での決議の結果、廃止された。これにより日本人の精神的支柱も奪われてしまった。

水兵となり初めて乗り組んだ駆逐艦「潮」

初めから空母として設計され建造された世界初の空母「鳳翔」。飛行甲板の長さ：168.25m（後に 180.8m）、幅：22.7m　著者は航空兵器員として乗り組んだ。

ミッドウェーの海から著者を救った駆逐艦「巻雲」

敗戦による武装解除でプロペラを取り外され放置された厚木基地の零戦など海軍機

第八章　次代を担う人たちへ

日本に堂々と独り立ちして貰いたい

戦後私は、実家の農業の手伝いに加えて、酪農、八百屋、牛乳販売店、本屋、リンゴの買い付けなど実に様々な仕事をやり、家内と共に懸命に働きました。

昭和四十年（一九六五年）、地元の団地の初代自治会長を務めたのがきっかけで、託児所を開設しました。その後、託児所がどんどん発展して幼稚園となり、園長を務めることとなり、いつしか幼児教育は私の天職と思うようになりました。九十七歳となった今でも、毎日園児たちと触れ合うのを楽しみに過ごしています。

戦後の日本は、生き方とすれば、戦争というものをしない国になり、復興のために努力した世界に模範的な国ではないかと思います。ただ、私が不満なことは、日本の立場を堂々と表明していないことです。中には、あなたは日本人ですか？　と疑いたくなるほどに他国を利する言動をしている政治家が見受けられます。更には、戦時中、日本だけが悪いことをしたと近隣諸国に頭を下げて回っている政治家までおり、国と国の本当の友情を阻害しています。彼らには、日本人としての、人としてのプライドがないのだろうかと疑いたくなってきます。

もう少し自分の立場というものをしっかりと考えて、よその国から色々つまらないことを言われても、ビクビクと怯えることなく、堂々と立ち向かって、日本の立場はこうなんだと言わなければいけません。そういう今の日本の立場をはっきりと表明出来る根性の据わった政治家を選ばなければいけないと思っています。

ところが、政治家は選挙で選ばれる時にはまことに一般受けのすることを言うけれども、一旦当選してしまうと、どうしても自慾が出てしまうのではないでしょうか。つい、つまらない発言をしてみたり、心ないうまいことを言ってみたりしています。

ですから最近、私は選挙に行くが嫌になってしまいました。立候補している人の話を聞いていると、良いことを言うのです。それで、これはしっかりした政治家になるのかなと思って投票をすると、いつの間にかおかしな、ひょろひょろして突かれればくじけるような政治家になってしまうので、嫌になってしまっているのです。日本の政治家は実に頼りないです。

それでも、今の若い人たちはだいぶしっかりしてきてくれました。今、日本はとても良くはなっています。しかし、未だに独り立ちしていないと思います。

先の戦争で学徒出陣した人たち、彼らには将来有望な人が随分いたと思います。ああいう若い人たちを特攻隊のようなもう帰って来るなというような所に向けてしまったことが大きな痛手ではなかったかなと思います。その時代の、また下の人たちがしっかりしてきていますが、戦後あの人たちが生きていれば、もう少し違っていたのではないかと思うのです。

命懸けで戦った人たちに手を合わせる日々

私は零戦の写真を戦友と見立てて、毎日欠かさずお参りをしています。あの戦争で十七、八歳の若い青少年までが、お国のためだと一生懸命に命を捨てて戦いました。亡くなった彼らも苦しかった筈です、しかし、そういう人たちがいたからこそ、日本は何とか戦えたのだと思います。

残念ながら戦争には負けてしまったけれども、戦友の苦しかった思いを皆さんに伝えていくために、あの時代を知っている我々が一生懸命真相をお話ししなければいけないと思っています。お話しすることで、理解してくれる人が多くなれば、それが一つの彼らに対する弔いに通じるのではないかと考えています。

早く日本が、そういった命懸けで戦った人たちを敬って手を合わせるようなまともな国になって欲しいです。

ところが、このようなことを言うと、靖国神社参拝の問題に繋がってしまいます。靖国神社には国のために命を捧げた人たちが祀られており、その人たちを我々は尊敬し感謝をするからお参りしています。しかし、よその国では「日本ではまた戦争を賛美する人が増えた」という

平成25年3月、エンジン始動見学会に招待された著者は万感の想いで零戦に敬礼をした

エンジン始動前、エナーシャーを回す著者。懐かしい音色に若き日が蘇ったという

足取り軽く零戦に向かう。当日満開の桜はまるで英霊方が喜んでいるかのようだった

見学者に零戦の栄光と悲劇、そして平和について切々と語る著者

著者の話に多くの参加者が神妙な面持ちで聞き入っていた

所沢航空発祥記念館に里帰りした世界で唯一オリジナルのエンジンで飛行可能な零戦（五二型）のコクピットからエンジン始動見学会の参加者に敬礼する著者

ふうに歪んで受け取るのです。

靖国神社にお参りすることは、決して戦争を賛美することには繋がらないのです。他国の人がどう受け取ろうが、私は靖国神社にお参りに行って、「今、日本はこうなっているよ。皆さんが一生懸命戦ってくれたからこの繁栄と平和があるんです」ということを英霊の皆さんに伝えるつもりでお参りをしているのです。

それを「お参りしてはいけない」とか「お参りしたからまた軍国主義が復活する」とか言うのは、言う方が悪いと私は思っています。

私は戦争を憎む

今でも時々、韓国、北朝鮮、中国などでは、そういう難癖をつけてきます。それというのも、今まで日本の政治家がしっかりしてこなかったからだと思います。

一番悪いのは、旧社会党で総理大臣をやり、世界中に謝って回った村山富市元総理です。あいうことをするからいけないのです。日本だって戦いたくて戦ったのではなく、芯から侵略するつもりで戦争をしたのではないのです。色々と難癖をつけられて、石油をはじめとした物資を禁輸されて、戦わざるを得ない状況に追い込まれて、已むに已まれずに戦ったのです。

戦争というのは、片方だけが悪いのではありません。必ず両方が悪いのです。

だから、私の結論は、戦争くらい嫌なものはないんだ、ということです。戦争さえなければ、嫌な思いを双方ですることもないのです。ですから、相手の気持ちを察して思いやって、それで両方で我慢をすれば戦争になどならないのじゃないかと思っています。

今、アメリカも他の列強も自分たちは核兵器を持っていながら、北朝鮮やイランには持つなと言っていますが、これも良くないと思います。筋が通りません。相手に言うのであれば、先ずは自分たちが止めるべきです。自分たちが持っているのなら相手が持っていたってしょうがないじゃないですか。「持たない」と決めた日本に倣って、皆が持たなければ争いにならないのです。

だから私は「戦争反対」ではなくして、「戦争を憎む」と言っています。この世の中から戦争をなくしてしまえば、戦時中私たちが体験したような多くの嫌な思いをしなくて済むのではないかと思うのです。

私がこういうふうに思ったところでどうにもならないのですが、次代を担う人たちが、何とか私たちの平和への思いを実現させていって欲しいと願っています。

最後に若い人たちに伝えたいこと

本書を執筆している間、在天の戦友の皆さんが私とずっと一緒にいるような気がしていました。そして私に力を与えてくれていたような気がしていました。

筆を置いて、静かに耳を澄ました時、私の胸に聞こえてきたのは、共に戦った戦友たちの真情でした。彼らがその思いを、戦場の真実を知る数少ない人の中の一人であるこの老兵に、ありのままに語って欲しいと思っていることが、ひしひしと伝わってきました。

戦友の皆さんは、後世の人たちが大和民族の誇りを無くさないようにと願って死んで行きました。彼らがゆっくりと休めるように、残された人たちはしっかりとした国づくりをしていかなければなりません。

国のために散って逝った先輩たちの最後の願いを、多くの人たちに聞き留めて貰えたらと思います。特に、これから世の中を背負って立つ若い人たち、中でもお母さんとなり次代の子を育てる女性の方々には、しっかりして貰いたいと思います。

以前、ある戦闘機好きの若者から「あの名機と言われた零戦を駆って大空を飛び回った時の想い出は、さぞや清々しいものだったでしょう」と言われたことがありました。

私が「とんでもない。清々しいどころか、重苦しい嫌な想い出ばかりです」と告げると、彼は大分ショックを受けたようで、暫し黙り込んでしまいました。まだ、こうやって私のような戦争の真実を知る者が話して聞かせてあげられるから良いのですが、真実を知る者が居なくなったら、戦争が歪められ、ややもすれば美化されて伝わってしまうかも知れないと、私は誠に心配しています。

我々の思いを繋いで行くのは皆さんしかいないのですから、かつて我々に国の未来を託した先輩たちがそうであったように、私も残る皆さんを信じて思いを託して征こうと思っています。

願わくば本書を多くの方に読んで頂き、戦争の罪悪と平和の尊さを理解され、未来永劫《えいごう》、明るく住みよい、安心して生活出来る世の中のために尽くされることを切望しています。

どうぞ皆さん、この老兵の思いを継いで、日本人として恥ずかしくないよう堂々と胸を張って、世界中の人たちと手を取り合って未来を切り拓いて行って下さい。その先には、自ずと世界の平和と幸せが待っていることでしょう。この私の願いが天に通じれば至上の幸せです。

平成二十五年九月　零戦と出会って七十二年目の佳き日に

原田　要

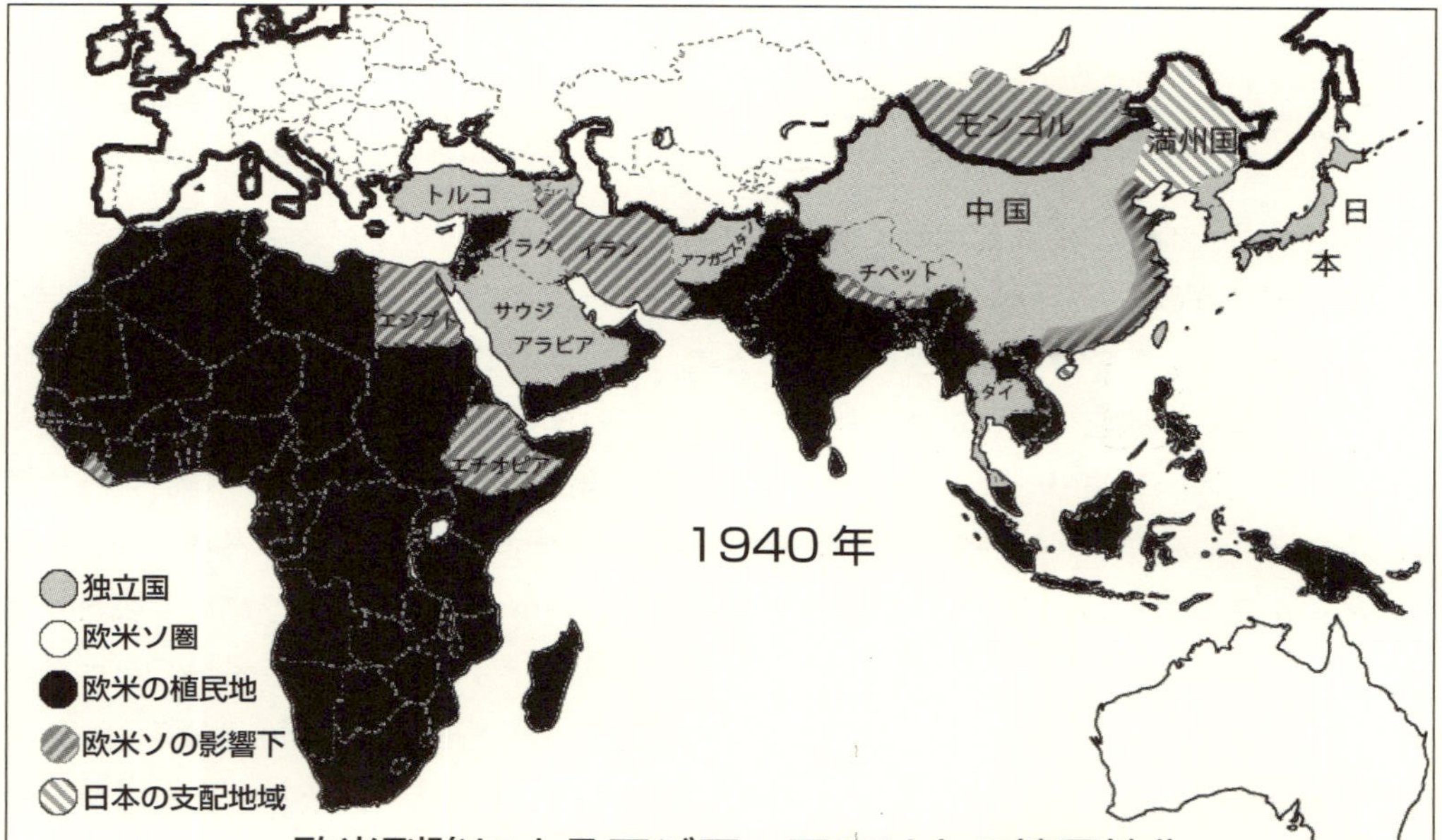

欧米列強によるアジア・アフリカの植民地化

第八章　次代を担う人たちへ

1965年

独立国
欧米ソ圏
欧州の植民地
中国の支配地域

大戦で国力と大義名分を失った欧米列強は植民地支配から手を引くことになる。1955年、アジア・アフリカ会議が開かれ、後独立した29カ国の首脳が集まった。戦後に創設された国際連合の加盟国は1945年に51カ国、1955年には76カ国、1965年には117カ国に増えた。アフリカの独立が遅れたのは、アフリカが元々部族社会で国としてのまとまりが欠如していたこと、そこに宗主国が機械的に国境線を引いたことが原因。

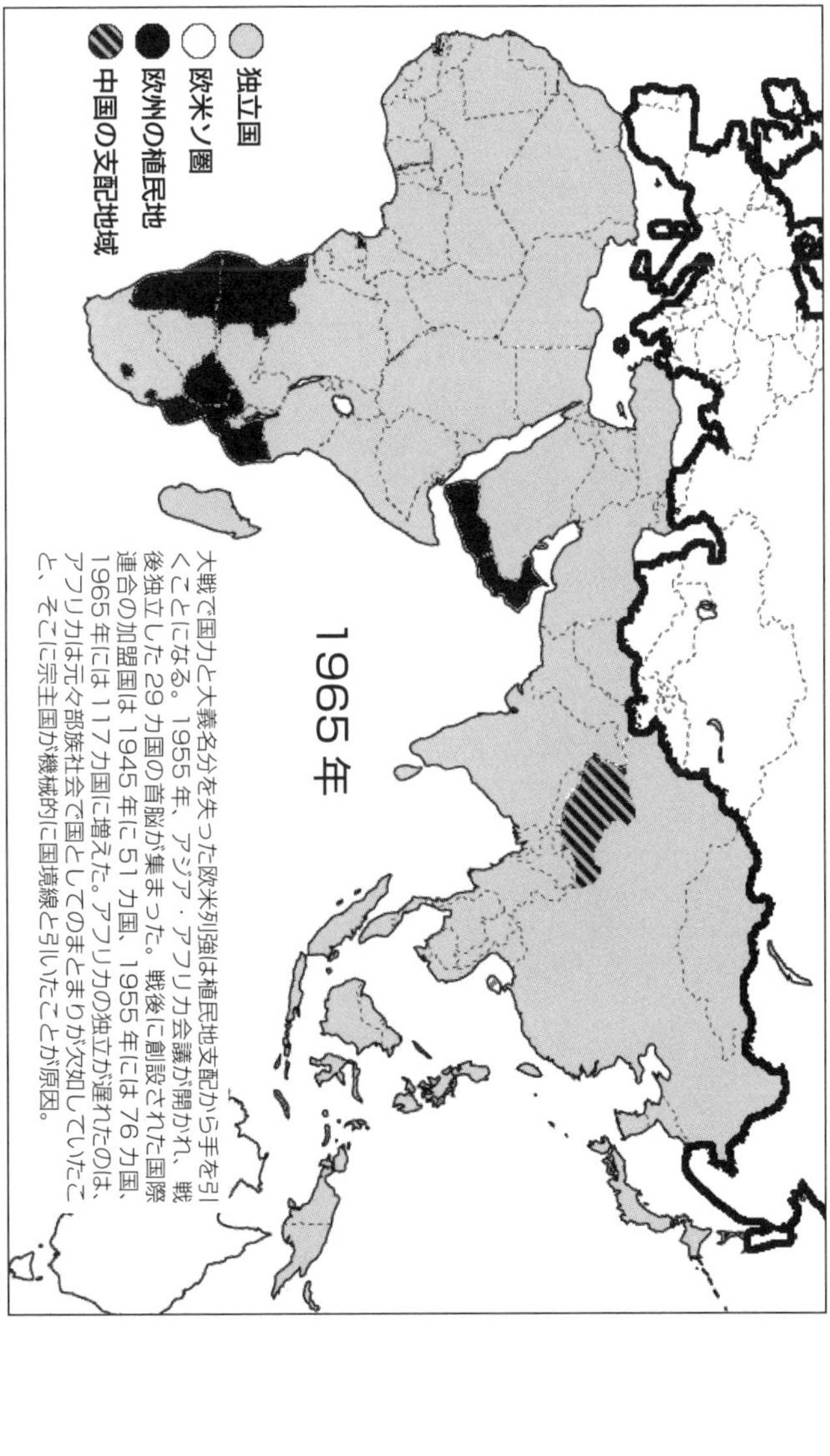

出典／最新世界史図説（帝国書院）プロムナード世界史（浜島書店）標準世界史地図（吉川弘文館）などを元に作成

331

コラム15　アジア各国の独立に貢献した日本人

大東亜戦争に敗北した後、多くの日本の軍人が、アジア各国にそのまま残り、独立や支援のために力を尽くした事を日本人はもっと知るべきである。

■インドネシア

昭和十七年（一九四二年）、日本軍はオランダ統治下のジャワを攻略し、インドネシアを軍政下においた。今村均中将は融和政策をとり、インドネシア語を公用語とし、農業改良の指導やインドネシア人の政治参与、小学校の建設などを積極的に進めた。昭和十八年（一九四三年）には郷土防衛義勇軍（ＰＥＴＡ）というインドネシア人による軍事組織を結成し、祖国防衛と独立の兵士を養成した。インドネシアの青年たちはオランダ統治時代には学ぶことの出来なかった軍事学や武器の使い方を学び、後の独立戦争の主力となっていった。

日本が敗戦した二日後、指導者のスカルノとハッタは独立を宣言。その際、独立宣言の記日は日本軍の独立支援への感謝として皇紀二六〇五年（西暦一九四五年）を使い、〇五年八月十七日とされた。

敗戦した日本軍は、連合軍に武装を引き渡さなければならなかったが、後のインドネシア防衛のため秘密裏にインドネシアに渡された武器も多かった。イギリスとオランダの連合軍がインドネシアを再び植民地にしようと侵略を開始した時、インドネシアの人はその武器を手に戦った。また、この時に二千人の日本兵がインドネシア軍に参加して戦っている。日本兵は経験の浅いインドネシア軍を最前線で指揮したため、半数もの日本人が戦死したと言われる。約四年間続いた独立戦争でイギリス、オランダを破り、昭和二十四年（一九四九年）にインドネシア連邦共和国が成立した。

インドネシア政府は、独立戦争で戦って同国に残った日本兵に独立戦争参加軍人証を発行して、国家の英雄として扱った。また、戦死した日本兵はジャカルタ郊外のカリバタにある国立英雄墓地に祀られている。

■ベトナム

ベトナムにいた日本兵のうち約七百〜八百人の兵士が現地に残ったという。大戦後、ベトナム全土で独立運動が盛んになったが、それをリードしたのが、ベトナム共産党を母体に幅広い民族統一戦線として結成されたベトナム独立同盟（ベトミン）だった。多くの日本兵がこれに参加し、ベトミン軍の顧問格として軍事指導にあたった。

石井卓雄陸軍少佐は「喜んで大東亜建設の礎石たらんとす」という言葉を残して日本軍を離隊し、ベトナム独立戦争（第一次インドシナ戦争）に加わった。石井はベトナムの士官養成学校「クァンガイ陸軍中学」で教官を務め、ベトナム軍の基礎的な養成に力を尽くした。

石井は秘密戦、遊撃戦の専門家で、ゲリラ戦法をベトナム人に教え込んだ。当時のベトナムでは中学卒業者がエリートであり、日本人は大切な人材の教育を任されていた。その他、ベトナム北部のバクソン軍政学校の教官にも数名の日本人が教鞭をとり、卒業生たちはベトナム戦争でも大きな役割を果たすこととなった。

平成六年（一九九四年）、ベトナム人民軍の総司令官だったボー・グエン・ザップは「敗戦後に一部の日本将兵が我々と共にフランス軍と戦ったことは忘れていない。とくに白兵戦の戦い方を教わり、役立った」と述べた。

一九九〇年代には、日本に帰還した旧日本兵たちがベトナム政府から勲章を受けている。

■台湾

大東亜戦争後、中国では共産党軍と国民党軍との内戦が再燃し、勝利した共産党軍は昭和二十四年（一九四九年）に中華人民共和国を建国した。敗れた国民党は台湾へ逃げ、台北市を中華民国の臨時首都とした。中国大陸への反攻を目指した蒋介石は、国民党軍の再建には強い軍隊を率いた日本の軍人の力を借りる必要があると、支那派遣軍総司令官の岡村寧次大将あてに親書を送った。

岡村寧次は蒋介石に協力することを決意し、第一陣として十九名の派遣を決めた。しかし、当時の日本はＧＨＱの占領下にあり、台湾への正式な渡航が出来なかったため一同は密航した。その時の団長であった富田直亮少将の変名である「白鴻亮」に因んで、一行は「白《パイ》団」と名付けられた。その後、日本軍人の派遣は総勢八十九名に及んだ。

白団の教育により国民党軍は精神的にも実戦能力的にも高まった。この協力は二十年間も続き、台湾の共産化を防いだ。富田直亮は白団解散後も台湾に住み、国民党軍の顧問として尊敬を集めた。

この他にも、日本人は、ビルマ（現ミャンマー）、マレーシア、シンガポール、インド、フィリピンなど、多くの国々の独立に貢献している。

コラム16　竹島・尖閣諸島は日本固有の領土

■竹島問題

日本は遅くとも江戸時代初期の十七世紀半ばに、竹島の領有権を確立していた。一六一八年、鳥取藩伯耆国米子の町人大谷甚吉、村川市兵衛は、同藩主を通じて幕府から鬱陵島（当時の「竹島」）への渡海免許を受けた。これ以降、両家は交替で毎年一回鬱陵島に渡航し、あわびの採取、あしかの捕獲、樹木の伐採等に従事した。この間、隠岐から鬱陵島への道筋にある竹島は航行の目標として、途中の船がかりとして、また、漁獲の好地として利用されるようになった。そうして遅くとも十七世紀半ばには、竹島の領有権を確立した。

一九〇〇年代初期には竹島でアシカの捕獲が本格的になり、明治三十七年（一九〇四年）、隠岐島民の中井養三郎は事業の安定を図るため、政府に竹島の領土編入及び十年間の貸し下げを願い出た。政府は竹島を隠岐島庁の所管として差し支えないことを確認し、明治三十八年（一九〇五年）一月、国際法の「無主地占有」の原則に従い、竹島を島根県の管轄に編入する閣議決定をした。

韓国は「日露戦争の混乱に乗じて、日本は外交権がない韓国から竹島を奪った」と主張しているが、日本が韓国の外交権を管轄するのは、竹島を編入してから九カ月後の第二次日韓協約以降で、当時の韓国は独立しており外交権も有していた。

昭和二十年（一九四五年）、大東亜戦争に敗れた日本は、韓国、台湾の領有権を手放した。昭和二十六年（一九五一年）、米国はサンフランシスコ講和条約の草案を作成。韓国は日本が放棄する島に竹島を加えるよう要請したが、米国のディーン・ラスク国務次官補は「独島、または竹島ないしリアンクール岩として知られる島に関して、この通常無人である岩島は、我々の情報によれば朝鮮の一部として扱われたことが決してなく、一九〇五年頃から日本の島根県隠岐島庁の管轄下にある」と文書で公式見解を回答した。

昭和二十七年（一九五二年）一月、外交では竹島を奪えないと考えた韓国の李承晩政権は、サンフランシスコ講和条約が発効して日本が独立する直前、公海上に「李承晩ライン」を一方的に引き、その中に竹島を取り込むという暴挙に出た。

日米両国は国際法上の慣例を無視した措置と非難。昭和二十九年（一九五四年）に韓国は沿岸警備隊を竹島に派遣し武力占拠したと発表した。李承晩ラインは違法で竹島占拠は国際法上何の根拠もない。その後、日本漁民の正当な漁業活動に対し、李承晩ラインを侵犯したという不当な理由で日本の二百三十三隻もの漁船が拿捕され、二七九一人が韓国に抑留された。うち五人は死亡している。

■尖閣諸島問題

明治十八年（一八八五年）、福岡県の実業家・古賀辰四郎が尖閣諸島でカツオ節製造などを計画して調査を始め、日本政府に利用許可を申し入れた。日本政府はその後十年も費やして慎重に尖閣諸島を調査し、島が無人島であるだけでなく、清国の支配が及んでいる痕跡がないことを確認した。

そして、明治二十八年（一八九五年）一月十四日に閣議決定をし、正式に日本の領土に編入した。

中国は「日本が軍事力を背景に尖閣諸島を侵略した」としているが、日本政府が尖閣諸島を調査していた十年間、清国は一人の役人も尖閣諸島に派遣せず、日本に抗議することもなかった。

日本は、「先占の法理」という国際法に則った正当な行為によって、尖閣諸島を日本の領土とした。

尖閣諸島の魚釣島には最盛期には二百人以上が居住していたが、大東亜戦争の折に住民は撤退し、敗戦後は連合国の管理下に置かれた。昭和二十六年（一九五一年）、サンフランシスコ講和条約において、尖閣諸島は日本が放棄した領土には含まれず、南西諸島の一部として米国の施政下に置かれた。昭和四十七年（一九七二年）の沖縄返還協定で沖縄と共に尖閣諸島もこの時点で返還された。

昭和四十六年（一九七一年）六月、台湾が尖閣諸島の領有権を主張し、次いで中国が同年十二月に領有権を主張し始めた。

この背景には、一九六〇年代後半に日本、台湾、韓国の専門家が中心となり国連アジア極東経済委員会の協力を得て実施した学術調査で尖閣諸島周辺の海域にペルシャ湾級の石油・天然ガスが埋蔵されている可能性があると発表されたことがある。石油・天然ガスが埋蔵されている可能性が示された途端、中国は領有権を主張してきたのだ。国際法に則って領有し五十年以上継続して実効支配した土地はその国の領土になるのが国際法の慣例のため、中国の主張は全くの無効だ。

一方、中国が尖閣諸島を日本領土だと認識していたことを示す証拠は、中国の出版社による『世界地図集』（一九五八年）に尖閣諸島を沖縄の一部として取り扱っているなど、多数存在している。

●引用・参考文献

『連合艦隊参謀長の回想』草鹿龍之介著（光和堂）
『ミッドウェー』淵田美津雄・奥宮正武著（出版共同社）
『真珠湾作戦回顧録』源田實著（読売新聞社）
『海軍航空隊始末記』源田實著（文春文庫）
『戦史叢書　ミッドウェー海戦』防衛庁防衛研修戦史室編（朝雲新聞社）
『魂魄の記録　旧陸軍特別攻撃隊知覧基地』知覧特攻慰霊顕彰会編集（知覧特攻平和会館）
『雲ながるる果てに　戦没海軍飛行予備学生の手記』白鴎遺族会編（河出書房新社）
『いざさらば我はみくにの山桜「学徒出陣五十周年」特別展の記録』靖国神社編（展転社）
『そのとき、空母はいなかった　検証パールハーバー』白松繁著（文藝春秋企画出版部）
『日本陸海軍航空英雄列伝　大空の戦功者１３９人の足跡』押尾一彦・野原茂著（光人社）
『戦時用語の基礎知識』北村恒信著（光人社）
『修羅の翼　零戦特攻隊員の真情』角田和男著（光人社）
『決定版！　尖閣諸島・竹島が日本領土である理由がわかる本』別冊宝島編集部編（宝島社）
『日本人が知っておくべき竹島・尖閣の真相』ＳＡＰＩＯ編集部編（小学館）
『ひと目でわかる日韓・日中歴史の真実』水間政憲著（ＰＨＰ研究所）
『従軍慰安婦と断固戦う　Monthly WILL　２００７年緊急増刊号 ２００７年8月号』（ワック）
『日本人なら絶対に知っておきたい従軍慰安婦の真実』（オークラ出版）
『歴史街道　２００１年6月号　特集ムルデカに栄光あれ！』（ＰＨＰ研究所）
『大東亜戦争への道』中村粲著（展転社）
『「南京事件」日本人48人の証言』阿羅健一著（小学館）
『零戦の運命　下　なぜ、日本は敗れたのか』坂井三郎著（講談社）
『ひと目でわかる「日中戦争」時代の武士道精神』水間政憲著（ＰＨＰ研究所）
『マッカーサーの呪いから目覚めよ日本人！』目良浩一・井上雍雄・今森貞夫著（桜の花出版）

『少年の日の覚悟　かつて日本人だった台湾少年たちの回想録（シリーズ日本人の誇り５）』桜の花出版編集部編（桜の花出版）
『インドネシアの人々が証言する日本軍政の真実　大東亜戦争は侵略戦争ではなかった（シリーズ日本人の誇り６）』桜の花出版編集部編（桜の花出版）
『昭和史の秘話を追う』秦郁彦著（ＰＨＰ研究所）
『新しい日本の歴史―こんな教科書で学びたい』伊藤隆ほか14名著（育鵬社）
『ミッドウェーの奇跡　上【新装版】』ゴードン・Ｗ・プランゲ著　千早正隆訳（原書房）
『ミッドウェーの奇跡　下【新装版】』ゴードン・Ｗ・プランゲ著　千早正隆訳（原書房）
『提督　スプルーアンス』トーマス・Ｂ・ビュエル著　小城正訳（学習研究社）
『夕日のミッドウェー　アドミラル東郷の弟子たちとニミッツ提督』江戸雄介著（光人社）
『太平洋の試練　下　真珠湾からミッドウェーまで』イアン・トール著　村上和久訳（文藝春秋）
『侍たちの海・小説伊東祐亨』中村彰彦著（読売新聞社）
『東郷平八郎と秋山真之』松田十刻著（ＰＨＰ研究所）
『よみがえれ日本―日本再発見』清水馨八郎著（財団法人日本精神修養会）
『山本五十六　戦争嫌いの司令長官』森山康平著（ＰＨＰ研究所）
『歴史群像シリーズ　山本五十六　〝常在戦場〟の生涯と連合艦隊』（学習研究社）
『太平洋海戦１　進攻編』佐藤和正著（講談社）
『太平洋海戦２　激闘編』佐藤和正著（講談社）
『Ｇａｋｋｅｎ　Ｍｏｏｋ山本五十六と太平洋戦争』（学研パブリッシング）
『山川Ｍｏｏｋ山本五十六』（山川出版社）
『日本経済を殲滅せよ』エドワード・ミラー著　金子宣子訳（新潮社）
『超精密３Ｄ　ＣＧシリーズ18　空母赤城』（双葉社）
『真珠湾の真実―ルーズベルト欺瞞の日々』ロバート・Ｂ・スティネット（文藝春秋）

わが誇りの零戦《ZERO》

祖国の為に命を懸けた男たちの物語

2013年10月25日　初版第1刷発行

著　者　原田　要

発行者　山口春嶽

発行所　桜の花出版株式会社
〒194-0021　東京都町田市中町1-12-16-401
電話　042-785-4442

発売元　株式会社星雲社
〒112-0002　東京都文京区大塚3-21-10
電話　03-3947-1021

印刷製本　株式会社平文社　　協栄製本株式会社

本書の内容の一部あるいは全部を無断で複写（コピー）することは、著作権上認められている場合を除き、禁じられています。
万一、落丁、乱丁本がありましたらお取り替え致します。

©Sakuranohana Shuppan Publications Inc. 2013 Printed in Japan
ISBN978-4-434-18401-7 C0095